Autobiografia do algodão

Cristina Rivera Garza

Autobiografia do algodão

TRADUÇÃO
Silvia Massimini Felix

autêntica contemporânea

Copyright © 2019 Cristina Rivera Garza
Copyright desta edição © 2025 Autêntica Contemporânea

Título original: *Autobiografía del algodón*

Todos os direitos reservados pela Autêntica Editora Ltda.
Nenhuma parte desta publicação poderá ser reproduzida, seja
por meios mecânicos, eletrônicos, seja via cópia xerográfica,
sem a autorização prévia da Editora.

EDITORAS RESPONSÁVEIS
Ana Elisa Ribeiro
Rafaela Lamas

PREPARAÇÃO
Sonia Junqueira

REVISÃO
Marina Guedes

CAPA
Alles Blau

IMAGEM DE CAPA
Armando Fonseca

IMAGENS DE MIOLO
Arquivo pessoal da autora

DIAGRAMAÇÃO
Guilherme Fagundes

Dados Internacionais de Catalogação na Publicação (CIP)
(Câmara Brasileira do Livro, SP, Brasil)

Garza, Cristina Rivera
 Autobiografia do algodão / Cristina Rivera Garza ; tradução Silvia Massimini Felix. -- 1. ed. -- Belo Horizonte, MG : Autêntica Contemporânea, 2025.

 Título original: Autobiografía del algodón.
 ISBN 978-65-5928-400-9

 1. Ficção mexicana I. Título.

25-253625   CDD-M863

Índices para catálogo sistemático:
1. Ficção : Literatura mexicana M863

Aline Graziele Benitez - Bibliotecária - CRB-1/3129

A **AUTÊNTICA CONTEMPORÂNEA** É UMA EDITORA DO **GRUPO AUTÊNTICA**

Belo Horizonte
Rua Carlos Turner, 420
Silveira . 31140-520
Belo Horizonte . MG
Tel.: (55 31) 3465 4500

São Paulo
Av. Paulista, 2.073 . Conjunto Nacional
Horsa I . Salas 404-406 . Bela Vista
01311-940 . São Paulo . SP
Tel.: (55 11) 3034 4468

www.grupoautentica.com.br
SAC: atendimentoleitor@grupoautentica.com.br

Para Antonio Rivera Peña e Ilda Garza Bermea
Saúl Hernández-Vargas e Matías Rivera De Hoyos
Para Liliana Rivera Garza, sempre

I
ESTACIÓN CAMARÓN

[...] *uma população trabalhadora daquelas de que sempre gostei, como Minatitlán, como Camarón ou Ciudad Anáhuac, que nostalgicamente me recorda velhos episódios da luta revolucionária e me entristece um pouco.*

José Revueltas, *Las evocaciones requeridas*

[*um vento louco, sem freio; vento do norte*]

Primeiro se escuta o barulho dos cascos no solo arenoso. Depois, à espreita e tensa, a respiração. Um resfôlego. Um arquejo. A terra esbranquiçada se abre e, assim, emergem as acácias-amarelas com suas copas redondas e suas raízes bem profundas na terra, os ramos espinhosos das algarobas, dos quais pendem vagens estreitas e longas e, agora, quase no início da primavera, umas flores amarelas. O galope não cessa. As ferraduras do cavalo se esquivam dos cactos que, esféricos, coroados com espinhos queimados, aparecem aqui e ali ao longo do caminho. As flores brancas das mirtáceas. Os papa-léguas. As cobras-cegas. Não tinham lhe assegurado que isto era um deserto? Não há tempo para se deter e ficar olhando. De cima, cai a luz de um sol inclemente sobre o chaparral, a cacachila, a unha-de-gato. E o vento, que levanta a poeira de tons rosados, cinza e canela da planície, choca-se contra os talos agrestes dos nopais que se elevam pouco a pouco, escalonadamente, em direção ao céu. A terra desmorona à sua passagem, e tudo ao seu redor tem sede. Sua boca, acima de tudo. Sua laringe. Seu estômago. Não sabe exatamente há quantas horas está em cima do cavalo – as coxas em volta do torso avermelhado, os ombros jogados para a frente, as mãos contraídas nas rédeas e os sapatos presos nos estribos –, mas gostaria de estar prestes a chegar. Disseram-lhe que lá, a um dia de distância se ele conseguir trocar de cavalo, as coisas estão pegando fogo. Disseram-lhe que, se quiser ver ação direta, se quiser realmente mudar o mundo, deve ir mais para o norte. Lá, a um passo da fronteira, encontrará Estación Camarón.

Ali, a greve acabou de estourar.

[*Gossypium hirsutum*]

Têm nome de estação porque são locais de passagem; porém, assim que são erguidos, as pessoas começam a ficar. São rancharias, colônias, povoados que nunca chegam a ser cidades, mas se organizam em um piscar de olhos em torno de um cruzamento de vias. Primeiro, a passagem da ferrovia; depois, um acampamento. Mais tarde, um lugar para comer. De pontos insignificantes no mapa de uma estepe com fama de inabitável ou de um deserto que mantém todos afastados, agora se convertem em lugares com nomes: Estación Rodríguez, por causa do sobrenome dos donos de um rancho; Estación Camarón, devido à cor avermelhada que se desprende das águas de um rio. As coisas nascem e morrem várias vezes, em ciclos imprevisíveis. Um belo dia, um general que ganhou a guerra olha para o horizonte e, em vez de ver apenas um monte seco e intratável, em vez de ver planícies inóspitas ou espaços vazios, vê parcelas bem ordenadas, vê plantações, colheitas. E pensa: é aqui que a agricultura vai começar. Sua declaração soaria menos bombástica se não fosse verdade. Em breves memorandos, ordena-se a construção de uma represa para onde as águas de dois rios confluem.

E isso também ganha um nome: Don Martín. Depois, é questão de distribuir terras. Correção: é questão de expropriar terras e distribuir terras. E, assim, depois de décadas de abandono, as pessoas aparecem outra vez. Depois de anos sem correio, sem telegramas, sem rosto algum assomando pelos guichês sujos das ferrovias, esse monte de gente outra vez. Homens e mulheres de Nuevo León e Coahuila, de San Luis Potosí e do Texas, do Arizona e da Califórnia. De sabe-se lá quantos lugares mais. Homens, mulheres e crianças. Famílias inteiras em cima daquelas carroças puxadas por um par de mulas velhas, lenta e compassadamente, por estradas de terra. Famílias a pé. Pessoas que param para caçar algum animal para ter algo que levar à boca: uma lebre, um rato-do-mato, com sorte um javali. Pessoas que acendem fogueiras para aquecer água e afastar coiotes, e esfregam as mãos uma contra a outra enquanto observam o fogo. O eco das conversas. As risadas. Depois de tanto tempo, a esperança outra vez.

Lá atrás, no sul, ficou o município de Lampazos e, pouco a pouco, em seu intenso galope, foram surgindo aqui e ali cabanas e calçadas, casas de adobe, animais domésticos. Córregos. A leste estende-se esse mesmo chão estéril onde às vezes aparecem veados-de-cauda-branca e coelhos. Do outro lado fica o município de Juárez, todo perfurado pelos poços e buracos das minas de carvão. As minas de Barroterán. A vila mineira de Rosita. Palaú. Cloete. Las Esperanzas. Todas aquelas entradas de minas que não param de engolir homens inteiros todas as manhãs. E, mais à frente, no caminho para a serra, os lugares onde se estabeleceram os negros seminoles e mascogos que, fugindo da escravidão, se tornaram colonos em um território que, em troca de pertencimento, lhes pedia proteção. Mas agora nem oeste, nem leste, nem sul. A única coisa que faz sentido é avançar para o norte, mais para o norte, até se mesclar com a fronteira.

Ele poderia parar, mas o desejo é um mestre cruel. Poderia desacelerar e prestar atenção na gente que anda ou conversa em línguas que ele escuta e às vezes entende só pela metade. Mas já sabe que, se consegue ver a ponte ferroviária, isso significa que acabou de passar por Estación Rodríguez; então precisa atravessar o rio Salado, agora com um curso de água tão ínfimo que parece um mero córrego. Também poderia parar aqui para tomar água ou molhar o lenço que alguém o aconselhou a amarrar na nuca, mas já está muito perto. Poderia parar pelo menos para esticar as pernas e ver se, com isso, consegue diminuir a dor que sobe de suas coxas e lhe entorpece as nádegas até chegar ao quadril; contudo, segue adiante. Que ardor na pele. Que chacoalhar de ossos. Poderia pelo menos deixar o cavalo que o trouxe pelo mato tomar água, mas, ao contrário, finca-lhe as esporas para que continue. É urgente cruzar tudo isso. Disseram-lhe que, depois de Estación Rodríguez, do outro lado do rio, o povoado de Anáhuac aparecerá. Ali ficam os bancos e comércios, os escritórios do governo, os teatros, as cantinas. Mas é melhor seguir ao longo das amplas ruas concêntricas ao redor de uma praça de um quilômetro de diâmetro. É melhor apenas ver de relance o obelisco de ar modernista que se ergue em seu centro e divisar, também de longe, a rosa dos ventos que emerge de sua ponta. Os quatro pontos cardeais do espaço; as três paradas do tempo.

Quando as ruas, a praça e os bancos de concreto são deixados para trás, quando os teatros e as cantinas e os postes de iluminação são deixados para trás, ele sabe que está quase lá. O desejo, que o guiou todas as horas de sua jornada pela planície, não o deixa em paz. O desejo o incita, esmigalha-o, maltrata-o. O desejo estimula sua imaginação e barra seu medo. Mas o desejo, que abriu seu olhar e o manteve alerta, não o preparou para isto. Quando ele topa com os campos de algodão, para de cavalgar e esfrega os olhos. Então é isso que é o ouro branco, diz a si mesmo. Nem se deu conta de que parou de repente. O cavalo, que já não sente as instruções nas costelas, começa a se mover nervosamente em pequenos círculos concêntricos. José? É preciso repetir seu nome algumas vezes para que ele deixe de olhar para os algodoais e possa responder. Pepe? O sorriso diz que sim, é ele. O movimento da cabeça, para cima e para baixo, diz que sim, é ele. O salto que o deposita no chão esbranquiçado diz que sim, é ele.

[*uma atmosfera irreal, delimitada e secreta*]

O que José Revueltas viu naquela tarde de 16 de março de 1934, quando finalmente chegou a Estación Camarón, foram as plantações de algodão do Distrito de Irrigação n.º 4. O sistema. As parcelas ocupavam tudo sob o céu. Se olhasse à distância, avistaria a ordem que o algodão tinha imposto sobre a planície. Se olhasse de perto, podia observar as plantas em crescimento: a espessura das hastes e as folhas cortadas divididas em três ou cinco lóbulos. Se ele se virasse a toda a velocidade, podia sentir os olhos do algodão em suas costas. Nada escapava a seu olhar sem capulhos.[1]

---

[1] Fruto maduro do algodão, casca que envolve a fibra ou invólucro da flor. (N.T.)

O governo havia prometido transformar o deserto em terra agrícola, e ali, diante de seus olhos incrédulos, organizada em rigorosas parcelas divididas por sulcos retilíneos, estava crescendo uma das melhores culturas de algodão já vistas. *Gossypium hirsutum*, o algodão mexicano. Da ordem das *Malvales* e da família das *Malvaceae*. Aquele arbusto rechonchudo, de um verde desalentado, enfrentara a seca e o salitre, a descrença e o latifúndio, e havia vencido. Ele e o deserto tinham apertado as mãos. Como o cavalo do qual se separara poucos minutos antes, aquele que chamavam de Pepe se aproximava e se afastava dos campos, em um trajeto cada vez mais irregular. Quem tinha tido essa ideia louca? Enfrentar o deserto, afugentá-lo um pouco mais para o norte, movê-lo de lugar. Era preciso atrevimento para pensar em algo assim. Atrevimento e recursos e, sem dúvida, alguma excentricidade. Ou melhor: algum frenesi. O vento louco, aquele vento do norte, passava por entre as varas frágeis do campo, então subia para desgrenhar seus cabelos cobertos pela poeira das estradas. O suor ainda se prendia à sua camisa, ao tecido duro das calças. Grumos de terra seca no espaço entre os molares. Queria tocar em tudo. Queria perguntar tudo. Como eles podiam ter organizado uma greve neste lugar? Quando tinha estourado? Quão forte era o apoio dos arrendatários, dos trabalhadores do campo, dos lavradores? Quem tinha conseguido esse feito? Eu me chamo Arnulfo Godoy, disse o homem magro que, depois de apertar sua mão e dar-lhe alguns tapinhas nas costas, caminhou ao lado dele sem deixar de abraçá-lo. Uma franja escorrida e opaca lhe cobria o olho esquerdo, mas, em troca, uma fileira de pequenos dentes brancos aparecia através de seus lábios quando sorria. Você precisa descansar um pouco primeiro, ele disse. Beba água, pelo menos.

Pepe se deixou levar por alguns momentos, ainda tomado de espanto. Arnulfo o quê?, você disse que se chamava? Então, sem aviso, ele se deteve de chofre. E olhou para trás. O verde, à distância, se tornava cinza ou violeta. Nenhuma nuvem em um céu desmesuradamente azul. Os tratores também pararam?, exclamou, maravilhado. Os Fordsons estavam lá, parados nas pontes que conectavam as parcelas, sobre as valas e os canais de irrigação. Sem seu barulho contínuo, tudo dava a impressão de ser uma pintura costumbrista semiacabada. Que bárbaros, ele disse. E começou a rir. Ou melhor: começou a gargalhar. Mas que bárbaros são todos por aqui.

*[a greve: cinco mil homens imóveis,
endurecidos pela fé]*

Enviaram um moleque para nós, diz a ela assim que a vê na frente de sua cabana, inclinada sobre o forno aceso. Um moleque?, repete a mulher enquanto introduz uma colher minúscula, uma colher como as de brinquedo, em uma caneca também muito pequena. Sem levantar os olhos, com movimentos calculados, introduz a colher no líquido quente apenas para tirá-la logo em seguida e ver como a fumaça sobe para seu rosto. Faz isso uma e outra vez, como se o calor estivesse escondido em algum lugar dentro da bebida e sua tarefa fosse escavar e escavar, procurar na água uma e outra vez, até tirá-lo todo dali. Sim, só um moleque. Não deve ter nem 20 anos. E daí? Bem, os grevistas tinham muita esperança nesses visitantes da capital. A mulher levanta a cabeça e o observa com os olhos arregalados. O cabelo dela é liso e preto, amarrado em um coque atrás da nuca. Uma saia escura cobre suas pernas.

Os braços que, esticados, lhe oferecem o recipiente de barro são esbeltos, de músculos delineados na altura do antebraço. Prove isto, interrompe. Outra de suas misturas, Petra, diz a ela antes de dar um gole. E o que é isto?, ele pergunta e cospe ao mesmo tempo. Artemísia. Vai te fazer bem para o estômago. Isto tem gosto de merda, mulher. Se não nos matarem de fome com a greve, você vai me matar com esta bebida. Dê outro gole, vamos. A voz suave, mas resoluta, como se estivesse escondida até de si mesma, tem a virtude de acalmá-lo. O desgosto vai para outro lugar. Então ele se senta em uma cadeira de madeira rematada com corda, ainda com a canequinha entre as mãos. O olhar perdido, voltado para baixo. Descendo em espiral. O que um moleque da capital vai saber sobre o que fazemos ou não aqui?

Petra o deixa continuar. Enquanto ele fala em voz baixa, reclamando disso e daquilo, ela continua com seu trabalho: está enfiando duas tortilhas no forno para dá-las às crianças que aparecem de vez em quando. Parece que vão ficar doentes do estômago, murmura. As cinzas lhes farão bem. O ruim de viver em condições adversas – primeiro sob uma barraca erguida às pressas com paus de algaroba, depois nessa cabaninha de madeira salpicada de adobe – é que as crianças enfiam qualquer coisa na boca. O bom é que elas podem correr livres e voltar em segurança. Dá para vê-las sem mudar de lugar ou posição na frente do forno. Vê como correm, aproximando-se e afastando-se ao mesmo tempo. Logo elas já vão poder ajudá-los. Em pouco tempo, pelo menos alguns anos, poderão fazer como as outras crianças dos acampamentos: ir atrás deles entre os sulcos e ajudá-los a arrancar os capulhos de algodão com as pontas finíssimas dos dedos. Em pouco tempo, poderão parar de brincar com a terra para começar a trabalhar com a terra. Enquanto isso, devem ser cuidadas. Protegidas de si mesmas. Direcionadas.

Pelo menos lá tínhamos garantido a paga da semana, murmura ele, virando-se para olhá-la. Os olhos puxados, cobertos por pálpebras grossas, perscrutam sua reação. Como se sabe observada, Petra concentra-se ainda mais em sua atividade. Suas mãos pequenas tocam as tortilhas de farinha, que, aos poucos, vão adquirindo um tom acastanhado que, com a mesma rapidez, parece carvão. Uma tortilha para cima; uma tortilha para baixo. O suave crepitar do fogo. Mas lá você poderia morrer a qualquer instante, diz sem olhá-lo, com voz límpida e firme. O tipo de voz que não espera nem admite respostas. Uma declaração dos fatos. Ele se põe de pé e, de costas para ela, dirige o olhar até onde o terreno acaba. Lá. Há cenas que lhe passam velozes pela cabeça: poços escuros pelos quais desce com a ajuda de roldanas, cheiro de gás metano ou gás grisu, pedras que caem de um céu mais pétreo ainda. As mãos pretas de carvão. O rosto. A boca. A língua. Mas lá eu dependia de mim mesmo, ele sussurra para o ar. Diz isso para o céu, que se abre pouco a pouco no final da tarde.

Agora que ele não a vê, Petra pode olhá-lo sem pudor. O cabelo preto mal cortado sobre um pescoço estreito e firme. Os ombros esbeltos. As pernas compridas dentro de calças justas, roupa de cidade. Por que ele sempre andava assim, como se estivesse pronto para sair? Se pudesse, penetraria seus silêncios. Se pudesse, tiraria este peso que cai de repente em cima dele, de não se sabe onde, e lhe afugenta o riso. E já te disse, José María, já te disse tantas vezes, como eu gosto quando você ri. Seus olhos brilham e seus lábios brilham, todo o seu rosto, seu corpo. Quando você ri, você é a melhor coisa que aconteceu no mundo. Se pudesse, diria a ele algo assim, mas não pode ou não quer. A tarde começa a cair e as crianças, que se divertiram desmanchando torrões ou perseguindo galinhas, agora regressam com fome ou com sono. Venha aqui, diz ao mais velho e ajeita o cabelo dele, prendendo-o atrás das orelhas. Olhe só, ela exclama quando a garota se aproxima com uma ponta do vestido levantada até o ombro. Você devia ir em vez de ficar aqui, Chema. Ir aonde? Você sabe muito bem que eles estão reunidos agorinha. Devem estar conversando com o recém-chegado na assembleia. Pelo menos assim saberíamos como as coisas estão indo. Enquanto ficam em silêncio, as crianças se enrodilham nos joelhos da mulher e tentam subir em seu colo. Ela levanta a pequenina do chão e, sem tirar os olhos das costas do mais velho, enche-a de afagos. O barulho da voz quando se aninha. O sorriso de quem se sabe acariciado. Uma mãe muito jovem e duas criancinhas. O quadro o faz estremecer. A imagem o obriga a piscar primeiro e, depois, sorrir. É sua mulher, diz para si mesmo, maravilhado. Sua mulher e seus dois filhos. Pelo menos, ele repete depois de um tempo. Rapidamente, como se tivesse de agir antes de se arrepender, ele entra na cabana e logo sai com o .30-30 na mão direita. Seus passos largos.

[milhões de estrelas]

Há esse momento. O momento em que José Revueltas pode ter encontrado os olhos de José María Rivera Doñez no meio de uma assembleia. Ou talvez o encontro dos olhares tenha acontecido antes, quando Revueltas desceu do cavalo e, meio enjoado, ainda tomado por uma emoção que lhe comprimia os lábios, pôs os pés no chão enquanto os agricultores, imóveis, os observavam de longe. O que um enviado do Partido Comunista da Cidade do México poderia estar fazendo entre lavradores e colhedores do Sistema de Irrigação n.º 4? Não quero garantir que foi assim, mas posso dizer, sem faltar com a verdade, que, quando Revueltas chegou a Estación Camarón, instigado pelo boato de uma greve de cinco mil ou quinze mil trabalhadores – as cifras variam ao longo do tempo –, a escrita penetrou em vidas que, de outra forma, teriam sido perdidas como mais tarde se perdeu o algodão. Registravam-se muitas coisas naqueles dias – as toneladas de ouro branco, como era chamado, os milhões de pesos ou dólares, a extensão de terrenos, os milhares de metros cúbicos de água, os quilômetros de trilhos de trem –, mas a greve de Estación Camarón não apareceu em lugar nenhum, nem antes nem depois. Tanto os que participaram dela quanto os que se opuseram a ela nunca a mencionaram. Só José Revueltas, que os homens da assembleia olhavam com receio sob a tenda que os protegia da noite, pensou em usar a palavra escrita para recordar tudo o que viu naquela primavera tumultuada no norte mais norte do México.

Tinha 19 anos e ali, entre homens que não sabiam nem ler nem escrever, mas que faziam pouco para ocultar as espingardas ou facões que levavam consigo, sentiu-se mais feliz do que nunca por ter nascido. José María, meio oculto nas filas de trás, não parava de observá-lo. Queria acreditar nele, mas não conseguia. Como levar a sério um garoto magro de tudo que sorria a torto e a direito como se não conseguisse fugir do espanto? Revueltas aceitara com gosto as instruções do Partido Comunista para se dirigir a Sabinas Hidalgo, de onde chegaram notícias de uma incipiente organização entre colonos e agricultores que prometia se tornar uma verdadeira insurreição, mas assim que chegou ao vilarejo que se alimentava das águas do rio Catarina teve de aceitar que, se tinha havido alguma mobilização, já acabara. Por isso não hesitou em subir na garupa de um cavalo para ir a Camarón. Primeiro se conformou em cavalgar junto com Matías, homenzinho de olhos astutos e conversa fácil, até San Pedro de la Piedra, e ali, depois de passar a noite em um galpão, pôde retomar a jornada em um cavalo só para ele. Lá, tinham lhe dito, a coisa está bem séria. O pleito não tarda a explodir.

Revueltas se dirigiu a Estación Camarón porque detestava a ideia de voltar à capital sem ter atingido seu objetivo, mas também porque gostava de perambular. Já passara muito tempo preso em cárceres e ilhas e, embora tenha nascido no norte, no estado de Durango, tinha vivido toda a sua vida na Cidade do México. Essa era a oportunidade de conhecer de perto o país do qual se orgulhava tanto, todo aquele terreno que, do centro, não deixava de ser uma coisa única e hostil, terrivelmente vazia. A greve Ferrara – como a chamavam porque foi inicialmente organizada contra os colonos J. Américo Ferrara e Otilio Gómez Rodríguez, os quais insistiam em pagar salários de fome aos assalariados do campo que semeavam e separavam as parcelas e aos colhedores que chegavam de todos os lugares para participar da colheita – começara apenas alguns dias antes. Um novo sindicato, que se gabava de não ser subordinado nem à burguesia nem ao capital ou aos sindicatos brancos, confiava que, se conseguissem suspender a produção, os Ferrara teriam de ceder. Mas os Ferrara, que ainda se comportavam como os donos de terras que tinham sido, não se deixaram intimidar. Em vez de aumentar o salário mínimo de cinquenta ou sessenta centavos para um peso e cinquenta por dia, como a lei obrigava, preferiram se envolver em negociações secretas com o governo para não interromper o plantio de algodão e, no processo, deter qualquer iniciativa de associação autônoma. Mas nem Américo Ferrara nem Otilio Gómez Rodríguez contavam com a teimosia do sindicato ou com a resposta daqueles homens e mulheres que vinham de longe com a esperança alvoroçada, dispostos a arriscar tudo por um pouco de terra. Muito menos esperavam a chegada desses comunistas da capital. Quando tudo parecia ter se ajeitado, quando confiavam que as coisas seguiriam seu curso, os sindicalistas e seus seguidores, que aumentavam cada vez mais, voltaram às reivindicações: o salário mínimo, a suspensão do pagamento de impostos sobre a propriedade para o governo, a suspensão do pagamento de empréstimos ao banco, a distribuição de mais terras exidais[2] ao redor da represa Don Martín. Uma lista de exigências.

Não pediam mais; não pediam menos.

Revueltas ouviu com atenção o relato dos fatos. E a atenção às vezes é uma forma de política. Ele observou em detalhes as caras sérias e silenciosas dos membros da assembleia. A pele morena. O nariz largo. Os bigodes desgrenhados.

---

[2] Um *ejido* é uma porção de terra não cultivada e de uso público, uma forma de propriedade da terra comunal originária do México e estabelecida após a Revolução Mexicana de 1910. A legislação do país redistribuiu as terras para serem geridas coletivamente pelas comunidades locais, principalmente para uso agrícola e habitacional. Os *ejidos* são uma parte fundamental das estruturas agrária e social mexicanas. (N.T.)

Havia algo intransponível na maneira como olhavam para ele, um tipo de curiosidade misturada com desafio. Ele se deparara com os rostos dos trabalhadores nas fábricas da Cidade do México, na penitenciária onde havia passado seis meses acusado de sedição depois de ter participado de uma marcha em sua primeira permanência nas Islas Marías, para onde enviavam os prisioneiros mais perigosos contra o regime, mas aqueles rostos de Estación Camarón o revolveram por dentro. Onde estivera a vida toda? Estes eram os verdadeiros despossuídos do regime. Aqui, do lado da fronteira, na própria fronteira de todas as coisas, estavam aqueles que não tinham nada além de fé. Era realmente necessário não ter nada para vir para cá. E essa teimosia pétrea era necessária. Os assalariados do campo. Os professores das escolas de irrigação. Os peões dos peões. Os arrendatários. Todos eles estavam inventando um modo de vida do qual ele, e todos os que eram como ele, mal tinham notícia. Esses homens determinados, armados, como podia ver a cada vez que se moviam, não requeriam a liderança de nenhum partido ou, em todo caso, a liderança de alguém como ele. O que eles precisavam, se é que precisavam de alguma coisa, era da confirmação súbita e cruel das palavras. O que era necessário era que alguém lhes dissesse vá em frente, camarada. Trabalhadores e agricultores, uni-vos. Porque todo o resto, pelo que se via, já estava pronto em seus braços agora imóveis por decisão própria, na forma como eles se postavam diante daquela pequena mesa de madeira sobre a qual brilhava, sozinha, a velha Oliver de teclas desconjuntadas. Atrás dela, sentado com dificuldade em uma cadeira de madeira da qual despontavam alguns pregos, estava ele. Sou todo ouvidos.

Enquanto Arnulfo falava em voz alta e pausada, tentando responder às perguntas de Revueltas, os outros assentiam com discrição e cautela. A noite lhes enviava de tempos em tempos o pio das corujas, e as mariposas noturnas giravam em torno das lâmpadas de óleo que mantinham o encontro iluminado. Eram, todos eles, algo quieto e sólido sob aquela tenda de cor verde-militar. Pareciam estar participando de uma comunhão sagrada em vez de uma arenga política. Então isso é que era a fronteira. Eles continuavam ali, de pé, apostando em um sindicato para ir contra o banco, contra os novos latifundiários disfarçados de colonos, contra todo o sistema. Apostando em si mesmos. Ele os via e se via vendo-os. Quantas diferenças entre ambos e quanta proximidade ao mesmo tempo. Só quando percebeu que queria urinar se lembrou de que tinha um corpo. Saiu da tenda e caminhou, ainda mancando um pouco por causa da dor no quadril, em direção às parcelas. Abriu a braguilha e, quando o jorro de urina saiu, virou o rosto para o céu. Quem os observaria de lá? O céu do campo tinha algo de definitivo sobre sua cabeça. O preto compacto e, em seguida, aqueles buracos luminosos que chamamos de estrelas. Cem bilhões de estrelas brilhavam ao longe. As duas ursas, o grande carro e outras constelações. Alguma coisa devia estar observando-os ali da abóbada do Universo, e essa coisa não podia ser divina. As estrelas tinham história. As constelações tinham história. Tudo era matéria viva, enegrecida, sombria. Uma vida como esta, tão pequena e tão heroica, só faria sentido se alguém ou algo a registrasse lá de cima: olhos de Vênus; olhos de Urano. O murmúrio dos membros da assembleia era apenas um traço que aparecia e desaparecia para aqueles olhos estranhos que os espionavam das estrelas, mas era um traço afinal. Algo real. Algo com um começo e, com sorte, algo com fim. Quando ele voltou para a reunião, caiu-lhe de chofre o cansaço da viagem. O peso das emoções desencontradas. Quando foi que esse sindicato se formou?, perguntou ele. Em dezembro passado. E quando foi a primeira grande colheita de algodão? Apenas dois anos atrás, em 1932. Onde você está dizendo que a represa fica? A cerca de setenta quilômetros daqui, indo para Sabinas. Enquanto ouvia as respostas, foi percebendo a dimensão da tarefa. Se o partido esperava que organizasse as massas que eles chamavam de desorganizadas, o partido não tinha a menor ideia do que estava se formando aqui. O que ele podia fazer era ouvir. O que tinha de fazer era escrever.

José Revueltas não podia saber que as forças da ordem que ele tanto queria mudar o levariam preso dentro de mais alguns dias num longo périplo pelas prisões de Monterrey, Saltillo, Ciudad Victoria e Salinas, antes de regressar a Monterrey e, de lá, novamente para as Islas Marías. Na assembleia, com a adrenalina e a fadiga no auge, pensando que coisas soberbas estavam por vir, Revueltas também não tinha como saber que, depois de alguns meses nas temidas ilhas, receberia um indulto do general Lázaro Cárdenas, já presidente da República em 1935, que lhe permitiria voltar à terra firme apenas para partir, todo ele com sua raiva e sua juventude, direto para Moscou, onde participaria do Sexto Congresso Mundial da Juventude Comunista Internacional e do Sétimo Congresso do Comintern. Exceto por um pequeno panfleto de motivação política, ele nunca tinha escrito nada no sentido estrito. Mas naquele momento, depois de urinar, quando voltou à assembleia dos grevistas de Camarón, ele soube, e sentiu uma espécie de fustigada de eletricidade que subiu por sua coluna e explodiu em suas têmporas, que iria deixar registrado tudo isso por escrito. Uma greve popular operária com simples trabalhadores do campo? Tinha de escrever a respeito. As pessoas lá, na cidade, precisavam ficar sabendo. Os membros do partido, os insurrectos das ruas, os rebeldes. Os incrédulos. Todos tinham de ficar sabendo que ao norte de Nuevo León, a poucos passos do império, havia começado uma greve da qual o futuro do movimento operário dependia. Ele não sabia então que levaria nove anos, em algo que para ele ainda era um futuro incerto e para nós já está muito longe, no passado, para preencher a lápis, um por um, aqueles cadernos do Ministério da Educação Pública, com sua caligrafia uniforme e esbelta, e que numa noite de agosto, no dia 13 de agosto de 1943, à uma da manhã, para sermos mais precisos, colocaria um ponto-final no que naquele momento denominava *Las huellas habitadas*, mas que acabaria se chamando *El luto humano*. Entre o delírio e a alegria, enquanto a exaustão enfraquecia sua atenção e o forçava a se refugiar dentro de si mesmo, a escrita que já rondava sua cabeça entrava nos corpos dos grevistas, gradualmente invadia seus órgãos e os lançava ilesos através do tempo. "Uma greve é aquilo à margem do silêncio, mas silencioso também."

[aqui já não existe algodão]

No dia 1º de janeiro de 1927, começaram oficialmente as obras de construção da represa Don Martín, no município de Juárez, no estado de Coahuila. Em meados daquele ano, José María casou-se com Petra um pouco mais ao norte, em Zaragoza. Cerca de noventa anos depois, quando quase ninguém se lembra do que fez ou deixou de fazer aquele casal de trabalhadores das minas que, graças ao algodão, se tornaram agricultores, nós vamos para lá, para o norte que é, agora, a partir da fronteira entre San Diego e Tijuana, meu leste. Meu sudeste. Como as coisas mudam de lugar sem se mover um milímetro. Ainda não sei bem o que me leva a ocupar uma semana de dias livres para, em vez de tirar férias ou visitar parentes, ir primeiro a Monterrey e, em seguida, sem pensar nisso, sem planejar de forma alguma, sair no meio da manhã, tarde demais para ser uma intenção séria, a Estación Camarón. Faz um sol terrível. A luz brutal bate nos cabelos e cai, pesada, sobre o ânimo. A energia. As mãos. Do jeito que a situação está, é realmente uma loucura que duas mulheres, duas mulheres *sozinhas*, empreendam esta viagem. Porém aqui vamos nós, não por sermos distraídas ou irresponsáveis, mas porque, em um mundo como este, em um mundo onde duas mulheres podem simplesmente desaparecer nas estradas do México, é necessário reivindicar o direito de ocupar o espaço público e mover-se dentro dele. Viajar como uma forma de direito fundamental.

Na verdade, vamos para lá porque algo lá, que não sabemos o que é, nos atrai. Algo fala conosco a partir de lá; e nós queremos ouvir. Há chamados que só se pode responder mudando de lugar. Incomodando-se. Colocando-se em risco. Talvez não seja inteiramente estranho que isso que começou como uma busca por pegadas habitadas por uma família de andarilhos tenha como uma de suas consequências imediatas formar outra família como ela: *queer*, nômade, iconoclasta. Essas proximidades não são trazidas pelo sangue, mas por outra substância ainda mais pegajosa: afinidades de temperamento, certos gostos compartilhados, a busca por algo em comum que ainda tem de ser definido ali, do outro lado do túnel do tempo. As pessoas mais queridas, com quem continuo me encontrando mesmo depois de algum silêncio ou desavença, aqueles que me habitam com a ocupação lenta dos fantasmas, eu conheci assim, viajando. Sorais, que não hesitou em vir de Victoria, Tamaulipas, para se juntar a mim nessa ronda de aparições e afetos, pega as chaves do carro e abre a porta. Estamos prontas para partir.

O território que Revueltas uma vez descreveu como uma terra esbranquiçada e feérica continua o mesmo. Se o algodão produziu riquezas incomparáveis na região, também arrebatou tudo dela e até pediu mais. Nas notícias da guerra – da impropriamente chamada guerra contra o narco – divulgadas pelo rádio e pela televisão, os nomes dessa história se repetem sem parar. Entre 2010 e 2012, por exemplo, o cartel Los Zetas converteu a prisão de Piedras Negras em uma fábrica de uniformes, coletes à prova de balas e desaparecidos. Piedras Negras, que uma vez foi Ciudad Porfirio Díaz e está do outro lado de Eagle Pass na fronteira entre Coahuila e o Texas, encontra-se a 189,7 quilômetros da represa Don Martín. Ainda assim, os Zetas a converteram em uma narcofossa submarina. É difícil fazer a associação entre a água que irrigava tantos hectares de algodão e a água que abriga impiedosamente os mortos. Me equivoco: nos tempos de hoje, o mais fácil é associar qualquer coisa com a falta de piedade em relação aos mortos.

Sair de Monterrey leva tempo. As avenidas se bifurcam sem aviso prévio, e os sinais de trânsito parecem agir de acordo com uma cidade que vive abaixo ou sobreposta, em todo caso escondida da cidade por onde passamos. As advertências ainda ressoam nos ouvidos: não vão sozinhas;

e, se forem sozinhas, não vão tarde; e, se forem tarde, voltem cedo. Voltem com luz. Não parem em lugar nenhum na estrada. Se houver militares, passem reto. Ou não, melhor, parem, mas não saiam do carro. Ou saiam do carro, mas nunca sem o celular. Carreguem o celular antes de sair para que a bateria não acabe no meio do caminho. Embora lá o sinal seja muito ruim, mas por precaução. Vocês são malucas. Nós nunca iríamos até lá.

Depois de um tempo de tentativas e erros, conseguimos ver o sinal certo à distância. Estamos a caminho de Anáhuac e sabemos que, um pouco além de Anáhuac, fica Estación Camarón. Vamos em direção ao passado e ao mesmo tempo ao presente. Pela janela do carro alugado aparecem as algarobas, as rajadas de vento, a luz como punhal e o galope incessante de cavalos pela estepe. Imaginamos que vemos o que Revueltas viu e que também o vemos, cavalgando ao nosso lado. A bunda ardendo. As mãos tensas. Imaginamos aqueles que avançam nas carroças, seguindo aqueles boatos tão incríveis, mas tão tentadores, talvez tão tentadores precisamente porque são incríveis, de que o governo está distribuindo terras. E nós os vemos avançar depois, lentamente, cansados, pelo espelho retrovisor. Aí estão os trilhos do trem e, de tempos em tempos, as velhas estações em ruínas. Banheiro de estrada. Acima: o céu azul. Ao redor: o matagal, as borragens e as rochas pontiagudas. Branquíssimas. Mais além: a fronteira. Uma miragem cheia de água vazia. O vento louco; vento do norte, rodeando nossa cabeça.

É preciso passar por Estación Rodríguez para ir a Estación Camarón.

É preciso atravessar as águas do rio Salado para ir a Estación Camarón.

E, ao chegar a Anáhuac, é preciso parar e perguntar. Apenas um ano depois da primeira safra recorde de algodão, em meio a pressões crescentes pela distribuição de mais terras por parte dos assalariados rurais – peões alojados nas fazendas de acordo com as autoridades agrícolas da área – e nos terrenos que haviam sido da família Ferrara, mas que desde a construção da represa pertencia ao Sistema de Irrigação n.º 4, fundou-se Anáhuac, em Nuevo León, no dia 5 de maio de 1933. Até no nome se nota que os fundadores de Anáhuac não eram daqui. De *atl* (água) e *nahuac* (rodeado), o topônimo vem do náuatle e corresponde a uma realidade do Vale do México; não vem daquele chichimeca tosco em que estar "rodeado de água" ou "perto da água" não deixa de ser um belo desejo. Projetada pelo engenheiro Jorge J. Pedrero por ordem de Alfredo B. Colín, responsável pelo Sistema de Irrigação, Anáhuac tornou-se um dos pináculos da estética urbana algodoeira. Uma utopia de ruas largas na forma de círculos concêntricos à margem de um rio e de uma estação de trem: isso era Anáhuac. Uma cidade criada para satisfazer, ou silenciar, as crescentes e cada vez mais organizadas demandas por terras na região: isso era Anáhuac. Um obelisco com as mãos para o alto acenando para todos os pontos do alarme do tempo.

Esperávamos encontrar ruínas, mas o que há é uma cidade viva. A praça tem, de fato, um quilômetro de diâmetro e, em suas imediações, é impossível não pensar nas ruínas circulares de Borges. Afinal, também viemos aqui para sonhar um homem. Para sonhar uma mulher. Impossível caminhar por Anáhuac sem pensar no algodão e na represa Don Martín e naqueles homens e mulheres quando descobriram o calor de seus passos juntos.

Sopa de carne: anunciam todos os restaurantes. Aquele edifício *art déco* era um teatro imponente onde Toña la Negra uma vez cantou. Uma vez. Por essas ruas largas passaram as caminhonetes cheias de fardos de algodão. Ouro branco sobre rodas.

O que vocês estão procurando?, nos cutuca um jovem policial, claramente entediado, na entrada do Paço Municipal quando nos pega bisbilhotando por trás de um vidro. Evidentemente, nossa presença exige que o homem não tire as mãos do chifre de cabra que mantém na altura do abdômen graças a uma alça escura que cruza seu peito e as costas. Documentos. Histórias do lugar. Ah, sim. Documentos históricos, insistimos. Sua descrença poderia ser enternecedora se não fosse pelo fato de que nos causa um medo que não admitimos sentir. A possibilidade de que alguém venha a Anáhuac procurar apontamentos sobre sua história é tão improvável que, em vez de nos expulsar dali ou atirar, em vez de repetir que não há nada disso aqui, como disse na primeira rodada de perguntas, ele nos direciona para um prédio próximo. Lá, diz o homem, apontando para o edifício do Sistema de Irrigação com a ponta da arma. Bem ali do outro lado da rua. Distraidamente é um advérbio perigoso às vezes. A mão nunca soltou a superfície da arma. Você percebeu isso?

Paredes brancas com faixas verde-limão. Mosaicos com motivos geométricos. Teto alto. Um edifício do governo que não mudou nada em décadas. Um edifício do governo sem pessoas, no qual nossas vozes produzem um eco que vai de parede em parede até que desapareça por completo. Assim que se abre a porta fechada no primeiro andar, a melancia se abre em muitos pedaços. Atrás daquela porta, no único escritório com ar-condicionado do local, há três homens e uma mulher reunidos em torno de uma fruta vermelha aberta. O suco da melancia se espalha sobre a superfície de fórmica da mesa cinza. Lentamente. E cai. As gotas como um teatrinho cruel. Uma mancha vermelha no chão ou no mundo. Os homens e a mulher olham para a porta com surpresa, com desconfiança, até mesmo com medo. É sexta-feira. De repente percebemos que é sexta-feira à tarde. Sexta-feira prestes a sair do escritório. O que estão procurando aqui?

A consciência às vezes explode como uma melancia madura, triste e sombria.

Não há documentos aqui, assegura um dos homens, que usa botas de caubói e leva uma faca presa no cinto de couro. Não há nada aqui. E todos balançam a cabeça da direita para a esquerda em sinal de negação. Mas eu sei onde estão as fotos, oferece outro. Venham. A mulher, de pele muito branca que usa uma minissaia muito curta, insiste em tirar uma foto do grupo aos pés do prédio do governo. Uma foto para quê? Para nos lembrar que vieram. Ah, sim. Do outro lado da rua, a ponta do chifre de cabra se aproxima. Quantos olhos nos veem do além? Há corpos debaixo d'água. Há corpos apodrecendo debaixo d'água bem perto daqui, em uma represa. Viver por milagre é o que fazemos, diz o homem que nos guia até o centro da praça quando tentamos falar com ele. Sorri outra vez. Um passo. Mais um passo. E volta a sorrir. Ninguém mais se lembra disso, ele diz quando a pergunta é sobre o algodão. Lavrar. Semear. Regar. Desembaraçar. Colher. Guardar. O que é aquilo? O homem volta a sorrir quando aponta com ar de triunfo para as fotografias penduradas nas paredes verdes da biblioteca municipal. Ali está a represa. Imponente, imensa, a Don Martín ergue-se em terra firme com essa atitude de estátua que sobreviverá a todos os desastres naturais do tempo. E acrescenta: não há mais algodão por aqui. Há muito tempo não há mais algodão por aqui.

Poucas coisas mais tristes do que os rastros de uma opulência súbita e brutal, e efêmera. Poucas coisas mais certas.

Embora diga que, assim como o algodão, Estación Camarón não existe mais, que ninguém mais vai lá, que não é seguro ir, ele nos dá as seguintes instruções: voltem para a estrada em direção à fronteira e, na curva, virem à direita. Na vereda que vai aparecer logo, logo, virem à esquerda. Tudo é terra pura. Começa a entardecer quando entramos no carro. Hesitamos em seguir em frente ou voltar para Monterrey. Mas quando teremos tempo de voltar aqui? Em um acesso de entusiasmo, decidimos ir. Retomamos a estrada e passamos pelo arco que nos indica que acabamos de deixar Anáhuac para trás. Uma risada. Outros pequenos sinais de triunfo. No entanto, em pouco tempo tudo fica confuso. Que curva? Que vereda? Que superfície da terra? Essa caminhonete preta está mesmo nos seguindo? Temos de lembrar que somos duas mulheres em uma estrada que atravessa a estepe plana. Estamos em guerra. Somos, de fato, duas mulheres sozinhas. Duas mulheres sem Estado, sem exército, talvez sem país. Duas mulheres nesse tipo de solidão, delirando sobre o deserto, os milhares de ossos, os milhares de crânios. O presente se aproxima pelo retrovisor. Há uma fossa submarina não muito longe daqui.

Cautelosamente é um advérbio modal e brutal ao mesmo tempo.

Não há nenhuma placa na estrada que indique Estación Camarón. Não há nada: dupla negação. A caminhonete do presente ainda está lá, colada a nós pelo retrovisor. Se aumentamos a velocidade, ela aumenta; se diminuímos, ela diminui. As janelas com insulfilm não nos permitem ver o que acontece lá dentro. As mulheres sempre andam sozinhas nas estradas da estepe. Não é a primeira vez que temos medo nesta viagem, mas é a primeira vez que admitimos. O medo é uma manada que fustiga a superfície da Terra. O medo é perceptível na voz, na pressão das mãos no volante, no mal-estar.

Estación Camarón não existe.

Talvez Revueltas estivesse certo e aquela "mesma pobre aldeia que estava ao lado do rio fugiu, ela também". E jamais voltou.

Voltamos? É só olhar no retrovisor para responder em silêncio que sim e imediatamente fazer uma curva na estrada e dizer em voz baixa, na voz da derrota que reclama: hoje não conseguiremos chegar a Estación Camarón. Estamos em guerra.

[*a coisa mais bela*]

A viagem sempre começa antes. A viagem começa antes mesmo de imaginar a viagem. Nenhuma história da agricultura poderia ser soletrada sem água. Localizada no canal que une o rio Salado e o rio Sabinas, em uma fazenda que já pertenceu a um certo Martín Guajardo, a represa tinha um reservatório de 1.396 hectômetros cúbicos de água. A viagem começa com a água. O uso primordial desse líquido foi e tem sido a irrigação agrícola nas terras compreendidas pelo Distrito de Irrigação n.º 4, área que variou em extensão, mas que, em seus bons tempos, chegou a cobrir 29.605 hectares entre os estados de Coahuila e Nuevo León. Os generais, tão dados à hipérbole, garantiram que com essa represa poderiam irrigar até 65 mil.

No início era apenas um boato: uma nova fonte de trabalho em uma terra cheia de buracos e poços; a possibilidade invejável de trabalhar de sol a sol, mas sob o sol. Então, as pessoas foram chegando. A área já havia sido o campo de ação de tantos outros antes: as nações dos coahuiltecos, que se opuseram ao domínio espanhol com unhas e dentes durante a colônia. Os apaches, os comanches, os mezcaleros cavalgavam por essas montanhas. Os mascogos e os seminoles negros também passaram por aqui em busca de refúgio contra a escravidão. E, sob esses céus sóbrios, também correram manadas de bisões que, em vez de fugir das tempestades, iam encontrá-las. Quando as minas de carvão passaram a dominar a planície, os pés de milhares de operários e lavradores, os assalariados rurais, de peregrinos e fugitivos marcaram os caminhos. Agora eles vinham de muitos lugares e falavam línguas que raramente eram ouvidas nas estradas que ligavam as margens dos rios com as carboníferas. Nas fotografias que registraram todo o processo aparecem, de maneira predominante, os engenheiros gringos, contratados pela J. G. White Engineering Corporation, mas nunca sem aquele regimento de trabalhadores da construção que, a julgar pelas imagens, eram principalmente índios. Índios do norte. Índios com o lenço amarrado na testa. Índios de cabelo comprido. Índios e mestiços de gerações recentes. Todos olham diretamente para a câmera lá do ano de 1927, quando os trabalhos se iniciaram. E do ano de 1930, época de sua inauguração. Todos olham para nós.

Saiba Varma tinha razão. As construções são lugares encantados. Em uma palestra memorável sobre a antropologia das infraestruturas, ouvi-a dizer que existem infraestruturas suaves, como hospitais e fábricas; e há infraestruturas duras, como estradas e pontes. Nada mais duro do que uma represa, concluí. Nada mais duro que a Don Martín. Não se pode esquecer os corpos que as constroem, acrescentou Varma com os olhos arregalados. Olhos em que parecia habitar, embora de maneira oblíqua, o espanto. Nem aqueles que morrem lá. Não se pode esquecer, ela insistia. Insistimos. A represa Don Martín também é a represa Venustiano Carranza. As infraestruturas são lugares sagrados, concluiu Varma. É preciso pensar nisso. Há uma fossa submarina no meio do deserto.

Certamente lhe disseram mais coisas, mas o que Revueltas concluiu durante esses dias em Estación Camarón foi que a construção da represa havia sido um tempo feliz. Um estranho entusiasmo, um "rumor intenso e vital", percorreu as trilhas e eletrificou os braços dos homens enquanto as máquinas e a dinamite faziam suas estripulias. A linguagem exata dos martelos. A sensualidade pesada do cimento. Havia no ar aquela produção musical de ferro, areia, madeira, cascalho. Tudo estava prestes a ser. Tudo prestes a aflorar. Uns dois anos, ele se atreveu a estimar. Uns dois anos de felicidade; talvez três. E depois a realidade. E enumerava aqueles que participaram de tudo isso: engenheiros, empreiteiros, pedreiros, mecânicos, carpinteiros. Todos eles, ali, no norte de Coahuila, trabalhando na construção daquilo que, já perto do fim, não parecia uma represa, mas "uma estátua, a coisa mais bela que pudessem esculpir para o adorno da paisagem cinza. Um grande ornamento. A represa, diante de seus olhos assombrados", tinha pés e era atravessada, verticalmente, por uma ossada escura. Ereta e grandiosa, a represa estava coberta por cortinas de água como se fossem vestidos. A represa, aquele "anfiteatro antigo, solene e nobre".

Então, no final daquele período de graça, quando tudo estava quase pronto, a inauguração foi marcada. O projeto hidráulico foi de tal importância que, em 6 de outubro de 1930, o general Plutarco Elías Calles, o então poderoso ex-presidente do México, chegou pessoalmente representando Pascual Ortiz Rubio, um dos presidentes do chamado Maximato. Calles concedeu entrevistas e posou para várias fotos. Na época, ele se referiu à represa como um projeto pessoal, um desejo próprio que finalmente via realizado. Se Revueltas falava da represa como uma obra de arte que invadia com sua beleza a monotonia do deserto, Calles parecia se referir a ela como um milagre – e isso, nos lábios de um presidente anticatólico que tinha se embrenhado nas montanhas de Espinazo para visitar Niño Fidencio, um famoso curandeiro com um culto crescente no norte do México e no sul dos Estados Unidos, não era pouca coisa. Em outubro já devia estar um pouco frio, mas talvez nem tanto a ponto de justificar o uso dos chapéus fedora e dos casacos longos. As rajadas do vento louco, o vento do norte, agitavam o cabelo dos homens que vinham da cidade. Embora eles dissessem que estavam cheios de orgulho, comprometidos até a medula com os novos ares do progresso, na realidade percebia-se que estavam profundamente incomodados, ansiosos em entrar no trem para assistir à próxima inauguração.

[ler e escrever]

Traz algo entre as mãos. Anda de um lado para o outro entre o acampamento e as parcelas, entre as parcelas e a represa, entre a represa e Camarón. Não se afastou do cavalo por um único dia. De manhã, muito cedo, monta sem sequer encilhá-lo e não regressa até tarde da noite. Não tem ideia do que vai comer por lá, ou se vai comer. Mas é verdade que parece mais magro. Mais alto. É ela que acha ou ele parece mais jovem? Vamos lá, ele até começou a franzir os lábios e assobiar músicas que ela não conhece. Ele as recorda de outra vida ou será que as inventa? Detesta se fazer essa pergunta porque equivale a admitir que o conhece pouco. E como é possível desconhecer um homem com quem viveu todos os dias que cabem em sete anos? Em vez de pensar nisso enquanto espia de quando em quando a vereda, com um pouco de nervoso, com alguma ansiedade, é melhor fazer suas coisas. Sempre há trabalho nos campos. Agora que os grevistas pararam a produção de algodão, não teve que ir desembaraçar os brotos ou preparar o terreno ou, no verão, colher. Mas as tarefas na cabana são muitas. Em primeiro lugar, garantir que todos comam, especialmente as crianças. O bom de viver dentro do Sistema de Irrigação é que eles têm água o ano todo. Tudo o que se tem a fazer é ir a algum canal ou tubo de drenagem e pegar um balde ou dois. Ou o tanto que for preciso. A água é meio salitrosa, mas é possível fervê-la e, depois, passá-la por uma peneira, ou melhor, por um pano velho. Então vem o que Chema caça no mato com seu rifle, algum coelho, um daqueles pássaros grandes e doces. Ainda não vê a sombra de nenhum veado. E, quando é possível, quando as galinhas concordam, há os ovos frescos que derretem na boca. O feijão, a farinha e a manteiga são comprados na loja do Sistema, mas, quando receberem mesmo que sejam apenas dez hectares de terra, seu plano é plantar um trecho só de feijão, de abobrinha, de milho. Se puder, no verão, algumas melancias. Enquanto isso, é preciso cuidar da vaca, ordenhá-la bem e diariamente, o mais cedo possível; e da cabrinha que, bem engordada, pode durar até dezembro. E das galinhas, que com elas pode até comercializar ovos e economizar alguns centavos. As plantas de hortelã e artemísia, de arruda e de cânfora foram todas ideias sua. Quando estavam vindo para cá, ao passar em frente a um pomar bem cuidado, com a cara e a coragem ela parava para pedir uma muda. E, como os achavam tão pobres naquelas caravanas tão lentas, eles lhe davam. Para as suas crianças, diziam. E era verdade, pensava neles acima de tudo. Um chá bem dado poderia salvar a vida deles e, se não, poderia tornar o caminho que eles tinham de percorrer para ver um médico menos angustiante. Lá, na entrada da cabana, em pequenas latas de estanho, as mudinhas crescem. Se eu tivesse umas panelas, dizia a si mesma. Mas pelo menos há água para regá-las. Pelo menos uma ela sabe que vai brotar. Às vezes, quando passa por ali com um monte de roupas ou um feixe de lenha, ela as toca meio distraída e, em seguida, leva os dedos ao nariz.

Os recém-chegados, aqueles que mal sabiam que iam distribuir terras por aqui, nem chegam a ter uma cabana, muito menos plantas. Para eles existem as pérgulas de paus armadas diretamente embaixo da copa de uma algaroba. Ou assim, ao ar livre. Famílias inteiras dormindo nas carroças ao lado de fogueiras acesas. Têm de deixar passar algum tempo para se apropriarem de suas coisas. Uma colheita ou duas. A agricultura é uma faina muito lenta. Se não fosse por Cruz, o irmão dela, nem saberiam o que estava acontecendo. Mas ele veio e, pouco a pouco, foi lhes contando sobre o que fazia nos campos de algodão, um pouco além da Don Martín, naquele lugar que já era, havia muito tempo, chamado Estación Camarón, mas que agora, de repente, tinha se tornado o centro das atenções de meio mundo. Se a água vier, Chema, lhe dizia, convincente. Com os quinze hectares que o governo oferece, dá para alimentar uma família. E, depois que o banco te dá o subsídio, é questão de escolher a semente e lavrar, desembaraçar e regar até que a planta cresça e fique toda branca e a coisa esteja pronta para a colheita. E enquanto isso quem te alimenta? Bem, lá nós conseguimos juntos. No mato ninguém morre de fome se você tiver com quê. Com que o quê? Bem, com que matar um animal que se mova. Mas você quer que eu me torne caçador ou agricultor? O riso atravessava a frase inteira. E Cruz o deixava gracejar uma ou duas vezes, mas voltava à carga. Pense nas crianças. Pense que pode deixar um pouco de terra para elas. Chema interrompia a gargalhada e, em vez de fazer outra piada, permanecia em silêncio. Mas se já conseguimos tanto trabalhando a terra alheia, especialmente milho, Cruz. Que diachos vou fazer lá se eu nem sei colher algodão? Além disso, olhe para mim, estou velho demais para aprender novas habilidades. Olhe você para mim, o cunhado dele dizia mostrando as mãos. Você só precisa disso. Nada mais. E a Petra pode te ajudar. As perguntas não paravam: Vão te dar terra só porque sim? E de onde vamos conseguir tirar esses 5% do custo inicial? E quem vai assinar o atestado de que sou gente decente? Ele ria, levava tudo na brincadeira e resistia. O trabalho tinha encontrado seu modo; e ele, o trabalho. A errância. Esse conhecimento de que, se algo desse errado, sempre havia uma maneira de consertar. Além disso, Zaragoza, onde vivera mais do que se lembrava, tinha seus mananciais e seu céu azul. E aquelas árvores de troncos tão rugosos e largos que dava vontade de fazer um buraco dentro delas e ficar dormindo ali.

Ele tinha passado pelo próprio inferno no verão das minas de carvão e ali, entre as secas de Zaragoza, estava bem. Por que procurar agulha em palheiro? Tinha se acostumado a ir de um rancho para outro, de uma fazenda para outra, fugindo do perigo quando o via vir de frente ou buscando alguma melhoria no salário. De Rosita a Zaragoza, de Zaragoza a La Morita, a Acuña. Conhecia Múzquiz como a palma da mão e, quando as coisas ficavam feias, debandava por alguns dias para a serra. De que serviria ele em uma parcela esperando para ver crescer uns punhados de algodão e, o pior, sem dinheiro enquanto isso? Mas é trabalho na superfície da terra. É trabalho diretamente sob o sol. Preste atenção.

E ele prestava.

Petra tinha se tornado uma garota séria nos acampamentos das fazendas de Zaragoza. Rodeada de irmãos, e sem uma mãe para impor a ordem, ela se acostumara desde a infância a administrar a casa à sua maneira. Cruz e Anastasio lhe deixavam os trocados do dia e ela se ajeitava para conseguir comida, roupas e um lugar limpo para dormir. Em troca, eles a protegiam de um ambiente onde passavam homens solteiros que geralmente vinham de longe, sem nenhum outro sinal de identidade além das palavras levadas pelo vento. Em troca, eles a cercavam. Em troca, nos momentos que tinha livres, pôde frequentar dias suficientes na escola do acampamento para aprender a ler e escrever. Quando pegava o carvão e se inclinava sobre um pedaço de papel, seus irmãos a observavam com uma pitada de reverência que se esquivavam de mostrar quando ela levantava a cabeça. Ninguém em sua casa, ninguém na longa linhagem de gerações que cresceu e morreu em Los Cuarenta, Jalisco, tinha feito isso. Aquela posição do corpo era inédita. Uma verdadeira revelação. Seus avós e os avós de seus avós sempre assinaram seus contratos com um polegar cheio de tinta e usavam os olhos para ler o céu, os frisos escuros do carvão, a terra solta. Quando Chema a viu fazer isto, inclinar-se sobre um caderno e desenhar traços que os outros poderiam decifrar, olhou para ela em silêncio. Ele conhecera muitas mulheres. Já havia se casado com duas, isso ele dissera aos irmãos Peña. Mas nada em sua vida o preparou para a reação que seu corpo teve quando viu essa garota de semblante grave e maneiras resolutas escrever algo hermético e intransferível, algo que para ele permaneceria sempre no terreno do mistério. Em um ato semelhante à prestidigitação, Petra se comunicava com o que não estava lá, diante dela, que era quase o mesmo que dizer que Petra enviava e recebia mensagens de fantasmas e mortos.

Eles chegaram ao Sistema de Irrigação com poucas posses. Nada que não se encaixasse no pequeno espaço da carroça que duas mulas ariscas puxavam. No caso dela: duas anáguas, um par de sapatos, um xale, um pente, outro par de sandálias. No caso dele: o terno de sair em fotos e as botinas; as calças de trabalho diário e as alpargatas de fibra que tinha usado na mina. Alguns pratos de estanho. Um par de potes de barro. Alguns alumínios. Inclusive aquela panela de pressão que, em um arroubo, tinha comprado em Eagle Pass pensando que pouparia tempo e dinheiro na preparação de comida. Naquela pequena pilha de objetos que os acompanhava, sempre havia espaço para uma caixinha de latão onde guardava seu bem mais precioso: um caderno de capa preta e linhas azuis. Petra não o chamava de diário. Não tinha nome para o que fazia com alguma regularidade: sentar-se em uma das cadeiras e abrir o caderno sobre a mesa. Pegar o lápis, chupar a ponta de carvão e escrever. Ali ela anotava os eventos memoráveis. O tipo de coisas que não queria tirar de sua memória: as datas de nascimento de seus filhos, a hora exata de seu casamento, o nome de certos medicamentos. Com o tempo, aprendera que isto, a escrita, também servia para anotar o tipo de coisas que lhe causavam pesar, desassossego, raiva. Queria isso em sua memória também. Sobretudo a raiva. Lá, hoje, enquanto olha de soslaio para a vereda esperando Chema voltar, ela anota: Há três anos Juanita morreu. Que em paz descanse, QEPD. Põe um ponto no final das maiúsculas. E fecha o caderno sobre os joelhos.

Maldita mina.

[ultimar]

Américo Ferrara não se preocupou em bater à porta ou tirar o chapéu cinza-pérola que lhe cobria os cabelos já ralos quando entrou nos escritórios do Sistema de Irrigação. Pediu à primeira pessoa que encontrou para lhe dizer onde o gerente Becerril estava naquele momento. Onde sempre está, disseram-lhe. E lá foi ele. O eco dos saltos de suas botas subia pelas paredes até chegar ao teto. Do lado de fora, o sol do meio-dia ameaçava queimar o que estava em seu caminho, mas dentro do imóvel de cimento e pisos de mosaico de uma cor verde intensa respirava-se de maneira distinta. Olhe para isso, ele disse ao gerente, batendo em um par de folhas amareladas em sua mesa de madeira coberta com um tampo de vidro. Como vai, *don* Américo? Que prazer vê-lo por aqui. O homem atrás da mesa falava sem vê-lo enquanto lia as páginas com atenção e sem surpresa. Primeiro deixaram que eles viessem com a história de fazer um sindicato. E então isso. O que vem depois? A posse de terras exidais e a república comunista? Becerril ordenou que trouxessem copos de água; a menos que o senhor queira outra coisa, *don* Américo. E então se dispôs a acalmá-lo. O sindicato ia ter que desistir em breve. Eles não tinham alternativa alguma. Seus infiltrados já estavam esbravejando com a falta de trabalho e comida. Eles logo cedem, disse-lhe. Especialmente aqueles que têm família. De jeito nenhum eles vão comer ar, não acha?

Américo Ferrara sentou-se. Aceitou o copo d'água e pediu que lhes trouxessem um par de cervejas geladas da cantina mais próxima. Parecia disposto a passar bons momentos ali. O que não está claro para vocês, disse ele, é que, se não retomarmos o trabalho nas parcelas, esta colheita vai pro beleléu. E o que você acha que o banco vai dizer quando não pudermos pagar os empréstimos; ou o governo, quando os fardos não chegarem do outro lado?

Becerril levantou-se e inclinou-se para fora da janela com vista para a praça. Ninguém era louco o suficiente para dar uma volta naquele momento. Até as árvores da praça pareciam querer abrigar a si mesmas com a própria sombra raquítica. Ele se lembrava bem dos dias em que o Bloco dos Trabalhadores e Camponeses de Camarón havia sido formado, no finalzinho do ano anterior, quase perto do Natal. Embora a notícia tivesse chegado ao seu escritório quase imediatamente, poucos estavam preocupados com o surgimento da organização sindical. Bando de bêbados, ele disse a quem quisesse escutar. Certamente estavam comemorando e, entre um mescal e outro, seus ânimos tinham sido acalmados. Quem, em são juízo, iria contra o apogeu da região? Quem poderia estar interessado em parar os campos de algodão e pôr em risco a colheita e os meios de subsistência de tantos trabalhadores do campo? Os ricos ganhavam, certo; mas, se eles ganhavam, os pobres também ganhavam. Era isso que dizia a si mesmo. E era isso que dizia a eles. Mostrem com seu trabalho que vocês merecem mais e, quando chegarmos à colheita, veremos como distribuímos. Mas os sindicalistas já não estavam dispostos a ouvir promessas ou esperar. No início do ano novo, em 18 de janeiro, eles enviaram uma carta ao Ministério do Interior na qual confirmaram que se afiliavam aos seus similares em Monterrey e na Cidade do México. Além disso, deixavam claro que rejeitavam qualquer "tutela da burguesia e dos donos de terras, e se declaravam independentes de todo apoio governamental". Prudencio Salazar, secretário-geral da nova organização, terminava a missiva com um combativo: Trabalhadores e camponeses, uni-vos!

Trabalhadores e camponeses. Como se a água e o óleo pudessem se misturar.

O estado inteiro anda igual, Becerril, insistiu Ferrara. Veja bem. Nesse momento, o secretário entrou no escritório com as cervejas geladas e perguntou se eles queriam copos. Não seja um maricas, disse Ferrara, bebendo direto do gargalo. Vocês são culpados por tudo isso, engenheiro. O tom mais conciliador parecia parte de uma rotina mais ampla e estudada. Em vez de cortar suas asinhas, e vá ver se aqueles malnascidos as têm, deixaram que continuassem sob o pretexto de leis e direitos dos trabalhadores e essas bobajadas. Mas olhe para tudo ao seu redor. Agora há até mulheres comunistas nas rancharias de San Pedro de la Piedra!

Becerril soltou uma gargalhada. Não pôde evitar. As coisas que tinha de ouvir naquele escritório. Por um lado, chegavam os colonos que já eram donos de seus quinze hectares, pedindo mais terra para seus familiares ou exigindo peças de reposição para tratores. Ou reclamando dos funcionários do Banco de Crédito Ejidal, sempre em busca de taxas de juros mais altas. Por outro lado, faziam ato de presença os assalariados rurais, que não tinham conseguido um terreno próprio e trabalhavam de sol a sol na esperança de que, um dia, mais cedo ou mais tarde, o governo amolecesse o coração e lhes concedesse nem que fossem dez hectares de terra irrigada. E não faltavam aqueles que, como o próprio Ferrara, vinham exigir, e não pedir. Vinham propor medidas urgentes, e não se queixar. Na forma como abriam as portas dos novos escritórios e depois se sentavam como se tivessem todo o tempo pela frente, dava para notar que nada tinha mudado para eles. Talvez algumas terras tivessem sido confiscadas, mas não tantas para corroer sua influência entre os políticos locais e a polícia estadual. Para eles, as coisas permaneciam as mesmas. Era tudo uma questão de criar as conexões necessárias para exercer a pressão certa e, assim, forçar as ovelhas rebeldes a voltar para o rebanho.

Isso é o que estava lhe dizendo enquanto ele deixava a janela em paz e voltava para a mesa para tomar um gole de cerveja. Temos mais de dois mil colonos em nossa Associação, Becerril, e podemos fazer algo. Algo como o quê? Como o que vocês não estão fazendo. Bem, estamos produzindo o melhor algodão da zona, recordou-lhe. E estamos trazendo tanto dinheiro que em breve vamos levá-lo em carretas. Mas com carretas de dinheiro não se irriga, Becerril, não seja hipócrita. Os sindicalistas nos interrompem na época do plantio e na época da colheita. Não sei o que é pior. Mas eles sabem que temos compromissos com o governo e com as empresas que subsidiam nossos trabalhos. Eles sabem muito bem, é por isso que se aproveitam. Vocês deram uma coleira muito longa para esses filhos da puta.

Olhava para ele de soslaio, sabendo que tinha se excedido. Vocês. Os do governo. Se continuasse pintando as coisas assim, não conseguiria o que queria.

Olhe, não são sindicalistas de verdade, ele se corrigiu. Olhe bem para eles, são agitadores do ofício, falsos redentores que só se ocupam em criar mais problemas. Para mim, são grupos políticos disfarçados de sindicatos, cujo interesse é desestabilizar o novo governo. Elementos ruins por todos os ângulos que se olhe.

O gerente do Sistema de Irrigação o deixava continuar sem tirar os olhos dele. Seus olhinhos escuros, de uma astúcia descrente e formal, o perscrutavam enquanto o colono virava a cerveja e mandava buscar mais uma rodada. Estamos em um escritório do governo, *don* Américo. O que fazer? Vamos ver, diga ao seu secretário para fazer algo de bom e ir pegar mais duas.

Era verdade que a atividade dos sindicatos havia aumentado desmedidamente nos últimos tempos. Associações populares. Grupos disso e daquilo. Era verdade que, seja lá como se chamassem – Sindicato dos Trabalhadores Agrícolas, Sindicato Único dos Trabalhadores Agrícolas, Frente Única Trabalhadora e Camponesa –, as atividades dos grevistas de Camarón estavam se tornando cada vez mais sérias. A esperança era um animal com raiva. Não podiam soltá-lo porque ele infectava qualquer um que atravessasse seu caminho. E nem precisava mordê-los. Bastava que a saliva do animal caísse sobre a pele ou que o ar que saía de sua boca tocasse a orelha adequada para que o seguinte caísse na tentação da utopia. A quantia de um peso e cinquenta por dia! Jornadas de trabalho de oito horas! No que esses malditos comunistas fizeram seus trabalhadores rurais acreditarem? Se, pouco tempo atrás, eles não tinham nem uma esteira para dormir nem nada para pôr na boca.

E o que você propõe, Américo?, sabia que teria de chegar a essa pergunta. Sabia que este era o plano que Américo viera oferecer.

Primeiro, é preciso esclarecer que não contratei trabalhadores sindicalizados. Se eu soubesse, se tivessem me dito, é claro que eu os deixaria de lado. Há muitos que tomariam seus lugares, você sabe disso muito bem. Então, quando a mobilização começou, eu me entendi com eles. São bem espertos, não se fie neles. Sabem que, se o algodão fracassar, todos nós fracassamos. Primeiro fomos com as autoridades civis e, na frente deles, concordaram que voltariam ao trabalho. Já tínhamos um acordo quando esses outros chegaram. Os comunistas. Quando eles chegaram, tudo isso foi para o inferno.

Ferrara fez um silêncio dramático. Pela primeira vez tirou o chapéu e colocou-o de cabeça para baixo na cadeira ao lado. Pôs os cotovelos na mesa como se quisesse aproximar o rosto o máximo possível do rosto do gerente do Sistema. Bem, o que eu acredito é que é hora de ultimar essa situação de greve.

Ultimar?, perguntou Becerril. E com toda a energia que o caso requeria, Ferrara respondeu.

Ultimar é um verbo com urgência e com agonia ao mesmo tempo. Só se ultima o que está prestes a morrer. Melhor dito: só se ultima o que está no ponto, mas não morre naturalmente. Só se ultima o que se começou.

[telégrafos habitados]

TELÉGRAFOS NACIONAIS
ESTADOS UNIDOS MEXICANOS
TELEGRAMA

Camarón, N.L. via Anáhuac NL 23 de março de 1934
16w 60 pd a 17.25

C. Governador do Estado
Monterrey, N.L.

Conflito greve Ferrara processados companheiros
Liberdade imediata com relação à greve responda.
Sindicato Trabalhadores Agrícolas, Camarón N.L.

F. García.

[notifique os inspetores de trabalho para ver qual
deles pode ir a Camarón]

TELEGRAMA OFICIAL
Mensagem número 1332
México, D.F. 9 de abril de 1934

C. Governador do Estado de Nuevo León,
Monterrey, N.L.

GERENTE SISTEMA DE IRRIGAÇÃO N.º 4 INFORMA QUE IN-
DIVIDUOS ALHEIOS A COLONIZAÇÃO CHAMADOS P. SALAZAR
R. FERNANDEZ R. JOSE V. DE ARCOS. J. REVUELTAS ESTÃO
FAZENDO TRABALHO AGITAÇÃO FAZENDO CIRCULAR FOLHAS
SOLTAS CONTENDO ATAQUES A AUTORIDADES E INSTIGANDO
COLONOS CONTRA GERENTE E BANCO NACIONAL DE CREDITO
AGRICOLA PONTO SUPLICO-LHE ATENTAMENTE ORDENE EX-
PULSÃO DE SISTEMA DE IRRIGAÇÃO TAIS INDIVIDUOS PARA
EVITAR GRAVES PREJUIZOS TENTAM OCASIONAR AO GOVERNO

VP. EXECUTIVO IRRIGAÇÃO
BECERRIL COLÍN

TELÉGRAFOS NACIONAIS
ESTADOS UNIDOS MEXICANOS
TELEGRAMA

PALACIO NACIONAL, MEXICO D.F. 10 ABRIL 1934
16.30
GOVERNADOR ESTADO
MONTERREY, N.L.

6579.- PARA SEU CONHECIMENTO E DEMAIS FINS INSIRO CONTINUAÇÃO MENSAGEM RECEBEU ANTEONTEM PRESIDENTE DA REPUBLICA DE NUEVO LAREDO TAMS: "MAGNA MANIFES-TAÇÃO EXIGE RESPEITO GREVES CAMARON SALARIO MINIMO. TERMINE TOTALMENTE REPRESSÃO GOVERNO NUEVO LEON PARA TRABALHADORES PONDO IMEDIATA LIBERDADE JOSE ARCOS PRUDENCIO SALAZAR FRANCISCO GARCIA JOSE REVUELTAS. ORDENS GREVE CAMARON TEM MAIS QUINZE DIAS RESOLVAM-SE LICITAS. SE RESPEITA ORGANIZAÇÃO E EXPRESSAO LIVRE IDEIAS. ALIANÇA ORGANIZAÇÕES TRABALHADORAS E CAM-PONESAS. SECRET.-GERAL JOSE P. GONZALEZ". SINCERA-MENTE SECRET. PART.

TELEGRAMA OFICIAL

CONFIRMAÇÃO

DE Monterrey NL A Mexico DF, 10 de ABRIL de 1934

C. LIC. F. JAVIER GAXIOLA JR.

SECRET. PARTICULAR PRESIDENTE

REPUBLICA

PALACIO NACIONAL

SEU 6579. DATADO HOJE PONTO GREVE REFERE-SE TRATA-SE
EM JUNTA CENTRAL CONCILIAÇÃO E ARBITRAGEM ESTADO EM
TERMOS FIXA LEI TRABALHO EM VIGOR PONTO GOVERNO MEU
CARGO NÃO DETERMINOU NENHUMA AÇÃO PESSOAS REFEREM-
SE PONTO NO ENTANTO, JA ORDENE-SE UMA INVESTIGAÇÃO

ATENCIOSAMENTE.

GOVERNADOR DO ESTADO.

Remeta-se

SECRETARIO-GERAL DE GOVERNO

Lic. Pablo Quiroga

TELÉGRAFOS NACIONAIS
ESTADOS UNIDOS MEXICANOS
TELEGRAMA

Anáhuac, N.L., 11 de abril de 1934

Secret.-Geral de Governo
Palácio do Governo Monterrey, N.L.—

Chefe forças federais esta Tem Instruções não inter-
vir sem autorização suplico-lhe gestione autorizá-lo
intervenha em caso solicitado

Inspetor Honorário
Ricardo Thompson Rivas

TELÉGRAFOS NACIONAIS
ESTADOS UNIDOS MEXICANOS
TELEGRAMA

2 Camaron NL via Anahuac NL 11 de abril de 1934
28w 80 PDD D 9.22 KS NI A
Governador do Estado
Palácio do Governo
Monterrey, N.L.

Ordene junta central falhe conflito
nosso obrigando patrões firmar contratos
coletivos Inspetor Salário Mínimo esta
ilegalmente ameaça romper força armada
nossas greves. Esperamos urgentemente
contestação
Sindicato Trabalhadores Agrícolas

Arnulfo Godoy
100
[tramitar na Junta Conciliação pedindo reforços]

TELÉGRAFOS NACIONAIS
ESTADOS UNIDOS MEXICANOS
TELEGRAMA

-43 Núm 11139/OFF PR
PALACIO NACIONAL MEXICO A 3 DE MAIO 1934
9.50
GOVERNADOR ESTADO, MONTERREY, N.L.

R843.- PARA SEU DEVIDO CONHECIMENTO INSIRO CONTINUA-
ÇÃO PROTESTO TELEGRAFICO RECEBEU ANTEONTEM PRIMEIRO
MAGISTRADO, DE MATAMOROS, TAMPS: "TRABALHADORES GRE-
VISTAS DE CAMARON N L JOSE DE ARCOS, PRUDENCIO SALAZAR,
FRANCISCO G. GARCIA Y JOSE REVUELTAS APREENDIDOS PELO
CHEFE DE POLICIA ESPECIAL MONTERREY LIBORIO GARCIA
COM DATA 7 CORRENTE LEVADOS A MONTERREY POSTERIOR-
MENTE A SALTILLO E DEPOIS A CIUDAD VICTORIA TAMPS,
ONDE PERMANECERAM INCOMUNICAVEIS E ATUALMENTE NÃO SE

CONTINUA

SABE O PARADEIRO DELE, PELO QUE CONSIDERAMOS DETEN-
ÇÃO TAIS TRABALHADORES CONSTITUI FLAGRANTE VIOLAÇÃO
GARANTIAS CONSTITUCIONAIS TAIS ATROPELOS.- PEDIMOS
NOME ORGANIZAÇÕES TRABALHISTAS E CAMPESINAS MATA-
MOROS TAMPS CONFIANDO EM SUA RETIDÃO ORDENE MINU-
CIOSA INVESTIGAÇÃO SOBRE O PARADEIRO TAIS TRABA-
LHADORES CUJO APREENSOR LIBORIO GARCIA INDICAMOS
PRINCIPAL RESPONSAVEL, ESPERAMOS EXECUTIVO NÃO
SE SOLIDARIZE COM AUTORIDADES VENAIS QUE VIOLAM
OS PRINCIPIOS DA CONSTITUIÇÃO E PRINCIPIOS REVO-

CONTINUA

LUCIONARIOS DIREITOS GREVE CONSAGRADOS CARTA MAGNA.-
PELA COMISSÃO POR PRIMEIRO DE MAIO. JOSE GALVAN".
ATTE. SECRET. PART. JAVIER GAXIOLA JR

*[a forma dos passos quando os homens
vão atrás da esperança]*

A Companhia Oliver fabricava suas maravilhosas máquinas de escrever desde 1895. A caixa era verde-oliva e as teclas, de formato octogonal, grandes e brancas. Mas o que realmente as tornou memoráveis foi a caixa tipográfica, de forma lateral, formando um U invertido que terminava em dois tipos de torres, expondo o mecanismo interno do aparelho. Vistas hoje, no século XXI, as torres dão mais a impressão de serem asas finas de morcego, e as máquinas em geral exalam aquele fedor de mastodontes ou montanhas. Parecem pesadas. Elas sabem que são indestrutíveis. Em *El luto humano*, José Revueltas descreveu como aterrorizante a Oliver que Natividad, o líder massacrado da greve no Sistema de Irrigação n.º 4, usava para redigir ofícios e passá-los a limpo enquanto cumpria uma série de funções díspares para algum dos exércitos revolucionários de qual fez parte. Quero pensar que Arnulfo Godoy usou uma máquina de escrever similar para exigir a libertação dos camaradas presos em 23 de março de 1934.

Tudo tinha acontecido tão rápido. Primeiro sua chegada, entre a alegria e a desconfiança, entre o espanto e o fim da solidão. Depois todos aqueles dias em que Pepe andou de um lado para o outro, visitando a represa, ou andando nos tratores imóveis, ou caminhando nas calçadas esbranquiçadas. Uma tília-de-folhas-grandes. Algumas crateras adormecidas. Ele mesmo o acompanhara ao mercado dominical e, ali, Pepe não parava de tocar no percal ou na tela de algodão, nem de descrever o aroma das tinturas ou do couro. Tecidos. Aguardente. Quinquilharias. Tinha energia para tudo. Ele chegava pontualmente às assembleias e ali discutia a diferença entre uma sociedade mutualista e um sindicato independente. Insistia no direito à greve, que não hesitava em qualificar como sagrado. Insistia em dar nome ao inimigo: este dono de terra, aquele explorador, os assassinos cruéis de sempre. Então, inclinado sobre a barulhenta máquina de escrever, escrevia os panfletos que os grevistas depois distribuíam de mão em mão. Entre uma coisa e outra, ia aos telégrafos para se comunicar com o partido e ainda tinha tempo de escrever cartas detalhadas para sua família na Cidade do México. Que horas ele comia? Dormia de verdade?

Havia se acostumado com sua presença. No início tinha suas dúvidas, como todos. Não podia deixar de notar seu jeito citadino de qualificar qualquer coisa da província como inocente ou *naïve*. Também não lhe escapava aquele ar de suficiência em tudo o que dizia respeito a questões de história ou política nacional. Falava tanto. Falava o tempo todo. Fazia perguntas a respeito de tudo o que acontecia em Estación Camarón, perguntas que não lhe haviam ocorrido e, agora que estavam enunciadas, tinha de fazer a si mesmo. E tinha de respondê-las. Quando Estación Camarón havia sido fundada? De que porto saía todo o algodão que ali colhiam? Número de crianças no acampamento? Esta árvore chama-se algaroba; aquela, carvalho; e aquela ali, como se chama? Do amanhecer ao anoitecer. Sem parar. Tê-lo por perto era um flagelo constante. Pepe não conhecia o descanso. Ou a distração. Mas aos poucos seu entusiasmo, seu jeito de se maravilhar igualmente com tudo, fosse vivo ou inerte, foram conquistando-o. Quando o convidou para sua casa, com medo da reação à sua pobreza, mas ansioso para que ele conhecesse sua esposa, Pepe parou em frente à sua cabana forrada de adobe e disse: a terra agora é uma casa, o chão te cobre, toda a superfície do planeta te protege. Ele ia rir, mas logo percebeu que ele estava falando sério. Gostava disto também: que tudo o que ele falava, falava a sério. Havia uma gravidade impensável naquele corpo magro, naqueles cabelos que o vento eriçava para as alturas. Quando se juntou ao movimento grevista, nunca imaginou que eles iriam tão longe. Mas aqui estavam eles.

Mas aqui estiveram.

Revueltas foi levado à força em uma sexta-feira. Ele estava lá havia apenas oito dias, mas os grandes colonos, aqueles que tinham sido latifundiários antes da Revolução, não estavam dispostos a deixá-lo solto. Bem, aqui estou, disse ele quando lhe avisaram que o estavam procurando. Embora não faltassem grevistas dispostos a sacar seu .30-30, a operação foi realizada com lutas e ameaças, gritos e pancadas de chapéu, mas sem mortes. O direito de greve me protege, declarou Revueltas a plenos pulmões enquanto o forçavam a entrar em um carro da polícia especial de Monterrey. Um Plymouth preto. A Constituição Mexicana me protege. A porra da tua mãe te protege! Dessa você não escapa, rapazinho mimado. Vamos ver se você é tão corajoso no paredão, miserável.

Arnulfo soube depois, já passado o meio da tarde. Ele voltava de Monterrey com algumas ordens do sindicato quando foi surpreendido pelas caras sisudas no ponto da reunião. Mas, como deixaram que o levassem, gritou, exasperado. E, exasperado, correu aos telégrafos para avisar toda a região. Por um momento pensou que o levariam para a penitenciária de Monterrey e, uma vez lá, poderiam libertá-lo mediante fiança. Mas seu otimismo durou pouco. À medida que os dias passavam e eles não conseguiam descobrir nada sobre seu paradeiro, seu ânimo despencou.

Além disso, logo levaram os outros dirigentes: Prudencio Salazar, Francisco García, Juan de Arcos. O Sistema, que vivera dias de ebulição, agora estava novamente em silêncio. Os grevistas permaneciam carrancudos perto dos portões da represa, não deixando ninguém se aproximar dos Fordsons ainda parados sobre os tubos de drenagem e as valas de irrigação. Mas por quanto tempo eles resistiriam? Cerca de cinco mil homens, mas muitos mais com todas as suas famílias. Quanto tempo eles resistiriam? Diziam que os levaram para Saltillo. Que estavam agora em Ciudad Victoria. Que estavam voltando para Monterrey. Os boatos abundavam, e a pressão para retomar o trabalho também. É isso que vai acontecer com eles se não voltarem para as parcelas. É assim que eles vão acabar se não voltarem ao redil. No domingo seguinte, desesperado por ter aguentado mais de uma semana, Arnulfo sentou-se diante da pavorosa Oliver e, tomado por uma raiva que mal o deixava respirar, datilografou uma carta para o governador do estado. O papel branco. A fita com tinta preta. As rebeldes maiúsculas que pulavam para cima ou para baixo em uma linha imaginária. E seus indicadores como martelos nas teclas.

```
Sindicato .dos Trabalhadores. Agrícolas de Camaron N.L.
          Ao Sr.
          Governador .do Estado. De Nuevo Leon
          Palasio do GOVERNO . Monterrey N.L.
     neste momento, estamos escrevendo ao senhor para
protestar perante o seu governo. exigir a liberda-
de dos seguintes camaradas. Secretário. Geral. do
Sindicato dos Trabalhadores Agrícolas desta locali-
dade. Francisco gGarsia. José Revueltas, José D. Arcos,
Prudencio Salazar. e cessar a perseguição de nossos
```

companheiros, eles não têm mais crime do que ser organisados, pois nisto temos o direito. ou apenas qu as leis estabelessidas no México. não nos deem garantias. bem, então, o que foi feito com o sangue derramado nas Revoluções passadas? Sr. GOVERNADOR. Ou vamos continuar como na Ditadura Vergonhosa do nefasto. Porfirio Dias. protestamos. e exigimos a liberdade dos referidos companheiros. Contra a Opreção Capitalista. A Frente Única dos Trabalhadores e Camponeses.

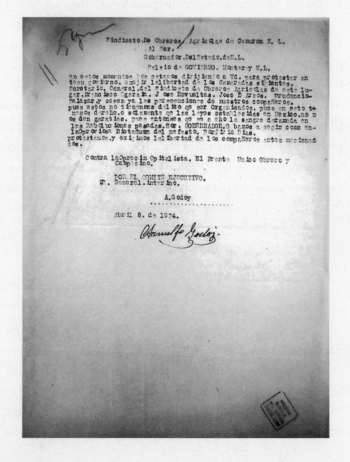

[elevar um protesto]

Se Américo Ferrara acreditava que a prisão dos comunistas acabaria com a greve, estava muito enganado. Assim como Arnulfo fez quando soube, outros correram para o telégrafo mais próximo e começaram a escrever e enviar telegramas para outros sindicatos, jornais, às autoridades locais, aos governadores e, quando não viam solução, ao gabinete da Presidência da República. O que acontecera em Estación Camarón não ficaria assim. As manifestações nos campos e nas ruas foram acompanhadas pela silenciosa viagem de centenas de telegramas que percorriam o país de ponta a ponta. Reivindicações, anúncios, ameaças, queixas, reclamações, pedidos de socorro corriam por aqueles cabos que todos estavam proibidos de cortar. Tratava-se de humildes estampas de palavras que selavam, à sua passagem, a consistência do ar. Tratava-se de enclíticos pensados para economizar tempo e aproveitar o papel. Um código Morse enlouquecido ligava as pontas dos dedos com os pavilhões das orelhas e, depois, com nossos olhos. Nossas mãos. Tratava-se de telegramas que se intercalavam com o trabalho cotidiano da administração pública, sem outro princípio de organização ou ordem que não a cronologia em estado puro: entre os festivais de música, os torneios de voleibol, os nomes dos noivos da semana, entravam ali, em código, as notícias das lutas entre os grevistas e os proprietários de terra e os burocratas e o governo. Os telegrafistas, acostumados com a troca de informações, iam passando seus papéis para os secretários que, por sua vez, os faziam chegar a seus chefes e, estes, aos superiores. A situação não era para menos. Vários sindicatos de distintas regiões do país, bem como organizações internacionais de esquerda, insistiram em elevar seus protestos por esse meio durante todo o verão de 1934 e boa parte de 1935. E elevar era o verbo exato: para cima, por aquele céu instaurado pelo telégrafo, voavam as palavras que ascendiam, belicosas, da superfície da terra.

Além de exigirem a libertação dos comunistas presos, poucos deles se esqueciam de fechar as cartas exigindo também o cumprimento da lei do salário mínimo na região: um peso e cinquenta por jornada de oito horas de trabalho. Outros não hesitavam em pedir punição ao chefe da Guarnição Federal, coronel Villalobos, responsável pela repressão aos trabalhadores agrícolas. Enquanto os quatro jovens comunistas eram levados de prisão em prisão pelo norte do México – primeiro para Monterrey, de lá para Saltillo e depois para Ciudad Victoria, no estado vizinho de Tamaulipas, de onde passaram por Linares para voltar a Monterrey, onde um policial indiscreto erroneamente os informou que iam para Mazatlán e, depois, para as temidas Islas Marías, onde José Revueltas estivera alguns anos antes –, o clima na região fronteiriça de Nuevo León continuava agitado.

A Frente Única Trabalhadora e Camponesa decidiu levar adiante seus planos para o dia 1º de maio e, por isso, enviou uma carta ao governador do estado, notificando-o e pedindo proteção para a "manifestação-comício que sairá da praça principal de Camarón, N.L., em direção a Anáhuac, N.L., em que alguns oradores tomarão a palavra". Enquanto isso, a Cruz Vermelha Internacional questionava a Procuradoria-Geral da República se "as leis do país são para cumprir ou são uma mentira", denunciando o sequestro dos quatro membros do comitê de greve, cujo paradeiro se desconhecia. A Cruz Vermelha Internacional não só exigiu a libertação dos companheiros, acrescentando as exigências com relação ao salário mínimo, à jornada de trabalho de oito horas, ao convênio médico e remédios, como também exigiu a punição de Liborio García, o policial que prendera Revueltas e seus camaradas e a quem reconheciam como o indivíduo que "incendiou neste estado o rancho 'El Sabinito' por ordem do ex-governador Cárdenas e de Jacinto Villarreal, um dos assassinos do trabalhador desempregado Leónides López, em Monterrey em 26 de fevereiro de 1932".

Poucos dias depois, em 10 de maio de 1934, o Sindicato de Filarmônicos de Ciudad Madero, Tamaulipas, elevava seu "protesto mais enérgico porque, longe de respeitar a liberdade sindical e o respeito pela vida dos trabalhadores, eles são insultados e atropelados pelo simples fato de estarem exercendo um dever social, pedimos justiça para o trabalhador, seja qual for seu sindicato, e o respeito que todo ser humano merece. Protestando energicamente 1º) Pelas prisões dos comps. Prudencio Salazar, Secret.-Geral Francisco García, Secret. do Int. José Revueltas, Representante do Sindicato e o comp. José Arcos, fazendo constar que o comp. Revueltas foi preso em Camarón, sequestrado e levado a Saltillo. Pedimos a liberdade deles. Como também pedimos 2º) Respeito ao direito de organização e greve. 3º) Respeito absoluto pelos sindicatos de trabalhadores. 3º) Salário mínimo de 1,50 peso por jornada de 8 horas de trabalho. 4º) Que os empregadores sejam obrigados a pagar o salário mínimo e que sejam obrigados a fazer cumprir as 8 horas de trabalho".

O mesmo foi feito pela Seção 19 do Sindicato dos Ferroviários da República Mexicana de Monterrey, primeiro em 4 de maio e, novamente, em 29 de junho de 1934, pedindo a intervenção do presidente da República para que os quatro comunistas fossem encaminhados às autoridades judiciais ou fossem libertos. Até o Bloco Operário e Camponês de

Morelia, Michoacán, fez eco às denúncias contra a repressão operária em Camarón, acrescentando as demandas do caso em 4 de julho de 1934.

A situação também não era pacífica na própria Estación Camarón. No final de abril, a Frente Única dos Trabalhadores Camponeses havia nomeado um novo Comitê Executivo, que, em vez de exigir, pediu *permissão* para exercer seu direito de organização. A Aliança de Agrupamentos Trabalhadores e Campesinos de Nuevo Laredo também denunciava os esforços para criar sindicatos brancos para prejudicar os direitos dos trabalhadores agremiados no Sindicato de Pedreiros e Ajudantes do Sistema de Irrigação n.º 4 de Ciudad Anáhuac, Nuevo León. E uma nova União de Pequenos Pecuaristas de Sabinas Hidalgo, Nuevo León, foi formada para se defender contra os contínuos roubos de gado na região.

Como se não bastasse, outro grupo de agricultores sem-terra começou a se mobilizar para fazer um pedido de doação de terras exidais, no final do verão de 1934, na mesma área do conflito. O professor Agustín Gutiérrez Villegas emitiu seu primeiro ofício como presidente do Comitê Executivo Agrário de Camarón em 25 de agosto, embora o expediente 386 não fosse formalmente aberto até 9 de outubro de 1934. Seis meses mais tarde, em 16 de abril de 1935, depois de encomendar investigações e coletar informações censitárias, a Comissão Agrícola Mista concluiu que a petição, tal como havia sido apresentada, era improcedente nas terras de Camarón, mas também anunciava que os peticionários, "na qualidade de peões alojados em fazendas, têm o direito de constituir um novo Centro de População Agrícola e de fazer aquisições, por esse conceito e de acordo com as disposições legais relativas à dotação que solicitam, dentro das terras que integram o Sistema Nacional de Irrigação n.º 4. Há de dotar-se os 463 indivíduos que integram o censo agrário relativo e para a Escola do local, com uma extensão de 1.858 hectares de terras irrigadas das compreendidas pelo Sistema Nacional n.º 4, com a localização que a Comissão Nacional de Irrigação e o Departamento H. Agrário fixarem para a referida superfície".

Mesmo aqueles que haviam recebido terras como colonos estavam inquietos. Organizados em uma Cooperativa Agrícola de Pequenos Agricultores da Seção 13-A do Sistema de Irrigação n.º 4, um grupo de colonos declarava que não pagaria o imposto ao estado, já que "ainda não [contavam] com a promessa de venda por esta Direção e, sobretudo, porque 1º Estamos vivendo à intempérie com nossas famílias. 2º Não temos cisterna para armazenar água limpa para nosso uso. 3º Nossas colheitas estão comprometidas com o Banco Nacional de Crédito Agrícola deste lugar. 4º Temos sofrido muito com a falta de sementes aclimatadas a esta região. 5º As epidemias atingiram duramente nosso algodão".

Ainda em maio de 1935, o governo do estado negociava com o Banco Nacional de Crédito Agrícola a redução dos impostos dos colonos afetados pelas condições climáticas, as características do solo e a salinidade da água local.

Nessa mesma época, Petra disse a José María que estava grávida novamente.

[*perder a greve equivale a perder tudo*]

Petra o atrai para si e, quando a cabeça dele pousa em seu ombro, apoiando o queixo levemente em sua clavícula, ela anuncia em voz muito baixa. Estamos de barriga. José María respira o cheiro de seus seios, de suas axilas, de seus cabelos enegrecidos. E, pouco a pouco, levanta a cabeça para vê-la de frente. Assim, olhando nos olhos dela, põe a mão direita em seu abdômen. A palma aberta. A batida de três corações. Se for uma menina, vamos chamá-la de Petra, ele diz em um sussurro. Se for menino, José María. Os dois ficam em silêncio, imóveis, por um tempo. O pio das corujas se insinua em seu silêncio. O latido de algum cachorro desperto. O som do vento. Para que lançarmos tanto azar na criatura?, Petra diz, apoiando-se sobre o cotovelo direito. Vamos dar-lhes outros nomes. E que esses nomes os levem para outro lugar. Que os levem longe daqui, Chema. Franze os lábios. Quer se calar, mas agora, justo agora, já não pode. Que ninguém mais se chame Juanita. Diz isso e sua voz falha. Diz isso e fecha os olhos. Já teria 6 anos. José María passa o braço pelos ombros dela e, aos poucos, a puxa para que ela se apoie nele. A parte de trás de sua cabeça e a ponta de seus ombros diretamente contra a parede. As lágrimas da mulher caem em seus mamilos e depois correm, junto com o muco, sobre aquele torso marcado por costelas pontiagudas até chegar ao umbigo. Seu umbigo afundado, tão perfeito, sempre lhe chamou atenção. Como se tivesse sido cortado de um talho e cicatrizado imediatamente.

Vai fazer mal para a criança, Petra. Ele diz a ela. E não encontra mais palavras. Está tão acostumado com sua reserva, sua maneira discreta, mas eficaz, de resolver as coisas por si mesma. Tem as mãos tão fortes, as costas, pernas. Às vezes, ao vê-la trabalhar, ele acha incrível pensar que na verdade ela é uma mulher. Pode trabalhar incansavelmente, em casa e fora de casa, sem reclamar, sempre atenta para terminar bem o que começou bem. Sempre tão dona de si.

Sempre. É por isso que ele não sabe o que fazer com sua dor esta noite. Não sabe como não afundar com ela.

Outras crianças minhas também morreram, ele diz depois de um tempo. A voz sai grossa e mal posicionada sobre a laringe, como se ele não tivesse planejado falar e a voz abrisse passagem por si mesma pelo corpo sem avisar sua cabeça. Um pigarro. A noite, tão fechada, tão quente, lá fora. Seus corpos nus no colchão recheado de algodão. Um mosquiteiro pendurado no teto. A frase consegue conter o choro da esposa. E os soluços, agora espaçados, indicam que espera algo mais. Há algo que vai saber agora. Algo que nunca havia imaginado. Nomes não ajudam em nada, Petra, sussurra e lamenta ao mesmo tempo. Chamava-se Florentino, murmura. A interrupção de outro pigarro. Chamamos de Florentino o primeiro. Um tantico assim de pequeno. Ele levanta o dedo mindinho e se cala de novo. Volta a passar a mão pelo cabelo de Petra. Volta a acariciá-la. Ele quer dar a conversa por terminada, mas o silêncio e a imobilidade de sua mulher lhe dizem que ela quer saber mais. Ele mal durou um mês lá em Venado. Passou mal do estômago e em menos de um mês a disenteria o levou embora. Foi o que o médico disse que tinha sido: disenteria. Enuncia a palavra como se traços invisíveis separassem cada sílaba. Falava da qualidade da água. Falava das medidas de higiene. Falava que era preciso se conformar. Essas coisas que os médicos dizem. Bem, onde iríamos buscar outra água se tudo estava seco, se tudo estava morto?

Em que ano foi isso? Você nem tinha nascido ainda, Petra. Ele ri sem querer. Este século ainda não havia nascido. Era 1899 e morávamos lá, na serra. Perto de Polocote. Mas o que eu te digo, mulher? Que fica tão longe, tão afastado de tudo, que nem aparece no mapa. Ninguém sabe onde fica Polocote. E o outro? Você disse que havia outro. Outro o quê? Outro filho.

Agora é José María quem tenta se levantar. Petra se move para o lado para que descanse as costas contra a parede, mas nem assim desvia o olhar. O brilho de seus olhos abertos perfura a escuridão do quarto. Estávamos esperando tão ansiosos. Essa é a primeira coisa que o ouve dizer. Nós o amávamos tanto, ele continua, que o chamamos Amado. E é justamente neste momento que o homem solta uma gargalhada curta e dura. Mais um bufo do que uma risada. Mais como o ar que sai do corpo quando um golpe final foi dado. Vê como os nomes não servem para nada?, ele diz com voz áspera. Os olhos cansados. Durou mais tempo, mas também não permaneceu conosco. Um ano e um mês, Petra. Onde? Em Castaños, diz ele. Maldito Castaños, repete. Maldito frio que entrou em seus pulmões e o matou.

Já o vira chorar antes, mas principalmente de raiva. Nunca desta forma. Nunca como nesta noite sombria, cheia de ruídos. Pombos insones. Estalos de árvore. Ares recônditos. É por isso que o atrai de volta para si. Mais uma vez o rosto dele contra o pescoço dela; o coração perto de seu próprio coração. O pulso compartilhado. Trabalhamos tanto para esta greve, Petra. Todos aqueles dias parados nas comportas, nos drenos, nos canais de irrigação. Tantos dias. E para quê? Os homens às vezes se transformam em crianças. Partem-se em dois. Soluçam e gritam. Choramingam. Berram. Vamos dar outro nome a esta criança, Chema. Vamos dar-lhe um nome que a leve para longe daqui. Amanhã vamos levantar cedo para trabalhar para o Sistema e fazer essa safra de algodão, mas jure para mim, Chema, que logo vamos embora.

[*uma visão antecipada*]

TELEGRAMA URGENTE
MONTERREY, N.L. 14 de junho de 1935

C. Governador Constitucional do Estado
Palácio do Governo, CIDADE

C. Comandante da Sexta Zona Militar,
Cidade Militar
PRESENTE

17h10m.- Hoje à tarde o Chefe da Estação nos telegrafou o seguinte: "Segundo relato de Villa Acuña, continuou subindo água no rio Bravo e acredita-se que seu fluxo aumente para 33 pés de seu nível normal. Darei mais informações depois. Convém estar preparado para ir às colinas".- Comunico a vocês o anterior para os consequentes fins. Sinceramente.

---419-53-4353---
A.E. VERA
SUPERINTENDENTE

As águas chegaram a Estación Camarón, Estación Rodríguez e Ciudad Anáhuac um dia depois, em 15 de junho, e devastaram tudo no norte de Nuevo León. As demandas por justiça, as discussões acaloradas sobre salários ou impostos locais, as reivindicações e negociações foram logo substituídas por pedidos de ajuda. Um desastre natural. O fim do mundo de tudo o que era conhecido. Quem esperaria uma inundação em pleno deserto? Os habitantes do lugar, os sindicatos e os particulares, e até mesmo o governo do estado responderam com dinheiro ou bens de maneira quase imediata. Em 20 de junho de 1935, um Comitê Pró-Auxílio muito ativo listou as quantias em dinheiro e os quilos de produtos que chegavam à região para aliviar um pouco as condições de vida de "algumas centenas de agricultores e trabalhadores contratados por dia [que estavam] na mais completa indigência". O governador de Nuevo León desembolsou duzentos e cinquenta pesos "como ajuda que o governo do estado oferece às vítimas da inundação no Sistema de Irrigação n.º 4".

Havia norte e tempestade. E, em uma cadeira no canto do quarto, a morte observava tudo com seu rosto branco. Imóvel e branca, preta, violeta e roxa, a morte. É o início de *El luto humano*. Enquanto Chonita morre, quando abre a respiração para que a morte entre em seu corpo minúsculo, a tempestade começa. Acima: nuvens de pedra. Abaixo: o rio, que se avoluma e transborda. A água sobe. A água chega a todos os lugares. Com um pesar inteligente, presa de uma atividade sinistra, Cecilia começa a amortalhar a defuntinha, e Úrsulo, por fim, depois de tantos apelos, concorda em ir procurar o padre do outro lado do rio. O rancor o aperta por dentro. Sabe que não tem escolha a não ser pedir a Adán, seu inimigo jurado, o único barco disponível. *A cativadora*. Ele sabe que vai fazer isso, e se odeia por sabê-lo. Avança na lama, cegado pelo vento e pelo frio. A respiração a ponto de explodir. O pranto. Quando finalmente o encontra, a desconfiança os aprisiona. Quem vai matar quem? Úrsulo, o líder da greve derrotada; ou Adán, o assassino de aluguel. Um esbirro. Na trégua que a morte rapidamente organiza, os dois homens decidem acometer juntos contra a tempestade.

Têm de encontrar o padre. Alguém precisa ministrar os últimos sacramentos.

Quando regressam à cabana onde jaz a filha de Cecilia, a filha de Cecilia e Úrsulo, já estão lá Jerónimo e Manuela, Calixto e Calixta, embriagados de dor, sobrevivendo por pouco a uma envelhecida e pesada tristeza. O vento continua com seu uivo. E a chuva, longe de diminuir, piora. O cheiro de mescal. A luz turva de algumas velas. O suor. O medo. Ali, entre sombras trêmulas, diante de homens de fala ébria e mulheres de olhos espantosamente vazios, o padre traz à tona o assunto da represa. Revueltas o descreve assim: "Ele não ignorava que houvesse gente vivendo do outro lado do rio, mas, quando o lembraram hoje, ele sentia pena e uma espécie de remorso. Ele não era ninguém ou nada perto daquelas pessoas. Lá eles viviam como cães famintos, depois que a represa se perdeu e veio a seca. Viviam obstinadamente, sem querer abandonar a terra".

A raiva se agiganta entre as últimas quatro famílias que se aferram a esse pedaço de terra, mas a água não lhes deixa alternativa: eles têm que deixar tudo para trás. É irônico pensar que a escassez de água, primeiro, e o excesso de água, depois, levaram à mesma situação: essa vigília absurda entre a vida e a morte. Esse dar voltas sem saber o que fazer. Eles têm de pegar alguns pertences, agarrar-se a uma corda e partir, com a correnteza já na altura das coxas, se quiserem sobreviver. Enquanto se movem com dificuldade, enquanto Marcela carrega o cadáver alcoólico de Jerónimo e Calixto tenta seduzir Cecilia, o drama do Sistema de Irrigação n.º 4 e da greve derrotada vai aparecendo nas memórias e conversas daqueles que milagrosamente, cansativamente, rancorosamente sobrevivem. Cecilia já foi esposa de Natividad, o líder da greve depois que os comunistas foram presos. E quando Adán, obedecendo a ordens de um cacique local, conseguiu matá-lo a duras penas, Úrsulo tomou seu lugar para defender a greve. Mas já era tarde demais. Os dias de admiração e exultação, os dias de caminhar juntos sobre pegadas habitadas, tinham ficado para trás. Agora só isto: uma represa destruída e um norte sem temperança e um rio com a alma amaldiçoada. Em cima de um telhado enquanto umas aves de rapina os observam de perto, o grupo esquelético precisa perceber que já está em um mundo posterior à morte. E ali, naquele mundo pós-apocalíptico, eles já estão mortos também. Eles se sentem mortos. "Os abutres conhecem os segredos do coração." Sob sua vigilância concêntrica, cientes de seu esvoaçar sombrio, eles admitem que, certa vez, Natividad teve uma visão antecipada de tudo o que iria acontecer. E se lembram: "A água é inútil, a terra também. O Sistema poderia ter sido salvo, porém, com melhorias, modernização da represa e constituição de uma grande cooperativa... Perder a greve significa perder tudo".

Quando chegou a seca fulminante de 1937, a represa já dava sinais de que sua espinha dorsal estava destruída, e as roupas que outrora sugeriam abandono e regozijo estavam rasgadas.

Nos anos anteriores, nos anos em que se passa o romance, a produção de algodão crescia de maneira estável, gerando enormes riquezas para grandes e pequenos colonos, mas a falta de distribuição justa atingiu sobretudo os trabalhadores agrícolas, principais integrantes das mobilizações sociais que tanto incendiaram os ânimos de Revueltas. A inundação, primeiro, e a seca, depois, apenas acentuaram uma crescente animosidade entre os colonos e a gerência do Sistema de Irrigação n.º 4, entre os colonos e o Banco de Crédito Ejidal, além de aumentar a desigualdade social entre os colonos e os arrendatários, entre os colonos e os assalariados do campo. Os especialistas, além disso, não detectaram a tempo a qualidade salitrosa de boa parte das terras distribuídas – o rio Salado não se chamava assim por mero acaso – nem impediram os vazamentos da represa que, sem qualquer controle, foram desperdiçados. Assim, quando a seca chegou pontualmente para o encontro com a desesperança e a impotência, encontrou uma região em crise tanto em termos de produção agrícola quanto de organização social.

[arruinação]

Em 13 de fevereiro de 2015, um trem atingiu um ônibus perto de Estación Camarón. A primeira notícia em anos: um acidente em uma ferrovia desprovida de sinalização para avisar a passagem do trem. Um motorista sonolento ou distraído. Vinte mortos. Antes disso, nada; e nada depois. Nas fotos do desastre, Estación Camarón já é um lugar árido. Os censos mostram que, ao longo do século XXI, Estación Camarón teve apenas entre três e doze habitantes.

Não podemos ir a Estación Camarón porque Estación Camarón não existe mais, mas vamos mesmo assim. Vega Sánchez Aparicio está em Salamanca e eu em San Diego; nós duas atravessaremos o céu eletrônico e, sem convite, como clandestinas em um mecanismo de busca, pousaremos ali. As imagens do povoado ao qual não conseguimos chegar no verão passado aparecem sem avisar na tela. É o blog de alguém que relembra com nostalgia o passado de Ciudad Anáhuac. Não mora mais lá, ninguém mais de sua família mora lá, mas a pessoa se lembra do lugar com um carinho que parece longo e sutil, agradecido. Como na geografia da região, é fácil ir de Anáhuac a Camarón nesse blog. Ao lado das fotografias da Plaza Juárez e da Casa Olivares e do teatro Apolo, revelam-se depois imagens desse outro lugar que o narrador afirma desconhecer. Exido Camarón. As primeiras fotos em preto e branco trazidas diretamente de 1937, e depois, quase de imediato, uma série de retratos mais recentes. Bancos de cimento totalmente em ruínas. Obeliscos partidos em dois. Barracos de adobe sem telhados nem portas. A carcaça de um porco selvagem com a boca aberta à beira da estrada. Um cachorro preto ao longe, observando sozinho a destruição.

A decadência é notável. A passagem do tempo é real. O mesmo sentimento que me assaltou uma vez em Selma, Alabama, me deixa presa à cadeira agora. Nunca antes, nos povoados por onde passou o algodão, e o protesto contra a exploração e a desigualdade que o algodão provoca, senti a passagem do tempo como um castigo. O que aparece ali, diante de olhos cansados, não é apenas a dissolução própria do abandono ou do descaso, e sim algo mais profundo. Algo mais rancoroso. Algo mais intencional e, se possível, mais definitivo. Em vez de passar, o tempo varreu tudo sob suas asas: as edificações do que já foi um vilarejo próspero; o solo, que jaz erodido e esbranquiçado; e a história. Por que ninguém sabe nada sobre a greve em Estación Camarón? A dupla negação da ruína é a destruição mais radical que um lugar pode sofrer, assegura o antropólogo Gastón Gordillo.

Arruinação. Ruína. Nação. Natação. Ruim. Ná.

A forma desolada e absoluta do céu azul. A forma como o obelisco do tempo, o obelisco do espaço, mal se sustenta no centro da praça de Estación Camarón. A forma como as plantas silvestres abrem o cimento e se instalam, poderosas, nas rachaduras. A forma como os escombros cavalgam sobre os escombros e explodem silenciosamente. Imobilidade no tempo. A forma como o cachorro solitário fareja os arredores da praça. A forma como desaparece então. A forma como os pilares de adobe ainda dão a impressão de ser uma casa. Se tivesse sido. A forma como o porco-do-mato jaz, boquiaberto e rígido, na vegetação rasteira. A forma como um cachorro fareja a carcaça do porco-do-mato na vegetação rasteira de Estación Camarón. A pestilência é outra marca de tempo nos registros do corpo. Os porcos-do-mato formam manadas que avançam à noite sobre a destruição, fuçando. Entre a escuridão. Fuçando. Essa é sua tarefa; esse é seu destino. Cautelosamente é um advérbio modal e brutal ao mesmo tempo. A forma como ninguém se lembra da greve em Estación Camarón.

Como Sorais antes, Vega cruza o espaço eletrônico com entusiasmo para procurar fantasmas, encontrar seus limites e intercalá-los, depois, entre nossos passos. Nós vivemos entre eles. Eles vivem entre nós. Em vez de aparecer com a chave do carro, tem sob as mãos o teclado que nos permitirá ir de Monterrey à represa Don Martín, passando por Estación Rodríguez, Ciudad Anáhuac e Estación Camarón. O vento louco, vento do norte, sobre nossas imaginárias cabeleiras espichadas. O que faz enquanto trocamos mensagens diretas no privado do Twitter é justapor imagens do percurso no Google e as imagens encontradas no blog com novas fotografias que me solicita. Ela, por sua vez, se encarregou de traçar a letra manuscrita de José Revueltas, a mesma letra com que ele preencheu um a um os cadernos de Instrução Pública onde começou e terminou *El luto humano*, em pequenas folhas de papel que, mais tarde, ela também inclui no novo material fotográfico. Enquanto isso, comunicamo-nos por nossas janelas verticais por onde agora só passam as ondas irregulares da internet, soturnas. Enquanto isso, nessa trêmula busca de aparições, nos tornamos família.

Não há nenhuma placa na estrada que indique Estación Camarón. Não há nada: dupla negativa. O caráter destrutivo de Walter Benjamin vê ruínas e abre caminho e sabe que tudo é passageiro. E ainda assim para. E chora. Estación Camarón não existe. Perder a greve equivale a perder: matéria, ruína, escombro. Memória. Dupla negativa. Manada de medo: você ganha. O dano de fuçar na superfície do silêncio.

Mas algo deve permanecer. E quem em sua incredulidade diz isso? Mas algo deve ter resistido à destruição e, depois, à dissolução. E então a memória. Um sujeito sem voz articula, apesar de tudo, essa pergunta. E então dois. Este é seu eco. Trata-se do espanto. Um pé não anda sozinho. Viemos você e eu juntas, apesar de tudo e da distância. [Existe uma matéria criada na atmosfera, como se os corações se congregassem para erigir paredes de energia e algo fosse acontecer...] Duas mulheres sozinhas empoleiradas em palavras. [Os grevistas estão calados, mas têm voz.] Viemos em missão de paz, o que equivale a dizer que viemos não para nos prostrar, mas para caminhar. [Trata-se do assombro.] Estación Camarón é uma pilha de terra misturada com entulho. [Trata-se do assombro. Do assombro e do júbilo.] Uma pequena pilha de pedras, isso é Estación Camarón. [Um pé não caminha sozinho, mas se une a outros pés que aos milhares se articulam na voz...] As infraestruturas são habitadas por espíritos, disse uma antropóloga em outro lugar.

Inadvertido é um termo que reflete o cultivo disciplinado da indiferença. Depois do reconhecimento, mas antes do registro. Passar inadvertido para desaparecer ou para sobreviver. Antes da oposição, mas depois do desacordo.

Planícies de estepes do Nordeste. Deserto de minha desolação.

Por que se leva o próprio corpo para a negação da negação do espaço? Para que o corpo testemunhe: aqui houve um campo de algodão. Aqui, uma cidade. Isso é o tempo. Para que o corpo testemunhe: aqui houve uma greve que foi um júbilo.

[*uma emigração estranha*]

Estamos sobre uma água-furtada. A tempestade finalmente parou, mas persiste uma chuva sonífera. Eterna. Os abutres, que conhecem todos os segredos do corpo e do coração, vagam serenamente no céu. Uma volta. Outra mais. As asas tão amplas. Estación Camarón tornou-se uma câmara mortuária cercada por muros altos e opacos. A única coisa que deixa Marcela feliz é saber que Jerónimo não será mais bicado pelos pássaros e conservará os olhos enquanto ainda estiver enrolado na esteira, aqueles seus olhos que miravam como se através de muitas lágrimas. Aqueles olhos que viram, junto com os de Natividad, o início da greve. Úrsulo, pesaroso, sabendo que a qualquer momento os urubus se aproximarão ainda mais deles, sente as fisgadas da culpa. Se não tivesse conseguido convencer Calixto e Jerónimo a ficarem, a ficarem aqui, talvez eles tivessem se salvado. "A morte é a sombra do corpo, do país, da pátria, a sombra, à frente ou atrás ou debaixo dos passos." Se todos tivessem ido com os grevistas fracassados. Se tivessem deixado aqueles quinze hectares de terra salitrosa e água salgada ali onde estavam. Onde sempre estariam. Ele ainda se lembra de quando "subindo em algumas vigas, na época do êxodo, instava os grevistas emigrantes a ficarem, a permanecerem". A voz tão forte quanto a convicção; tão desconjuntada quanto a alma. Quando os agricultores lhe perguntaram se iam se alimentar de terra, "Úrsulo juntou todas as forças da sua alma e da sua vida" e lhes disse que sim. Então, "desceu da plataforma e, pegando um punhado da terra de seus quinze hectares, jogou-o na boca para engoli-lo".

Úrsulo ficou para guardar o luto; para padecê-lo. Mas os grevistas e colonos fracassados emigraram. "Não eram nada e não pertenciam a nenhuma classe", lembra Revueltas. "A greve fracassou porque sobreveio o terrível êxodo. Ninguém queria ficar em uma terra seca, sem chuva, junto a um rio inútil, junto a uma represa que de nada servia, cujas fendas deixavam escapar a água." Eles encontraram outro caminho; ou o abriram. Na mítica caravana de vinte carroças que deixou Anáhuac, Nuevo León, no final de novembro, para fundar em 10 de dezembro de 1937 a colônia agrícola de Anáhuac, Tamaulipas, no extremo mais setentrional do país, estavam José María Rivera Doñez e Petra Peña Martinez, meus avós. Essa emigração estranha, que duraria cerca de quarenta dias pelos caminhos de La Ribereña, também levava Antonio Rivera Peña, o menino de quase dois anos que, anos depois, se tornaria meu pai.

II
A PLURALIDADE DOS
MUNDOS HABITADOS

[*olhos de Urano*]

Estava em Ciudad Alemán quando escreveu aquela carta em 1952. Era agosto, meados de agosto, nos trópicos. E Revueltas escreveu uma carta para sua filha Andrea depois de trabalhar por horas no documentário que havia prometido à Comissão do Papaloapan – a mesma instituição em que alguns anos depois trabalharia outro escritor: Juan Rulfo. Revueltas colocara uma tábua sobre uma mesinha que lhe chegava aos joelhos e, sobre ela, ajeitara sua máquina de escrever. O barulho dos rapazes jogando dominó ali perto. Suas vozes varonis cantando ou conversando alguns momentos antes de adormecer. E o calor. E os mosquitos. Deve ter havido muitas gotas de suor. Nessa carta, Revueltas contava à filha sobre Copérnico e Darwin, sobre a possibilidade de vida em outros mundos e, finalmente, sobre seu projeto de elaborar uma história geral do materialismo. Continuar estudando, ele escreveu. Ordenar algumas fichas. Ler mais. Ler tudo. Mas, como tinha medo de aborrecê-la, decidiu mudar um pouco o rumo e contar-lhe mais sobre aquele livro que transformou sua vida, sua forma de conceber o Universo e a natureza, na tenra idade de 12 ou 13 anos. *A pluralidade dos mundos habitados.* Um livro do astrônomo e espírita francês Camille Flammarion, que, aparentemente, gozou da simpatia dos leitores na América Latina no início do século XX. "Honrado homem das ciências", assegurava Revueltas à filha, "Flammarion parte de um ponto de vista materialista, e suas leituras me ajudaram a me livrar dos preconceitos religiosos." Foi graças a essas leituras que Revueltas, sempre preocupado com seu lugar na Terra e com a relação dos outros homens e mulheres com essa Terra, sempre com perguntas sobre as leis ou o poder da natureza, conseguiu conceber a ideia de que "a Terra não é o único planeta onde existem seres humanos, mas dentro do âmbito infinito do Universo é possível (é certa) a existência de outros mundos onde, pelo menos, deve existir vida orgânica". É bem possível que tenha sido a partir de então, desde esses 12 ou 13 anos, que Revueltas começou a se perguntar quem nos observava lá de Urano.

Essa é a pergunta feita pelo narrador de *El luto humano* quando alguns camponeses, entocados em uma água-furtada para se proteger de uma inundação brutal, percebem que estão prestes a morrer. É uma pergunta sobre a vida, sobre o sentido que a vida pode ou não ter diante do poder absoluto da morte: "Será que ela teria algum sentido se não houvesse olhos para olhá-la, olhos, simplesmente olhos de um animal ou de um homem, de qualquer ponto, daqui ou de Urano?".

Lançada no final da década de 1930, no alvorecer da pós-Revolução Mexicana, a pergunta que serviu a Revueltas para prender a atenção da filha em uma carta que se tornava longa é a mesma que estimulou uma grande diversidade de movimentos revolucionários ao longo do século XX: a possibilidade de outras vidas, de outros mundos dentro deste mundo, de outras formas de estar e conviver com o planeta. Uma das primeiras intervenções públicas do subcomandante Marcos, porta-voz do Exército Zapatista de Libertação Nacional, incluía, quase literalmente, a mesma pergunta transformada em reivindicação: "O mundo que queremos é aquele onde caibam muitos mundos. A pátria que estamos construindo é aquela onde caibam todos os povos e suas línguas, onde todos dão seus passos, onde todos riem, onde todos acordam". A pergunta de Revueltas, que descentraliza a posição do ser humano sobre a Terra, equiparando-o à planta ou à rocha, ao mar ou à nebulosa, e ligando-o a outras formas de vida, orgânica ou inorgânica, em outros sistemas planetários ou em outras galáxias, tornou-se também central nos novos materialismos que hoje perpassam boa parte das discussões nas ciências humanas.

Vale a pena deter-se aqui por um momento. Vale a pena "virar o rosto para o céu" com aquele Revueltas quase menino que imaginava, graças a um astrônomo francês, as "condições de habitabilidade nas terras celestes" do Universo. Vale a pena olhar para o céu.

[o ponto de vista externo]

A imagem de um adolescente que, em uma noite cheia de estrelas, interrompe de repente seus passos para observar, ainda com a respiração entrecortada, a abóbada do Universo.

Que mar de reflexos escuros, de abismos luminosos, de espumas cósmicas haverá do outro lado do horizonte, ao crepúsculo?

A imagem do adolescente que levanta o rosto para encontrar os olhos que o veem, que dão sentido à sua existência, de outro planeta. O ponto de vista externo.

"Aquela constelação, aquele planeta solitário, toda essa matéria sinfônica que vibra, ordenada e rigorosa, teria algum sentido?"

[um elo]

"O mundo não está só", assegura Revueltas em outro texto, mais público mas nem por isso menos íntimo, "mas o homem o ocupa. Tem sentido sua extensão e tudo o que a recobre, as estrelas, os animais, a árvore. É preciso parar, em uma dessas noites plenas, para levantar o rosto para o céu: aquela constelação, aquele planeta solitário, toda essa matéria sinfônica que vibra, ordenada e rigorosa, teria algum sentido se não houvesse olhos para olhá-la, olhos, simplesmente olhos de um animal ou de um homem, de qualquer ponto, daqui ou de Urano?" Trata-se, insisto, de *El luto humano*. É o início do Capítulo 8, justo quando a pequena tribo de camponeses desfalecentes e heroicos entende que nada mais importa. As forças da natureza. O poder impiedoso da água desordenada. É o momento em que a morte "nos leva a mirar tudo com olhos atentos e ardentes, e as coisas adquirem sua humanidade e um calor como de passos, de pegadas habitadas".

E aí estão ambos, os mundos habitados de Flammarion e as pegadas habitadas de Revueltas, juntos e ao mesmo tempo. Uma pluralidade de materialidades, decerto. Um choque de pontos de vista: daqui para lá e vice-versa. O infinito no meio; o infinito ao redor. A descentralização da presença humana na Terra: apenas um ponto em um Universo definitivamente mais extenso, mais maravilhoso, mais fulminante. Um elo, quero dizer. Algo que, de forma deleuziana, conecta. Os pés com a terra, a mão com outras máos, os olhos com a mirada desconhecida do animal, ou da planta, ou da pedra, ou daquele outro que ainda não conseguimos distinguir na orla das esferas. Eu sou eu e minha galáxia. Eu sou eu e meu lugar na Terra. Eu sou eu e meu lugar junto com os outros na Terra, neste lugar do sistema solar, dentro de um Universo cheio de estrelas.

[pertencer é uma palavra ardente]

Pertencer é a primeira condição, assim afirmava Revueltas. Isso lhe permitia, ou o compelia, a escrever. A condição primordial e ineludível do ser humano – o escritor entre eles – é pertencer. Embora não seja uma condição meramente humana ou apenas humana. Pertencer é também a condição do animal e da planta e da pedra. Pertencer à terra. Ser uno com a terra. Ser convocado pela terra. "A árvore pertence", disse também, ampliando o tema da superfície terrestre, "está localizada, tem um lugar. Nada mais simples, nada mais evidente e prodigioso. Então é preciso cumprir a palavra ardente de pertencer."

Mas o que me pede essa palavra ardente para que eu a cumpra ou lhe cumpra? Como eu poderia cumpri-la ou cumprir-lhe se estivesse em mim, se assim eu quisesse? Cumprir é um verbo sem misericórdia, isso é bem conhecido. Do latim *complēre*, cumprir é fazer o que é devido ou a que se é obrigado. Não há opção. Não há alternativa. Executar; levar a efeito. Uma palavra férvida; uma palavra como um prego que se crava.

No início está o lugar que me contém; como a da árvore ou a da pedra, primeiro existe minha localização. Esse posicionamento primigênio do corpo, essa carga, é a mesma da qual Floriberto Díaz se ocupa quando descreve os eixos horizontais (terrestres) e verticais (celestes) que determinam a própria existência de seu corpo em relação à sua comunidade. Onde me sento e onde me detenho, Díaz insiste, repetindo as vozes dos outros. Onde me reconheço junto aos outros em processo de nos tornarmos nós. O eco. Nessa materialidade sempre mal resolvida. A reverberação do eco. Pertence-se à terra e ao céu, mas não de forma individual ou isolada, não de forma unívoca, não de uma vez por todas, mas com os outros e nos outros, de modo paulatino e titubeante, com o risco sempre iminente de cair. Pertence-se como quem responde – pelo simples fato de ter um corpo, de ser feito de uma matéria comum – a uma exigência ou convite deste planeta, deste sistema solar, deste Universo. Pertencer é estar mediado; aceitar essa mediação. Entregar-se a ela.

Pertencer é habitar.

Em 1951, na famosa palestra que proferiu em Darmstadt, Martin Heidegger equiparou o ser ao habitar. Mergulhando nas palavras do alemão antigo, o filósofo argumentou que o verbo construir (*bauen*) aparece sub-repticiamente na conjugação da primeira e da segunda pessoa do singular do verbo ser (*Ich bin, Du bist*), daí sua conclusão: "estar na Terra como mortal significa habitar". Mas estar na Terra significa também, por conseguinte, estar sob o céu, fazendo parte, ao mesmo tempo, de um coletivo de mortais. Por isso, habitar é habitar a Quaternidade – a Terra, o céu, o divino, a comunidade – que Heidegger, como Díaz a partir de outra tradição, unia sob o princípio inevitável do cuidado: "No fato de salvar a Terra, no receber o céu, na espera dos divinos, na condução dos mortais, acontece de um modo próprio o habitar como o cuidar da (velar por) Quaternidade. Cuidar (velar por) quer dizer: custodiar a

Quaternidade em sua essência. O que se toma em custódia tem de ser abrigado".

Pertencer é, assim, reconhecer a própria consistência de nossas múltiplas habitações e responder às suas exigências. "E lembre-se de que no mar se deu a primeira coisa viva, a primeira habitação", pede Revueltas de longe. Mas também nos pede para "pegar nossa roupagem de terra, nós, féretros que temos passos, e nos comprometer ligando-nos ao mundo". Assim, pois, como habitante da Terra, como corpo entre outros corpos abrigados pela Terra, é preciso reconhecer também nossa condição de hóspedes. A verdade cruel, a verdade simples, a verdade da qual decorrem todas as outras verdades: estamos alojados em uma casa alheia. Somos hóspedes de um lugar que é também a localização de outros seres humanos e de outras espécies, de outros seres orgânicos e inorgânicos. Reconhecer a raiz plural de nossa habitação, assumir nossa condição de hóspedes em um mundo radicalmente compartilhado implica, acima de tudo, estar atento, viver em contínuo estado de alerta acerca dos laços que vão de ser humano a ser humano e os laços que vão do ser humano ao ser animal, ao ser planta, ao ser pedra. Habitar é vir a ser, certamente. Não é uma ligação abstrata ou mesmo sagrada, mas uma inter-relação material: na fronte de Petrov se aposenta o mar, diz Revueltas, porque aquele suor, que é real e tem cheiro, é também a própria encarnação de uma memória: a memória do mar. "E lembre-se de que no mar se deu a primeira coisa viva, a primeira habitação, e que, então, o suor é uma memória úmida de nosso passado misterioso."

Da mesma forma que Jussi Parikka pode reconhecer o laço que vai da molécula de poeira no espaço sideral até o processo de extração de metais preciosos sob a superfície da

Terra, assim Revueltas percorre lentamente, em um estado de alerta único e febril, o caminho que vai desde a primeira célula viva no sedimento marinho até o suor na testa de um escritor que "morre pela vida, porque em torno de seu machado de escritor, porque em torno de seu martelo de escritor, porque em torno de sua enxada se reuniram crianças, cidades, pedras derrubadas e mãos levantadas". A ligação, que existe, tão real como perecível, tão orgulhosa como inevitável, vai desde a crosta terrestre até, entre outros, o trabalho de criação, passando inevitavelmente, por isso mesmo, pelo corpo. Não há nenhuma caixa-preta no pensamento ou na práxis de José Revueltas. Não há mão invisível nem abstração possível. Não há coisa mental autônoma que se separe, triste, amargamente, do esqueleto. À maneira dos pensadores do "giro não humano", embora muito antes deles, Revueltas entende a ardente palavra pertencer como parte de ou sinônimo de outro verbo encarnado: produzir. Da mão ao cérebro e vice-versa, com a dignidade de dedos calejados, a produção do planeta, da vida humana e não humana no planeta Terra, é a condição da qual não podemos nem queremos escapar. Habitar, que é também produzir uma habitação, é o que nos compele a nos reconhecermos. "Conheço um lugar na Terra onde, como no conto de Tolstói, não há dignidade maior do que a das mãos calejadas. Esse lugar russo da Terra de agora tem fogo e de seus calos nascem constelações, planetas e um sistema solar."

[um método]

Mas pertencer é sempre ir de volta. Não há tábula rasa. Se a primeira habitação surgiu no oceano, transformando o planeta Terra em um mundo compartilhado desde sua origem, pertencer é estar no lugar com outros e no lugar de outros, seja subsequentemente ou ao mesmo tempo. Ninguém pertence pela primeira vez. Compartilhamos um lugar de entrada, na própria origem de toda a matéria, com as células mais ínfimas e com as colinas de tempos imemoriais. Olhos no microscópio: Olhos no telescópio. A tecnologia nos lembra ou torna patente: não existe lugar vazio. Mais do que um mito, a des-habitação é um crime. Pertencer é re-habitar. Negar a origem abstrata ou pura do Universo e abraçar sua materialidade: isso é pertencer. A primeira habitação, portanto, é a pegada.

Se como habitantes da Terra só nos resta estar com os outros ou voltar a estar onde outros estiveram, então a tarefa mais básica, a mais honesta, a mais difícil, consiste em identificar as pegadas que nos acolhem. Esse é o momento ético de toda escrita e, mais ainda, de toda experiência. A pegada, sim, nos altera, obrigando-nos a reconhecer a raiz plural de nossos passos e obrigando-nos também a questionar a ausência que torna possíveis os nossos passos em primeira instância. A pegada nos lembra de nossa condição de hóspedes e, com toda a probabilidade, com frequência espetacular, nossa qualidade de usurpadores. De nossa mera presença, isto é, do fato de que nossa presença é presença no lugar outrora ocupado por outro, ou concomitantemente ocupado por outro, surge a pergunta sobre a ausência. O desterro de quem ou do quê me possibilita estar aqui? Que desalojamento ou que fuga abriu o terreno em que piso? Que forças ou que desatino o compeliram a se afastar daqui e a fundar ali? Que injustiça ou que crueldade ou que convite estelar? Pertencer é o mecanismo que utilizamos para tornar o tempo palpável. A escrita, que convoca o passado, que o exige, também nos convida a ele.

Usurpar é outro verbo que vem do latim e é outro verbo sem clemência. Usurpar é apoderar-se de bens e direitos que legitimamente pertencem a outro. Geralmente com violência. Arrogar-se a dignidade, o emprego ou o ofício de outro e usá-los como se fossem próprios. O usurpador é aquele que não consegue ver a vizinhança que nos instaura a partir de dentro e do início. Aquele que opta pela cegueira de ver o mundo sem microscópio e sem telescópio.

Usurpar é o contrário de escrever.

Depois de narrar suas experiências nas Islas Marías em *Los muros de agua*, José Revueltas começou a trabalhar em um segundo livro, que chamou, até terminar seu primeiro rascunho em agosto de 1942, *Las huellas habitadas*. O paradoxo não é apenas evocativo, mas também heurístico. Quero dizer, mais do que metafórico, esse título anuncia toda uma metodologia em construção. O cuidadoso observador dos fenômenos do céu, que antes se perguntava sobre os olhos que nos observam lá de Urano, agora está de volta. O som de passos juntos. Ele se dirige e convoca as experiências que o marcaram em 1934 no norte do México. Os agricultores que começaram e perderam uma greve memorável não estão mais lá, é verdade, mas suas pegadas estão. O microscópio e o telescópio da memória, que são as palavras, nos permitem vê-las. Ainda mais: nos deixam pisá-las. Percorrê-las. Aqui vamos nós. Os passos juntos. A escrita, que não é sobre o regresso, mas sim o próprio regresso, abre assim a possibilidade da habitação e, mais ainda, da coabitação. Essa ardente possibilidade. Essa pertença verossímil.

[*Vênus se parecia exatamente com Vênus*]

Vale a pena nos determos aqui. Mover o rosto para o céu junto com aquele menino de 12, 13 anos. Vale a pena, então, fechar os olhos novamente e deixar o tempo passar. Agora ele está aqui outra vez, olhando para o céu de Mérida. Revueltas já tem 24 anos. "Vênus estava limpíssima e bela ao crepúsculo. O horizonte tinha uma claridade fina e exata, sem nuvens: no centro, viva, a ponto de ser luz; nas extremidades, terna, apagando-se, como se deixando absorver pelo resto de céu azul, profundo, brilhante. Em meio a tudo isso, Vênus se parecia exatamente com Vênus, a deusa, quando emergiu da espuma."

III
OS QUE LEVAM SEUS MORTOS
EM SACOS DE CAMURÇA
AMARRADOS À CINTURA

We have a tradition of migration,
a tradition of long walks.

Gloria Anzaldúa

[rapto]

Será que José Revueltas e José María Rivera Doñez se conheceram ali, em Estación Camarón, nas terras esbranquiçadas e pungentes da fronteira, rodeados de vento, mato, arbustos? Já tinham se visto alguma vez cara a cara, sob a luz inclemente daqueles céus? Será que seus caminhos se cruzaram nos campos de algodão, em um daqueles dias entre 16 e 23 de março de 1934, no Sistema de Irrigação n.º 4? Terá sido o do meu avô ou o da minha avó um dos rostos "severos e sérios" que se colaram à memória de José Revueltas anos depois, enquanto escrevia à mão, caderninho após caderninho até completar nove, *Las huellas habitadas*, seu segundo romance?

Tomara que sim.

Impossível saber.

A gente do campo deixa poucas pegadas: um ditado, duas ou três anedotas, filhos. Deixa perguntas. Deixa um nome; acima de tudo, uma inscrição. Esta marca.

Às cinco da tarde do dia 2 de dezembro de 1879, compareceu Victoriano Rivera, natural e morador de Mingolea, casado, indígena, trabalhador contratado por dia, 38 anos, e disse que naquele povoado nasceu no dia 26 passado, às seis da tarde, uma criança do sexo masculino que deve se chamar José María Rivera, e declara como filho legítimo seu de um matrimônio civil com Abrahana Doñez, da mesma origem, indígena, de 20 anos.

Vamos até lá, naquele cantinho da Aridoamérica. Procuramos um vilarejo que, no início do século XXI, não aparece em nenhum mapa regional, muito menos no do país. Procuramos uma paisagem, um contexto, uma forma de dizer sou daqui. Ou venho daqui. Um convite para participar de um festival de livros, um congresso sobre ficção *noir*, para ser mais precisa, foi o último incentivo que eu precisava para ir atrás dessas pegadas. Era o meio de um verão estranhamente livre e relaxado. Não havia outra obrigação que servisse de pretexto para não ir. Chegamos de ônibus a San Luis Potosí, a capital do estado, e lá, depois de cumprirmos as atividades exigidas, ficamos alguns dias perguntando aqui e ali por Mingolea. Mingo o quê? Nenhum dos moradores da cidade soube nos dar informações sobre aquele local. Ninguém fazia ideia de que existia ou tinha existido. Será que lemos errado? Seria possível que o desejo de encontrar um lugar nos obrigasse a inventar esse lugar em nossa imaginação? Muitas vezes nos olhamos boquiabertos, às vezes aborrecidos, outras resignados. Tivemos de visitar bibliotecas e arquivos para localizar mapas antigos da região. Ali, em dois deles, apareceu o nome. Ali dizia Mingolea. Um povoado a poucos quilômetros de um antigo trilho de trem e também perto de uma encruzilhada. Uma aldeiazinha, mais do que um povoado. Uma das frações em que se dividia o município de Charcas, que incluía também Tanque de Santiago, Minas de Azogue, Laguna Seca, Lajas, Santa

Gertrudis, Minas Grandes, Charcas Viejas, Lo de Acosta, Los Egidos. Uma fazenda dentro de uma dessas frações. Existia, o que era o mais importante. Tinha existido. Sua existência havia sido tão real que constava de alguma crônica antiga na lista de localidades com nome e delimitação oficial. De qualquer forma, ficava bem perto de Villa de Charcas, aquele vilarejo mineiro que, anos atrás, visitei fazendo o mesmo que fazíamos agora: rastrear as pegadas de um nômade que ali nasceu e que de lá saiu em datas ainda por determinar e devido a causas desconhecidas.

Com o tempo, aprendi a reconhecer as expressões em meu rosto ao ver os gestos de Saúl. Aqueles de nós que vivem a uma distância cautelosa de nossas próprias emoções geralmente precisam de confirmações desse tipo. Se Saúl me olha com calma, com os olhos sorridentes e a pele relaxada, sei que não teme por mim nem por si mesmo naquele momento. A placidez é muito parecida com a segurança. Quando Saúl abre os olhos e ergue as sobrancelhas, quando põe as mãos no meu rosto ou na minha nuca, sei que está se perguntando que monstro vive dentro de mim e o que pode fazer para afugentá-lo. Devo estar então com o cenho franzido, os lábios cerrados e aquele olhar que, focado em um ponto real ou irreal do universo, não consegue perceber o que está acontecendo ao redor. A raiva me cega. Também a dor. No dia em que li pela primeira vez a certidão de casamento de José María Rivera Doñez e Petra Peña, não consegui nem encarar o rosto de Saúl. Tínhamos acabado de chegar a Mérida e, enquanto desfazia as malas em um quarto de hotel escuro e com cheiro de mofo, parei por um momento para verificar meu e-mail. Lá estava a mensagem. Era uma cópia fiel da certidão. A certidão afirma explicitamente que, às doze horas do dia 27 de junho de 1927, perante um juiz civil e um comandante da polícia, se apresentavam para contrair matrimônio José María Rivera Doñez e Petra Peña, "acusado o primeiro de rapto da segunda". Talvez, se não estivesse relacionada de maneira alguma com o México, a palavra rapto não teria o peso criminoso e sinistro que me obrigou a primeiro me sentar e depois a querer sair correndo do quarto. Perdi toda a capacidade de me expressar e cortei bruscamente toda a conexão com o mundo. A única coisa que pude fazer por muito tempo foi caminhar e esconder o rosto. Andar com pressa, como se estivesse tentando fugir. Escapulir. Libertar-me. Muitos meses depois, quando Saúl finalmente decidiu me perguntar o que havia acontecido naquela tarde fatídica em Mérida, consegui responder. Minha irmã foi assassinada em 16 de julho de 1990. Para mim, a guerra começou naquele dia. Refiro-me à mesma guerra que abriu tantas sepulturas e fez desaparecer centenas de milhares de pessoas em todo o país. Refiro-me à erroneamente chamada guerra contra o narcotráfico. Um predador, um ex-namorado ciumento que preferiu vê-la morta a livre, a sufocou em seu quarto de estudante na Cidade do México. Vivi todos esses anos com sua ausência. E sua ausência, ao longo de todos esses anos, tornou-se companhia e proteção, mas também remorso e culpa. Coragem. Irresolução. A parte de mim que pode pensar nessa morte sabe que os feminicídios são expressões extremas de poder em um sistema patriarcal de opressão que ataca cruelmente os corpos das mulheres. A parte de mim que só sabe se doer ainda se pergunta às vezes, principalmente quando chove, principalmente em certas tardes de chuva com sol, o que fizemos de errado, como é que não pudemos protegê-la. A parte de mim que só sabe se doer chegou a se perguntar tantas vezes se algo no passado, algo em nosso próprio passado, havia desencadeado aquela trágica tarde em 1990. Éramos culpados? A culpa foi nossa? Os sentimentos dos sobreviventes são sempre complicados. Quando li a palavra rapto na certidão de casamento de meus avós, minha visão ficou turva. O mundo à minha frente ficou todo borrado. Uma nuvem sinistra deixou cair suas gotas cinza e azuis, suas gotas negras, sobre toda Mérida. Cada passo era mais um passo dentro de uma matéria escura e pegajosa que me impedia o movimento. Eu queria sair de lá a qualquer custo. Eu queria respirar. Se isso fosse possível, queria voltar a respirar. O torpor durou horas e, embora sua força fosse aos poucos diminuindo, o desassossego e a desorientação não desapareceram por completo. O que a palavra rapto confirmava ali, diante de meus olhos, era culpa nossa. Culpa minha. Eu vinha de uma estirpe de agressores, criminosos, malfeitores. A falha estava lá, no começo da história. Sozinha e atroz. Fulminante. O mundo a cobrara no corpo de minha irmã. Como era possível que eu ainda estivesse viva? Parei de escrever o livro que estava escrevendo com um pretexto qualquer. A falta de tempo. Uma nova mudança. A necessidade de mais dados. Na realidade, a paralisia não é uma resposta incomum diante de situações impossíveis. Eu não podia mencionar o rapto de minha avó, mas também não podia deixar de mencionar o rapto de minha avó. Entre uma coisa e outra, optei pelo silêncio. Arquivei o documento em uma pasta. E deixei de vê-lo.

[a Grande Guachichila]

Tivemos dificuldade em conseguir um guia para nos ajudar a cruzar o Altiplano e chegar a Charcas, mas conseguimos sair em uma sexta-feira de muito sol, pouco antes do meio-dia. Deixando o trânsito de San Luis Potosí para trás, avançamos por uma estrada estreita de duas pistas o mais rápido que conseguia suportar o motor de um carro velho, no qual o taxista tinha de mudar manualmente as marchas para aumentar ou diminuir a velocidade. Embora surpreso com o pedido, o homem apenas nos pediu para limitar a viagem às horas de sol. Se a noite cair sobre nós, não sou responsável pelo que possa acontecer com vocês. Concordamos e, em silêncio, temendo o pior, entramos no veículo. Pelas janelas sujas, cada vez mais cheias do sangue e das entranhas dos insetos da estrada, via-se aquela imensidão de território pontilhada de árvores – acácias-amarelas ou nopais –, rochas pontiagudas, cactos. Suculentas. O prado dos nômades. Um espaço sem ídolos ou cemitérios cujo céu abrigou zacatecos, guachichiles, cazcanes, tepehuanes e os escravizados em constante fuga. Negros, mulatos, genízaros, índios, vagabundos, bandidos. É fácil comparar a violência constante da guerra viva que manteve tantas nações indígenas em conflito com os espanhóis que lutavam para controlar e subjugar mais e mais espaços, mais e mais corpos, com a violência da chamada guerra contra o narco, que, em nossos dias, nos obriga a percorrer uma estrada vazia com os dentes cerrados, as mãos tensas. Não vai acontecer nada. Vai ficar tudo bem, dizemos a nós mesmos em voz baixa. Tantos anos de diferença e tanta semelhança nas razões e na forma do conflito. Mãos amputadas, cabeças separadas do esqueleto, orelhas divididas ao meio. Os olhos de pesar de Saúl quando me observam me dizem tudo o que preciso saber sobre o que estou pensando naquele momento. Realmente não sei o que estamos fazendo aqui. Não sei se é uma forma de tortura ou uma maneira de libertação, mas vamos juntos. Nossas mãos vão juntas no assento.

Não estamos no presente, em uma estrada dominada pelo medo, mas em anos atrás, no meio da planície seca, tremendo. O relinchar dos cavalos. Os arcos e flechas. Os gritos. A briga. A proximidade da água só se faz sentir quando nos aproximamos de Venado. No meio de um extenso vale, no declive setentrional de uma extensa colina, San Sebastián del Agua del Venado, lá desde 1593, um par de anos depois da chegada, em uma grande caravana da meseta central, das quatrocentas famílias tlaxcaltecas que vieram, segundo a Coroa, propagar seus costumes civilizados e proteger a região das incursões dos bárbaros da Grande Guachichila. Mil e cem pessoas incluindo mulheres e crianças, famílias inteiras, agricultores. Mil e cem tlaxcaltecas que chegaram a Venado em 18 de agosto de 1591, a quem os guachichiles, que sempre se consideraram os *nativos* do lugar, nunca deixaram de ver como oportunistas desprezíveis diante dos quais não deveriam se curvar. Se de nada adiantaram as demandas legais que lançaram em 1697 para desapropriação de terras, então melhor regressar ao Altiplano do que continuar aqui, chocando-se contra os invasores. Melhor trilhar os caminhos que tão bem conheciam e açoitar os usurpadores quando possível, quando eles permitiam. Melhor ir cada vez mais longe, aos poucos, até desaparecer. Melhor desaparecer. Há algo deles aqui, no entanto. Ou assim queremos pensar quando descemos do carro e nos dirigimos à igreja paroquial, que era a maior e melhor de toda a região compreendida pelos municípios de Venado, Charcas, Moctezuma e Santo Domingo. O verde das árvores e o frescor do ambiente nos fazem lembrar do motivo de aqui se praticar a agricultura e a pecuária, e não a mineração, por exemplo. Mas nada do que vemos ou ouvimos nos lembra do envolvimento de Venado nos grandes tumultos de 1767. Antes da pacificação, antes que lhes fossem tiradas ainda mais terras e o direito de eleger seus governantes, antes que decapitassem o governador guachichil Felipe Florentino e cravassem sua cabeça em um pelourinho, antes de cobrirem de sal as terras dos rebeldes, garantindo assim que nunca mais voltassem a trabalhar nos campos, Venado havia sido uma vila dividida em quatro bairros: tlaxcaltecas, negritos, guachichiles e tarascos. Depois, quando voltaram, se é que voltaram, nada mais foi igual.

O tempo é curto. Temos de voltar ao carro, independentemente de vermos ou não uma placa que relembre a presença de um muito jovem Ramón López Velarde como juiz de primeira instância. Vamos rápido, diz o taxista. E nós vamos. Do outro lado do para-brisa, é fácil vislumbrar ali, longe no tempo, as cabeças ruivas dos guachichiles que enfrentaram os exércitos da Coroa com uma ferocidade única quando tentaram fundar Charcas pela primeira vez, em 1563, quando *don* Juan de Oñate encontrou o mineral que daria fama à região, iniciando as terríveis e sangrentas guerras chichimecas, que se estenderam até 1590. Talvez um pouco mais tarde. É fácil entender como ressurgiram quando já se considerava que estavam derrotados, como restabeleciam alianças e reagrupavam forças para expulsar o inimigo repetidas vezes. A destruição das igrejas. A redução da população a cinzas. É fácil vê-los lutando ferozmente outra vez, mais uma vez, em 1574, afugentando mais uma vez missionários e soldados. E aí, à medida que nos aproximamos de Charcas, fica fácil entender aquela derrota à qual chamaram pacificação. Essa pacificação que é o outro nome do extermínio. Ali, à nossa frente, está Charcas, aquela que foi refundada em 1583 e na qual, muito pouco tempo depois, começaram a ser explorados os veios Leonas e Santa Isabel.

Paramos por algumas horas, primeiro para comer as famosas *gorditas de maíz* nas lanchonetes do mercado e, depois, para perguntar onde fica aquela outra vila minúscula que escapa ao trabalho dos cartógrafos. Quando perguntamos por Mingolea, mandam-nos para o Paço Municipal. E, chegando lá, sem saber ao certo o que responder, nos encaminham para os escritórios do antigo arquivo histórico. No primeiro andar, em um quartinho escuro cheio de papéis velhos e em desordem, a assistente do diretor nos recebe. Como ela também não sabe a resposta, entra em contato com o chefe por telefone. Através de um pesado bocal preto, a voz do professor Victorino Carranza García exclama o nome, diz Mingolea e solta uma gargalhada. Mas ninguém nunca vai lá, o ouvimos dizer. O que eles estão realmente procurando?, pergunta no fim, sem esconder uma pitada de desconfiança ou suspeita na voz. De qualquer forma, ele nos dá algumas informações. Sigam até Ocotillo, em direção a Santo Domingo. Passem pela mina e, ali, virem à direita. Vão encontrar o rancho Palmas e, de lá, na direção norte, vão ver o rancho El hospital. É lá que fica Coyotillos. Mingolea está no caminho de Lajas; ao lado de Lajas. Não vamos encontrar placas pelo caminho, mas se olharmos para aquela pedra, para aquela casa, para um pequeno armazém. Se perguntarmos outra vez. E depois outra. Com sorte, chegarão, ele conclui.

Voltamos para o carro. E, à medida que avançamos por estradinhas cada vez mais estreitas, estradas cada vez em pior estado, a vegetação do deserto dá lugar a arbustos cada vez maiores, a árvores mais verdes. Onde estamos? Isso ainda é o Altiplano? Na bifurcação descrita pelo professor Victorino, pegamos o caminho errado. Meia hora depois de percorrer uma estrada cheia de buracos sem ver um único veículo, decidimos voltar. Mais para a frente eu não vou, diz o taxista, alarmado e firme ao mesmo tempo. Felizmente, de volta à bifurcação, os homens da única picape que vemos em movimento compartilham as informações de que precisávamos. À direita, dizem, vocês vão passar por Villa de Guadalupe, depois fica a caixa d'água e, quando virem os choupos, é ali.

Villa de Guadalupe é uma rancharia que parece abandonada. Seguimos cautelosos pelas ruas de terra até chegarmos a uma lojinha do que parece ser o centro. Cerveja Corona. Os olhos de dois velhos diminutos, ambos sentados em cadeiras de madeira no exterior do estabelecimento, observam-nos passar sem nos fazer sinal. A pressa de ver Mingolea antes que as sombras caiam nos obriga a seguir em frente sem parar. Passamos pelas caixas d'água, aquelas pequenas lagoas que compensam a seca do Altiplano. Passamos pelas colinas. Ao longe, do outro lado de uma cerca de arame farpado, erguem-se duas majestosas árvores. Descemos ali. Espreitar é um verbo que se afasta pouco a pouco no tempo.

É aqui, pensamos ou dizemos. Talvez seja aqui. José María Rivera Doñez deve ter nascido aqui às seis da tarde do dia 26 de novembro de 1879. Filho de pai indígena e mãe indígena. Alguém legítimo. O produto de um matrimônio. Ficamos em silêncio. A terra fica em silêncio. O vento. A tarde. Tudo é mais verde do que eu esperava. Mais úmido. Mais azul. Um pequeno paraíso terrestre pontilhado de plantas e interrompido por pequenos corpos de água.

Podemos continuar assim, vendo, transformados em puros olhos e ouvidos, transformados em puro tempo, mas o taxista nos adverte que está ficando tarde. Vamos agora, diz ele, exasperado ou nervoso. Com cara de preocupação. Na volta, passamos por Villa de Guadalupe, mas dessa vez, a pretexto de procurar um banheiro, paramos para conversar com os velhos.

Procuramos um povoado que se chama Mingolea, dizemos ainda de dentro do carro. Eles sorriem sem se moverem de suas cadeiras. A acrobacia de manter as duas pernas da frente da cadeira suspensas, apoiando o encosto no adobe da parede. A atitude de ser duas crianças.

Mas se está vazio quase desde a Revolução, eles respondem quase em uníssono. A voz de um ecoa a voz do outro. Era uma fazenda. E depois já não foi mais nada.

E por que se chama Mingolea?, perguntamos, abrindo as portas, saindo do carro. É quase uma piada, dizem, rindo entre si novamente, lembrando ao mesmo tempo. Na fazenda havia uma professora que dava aulas. E uma das crianças chamava-se Domingo, carinhosamente chamavam-no Mingo. E a professora pedia Mingo, leia. Entenderam? *Mingo, lea.*

Sorrimos. Nós nos viramos para olhar um para o outro, incrédulos. Voltamo-nos para ver a estrada. A que distância daqui?, insistimos, calculando a possibilidade de voltar mais uma vez. Não muito, dizem eles, sem oferecer mais informações. Vocês não viram os choupos? Como não respondemos nada, eles continuam. As grandes árvores que podem ser vistas da estrada. Isso é Mingolea?, queremos confirmar. Queremos uma prova. Queremos sair de lá sem deixar margem para dúvidas.

É isso, eles apontam. Ou melhor, foi isso.

Um par de choupos. Suas altas folhas coroando o horizonte, escandalizando o céu. Isso e nada mais. Uma ruína. Uma subtração do tempo. Cidades-fantasmas só se deixam ver de longe.

Não temos tempo de ir até lá de novo. O taxista, que foi paciente durante o caminho, nos dá um ultimato. Ou voltávamos imediatamente para San Luis Potosí ou ele nos deixaria ali.

Sim, sim, vocês viram, ele nos diz, tentando nos consolar enquanto o seguimos até o carro em silêncio, cabisbaixos. Foram as árvores que viram ali, do lado da caixa d'água, quando desceram. Ser de onde resta apenas um par de choupos, penso. Então, sem muita transição, ele insiste: Mas agora temos que ir. Não tem jeito.

No caminho de volta, lembro-me de ter lido em algum lugar que os guachichiles eram tão nômades, tão pouco adeptos da vida sedentária, que se recusavam a enterrar seus mortos. Em vez de cemitérios ou tumbas, eles levavam algumas das cinzas de seus mortos em finos sacos de camurça amarrados à cintura. Com eles, colados a seus corpos, seus mortos seguiam em movimento. Deslocando-se. Esfumando-se.

[as crianças mortas]

Os nomes vêm de muito longe. Soam à coisa velha; à coisa irrepetível. Herculana. Amado. Octaviano. Leonarda. Chegam cobertos de pó, de vento, de sujeira. Victoriano. Anastasia. Asunción. Se eles se sentassem em uma pedra e começassem a esfregar a superfície com as mãos do tempo, certamente sairiam longos pergaminhos de carne e história. Pelagens. Abrahana. Epifanio. Bernardina.

Cenobia. Ecos do santoral católico. Breves pisadas de beatos e mártires.

Quero descrever a luz sob a qual aparecem naquela tarde de verão. É o mesmo sol do Altiplano, agudo e direto, mas hoje suas moléculas brilhantes se espalham pelo ar de modo vertical e horizontal. Ao passar pelas janelas dos cartórios do Registro Civil, os raios de luz adquirem um leve tom dourado. O brilho, que parece vir de dentro do recinto, torna a cena irreal. Um planeta dentro de outro planeta. Uma bolha dentro da qual um ser minúsculo observa, diligente, o passado. Lá os mais velhos vão devagar, pondo as mãos nos encostos de algumas cadeiras até encontrarem seu lugar no aposento. Lá vão os noivos, aquele jovem casal que, como seus pais e mães, como seus tios e amigos, vêm de tão longe. As sandálias cheias de poeira os denunciam. As gotas de suor. Aquele olhar em que se combinam a alegria e o cansaço. Somos habitados por essa longa tradição de caminhadas. Só algo assim poderia tirá-los de suas estradas de terra, das montanhas escarpadas, de suas rotinas de trabalho. Apenas esse matrimônio entre José María Rivera Doñez e María Asunción Vázquez poderia tê-los trazido de Polocote e de Charcas Viejas para essa sala inundada de luz no centro de Venado.

A sedução começara meses antes na mesma praça que, margeada por altos eucaliptos, teimava em assomar-se pelas janelas do Registro Civil. Ali mesmo, em uma tarde de outono que parecia tão distante, ele a vira. Ela o vira. José María tinha chegado com um saco de figos-da-índia, pronto para oferecê-lo a quem lhe desse o maior lance nas imediações do mercado. María Asunción passava por ali, apressada, cumprindo alguma tarefa familiar. Como surge o interesse entre duas pessoas? Por que, em um lugar cheio de tanta gente, esses dois se olham e não outros? Sempre foi difícil responder a essas perguntas. Sempre foi difícil não insistir em perguntá-las. Em vez de voltar imediatamente com os centavos da venda, José María decidiu ficar um pouco para passear pela praça e comprar um copo de *colonche*. O álcool fermentado logo evocou uma espécie de fúria reprimida que ele nunca havia sentido antes. De repente, ele se acreditou capaz de qualquer coisa. Andava a toda pressa e, depois, se movia com cautela ao redor dos troncos das árvores. Subia e descia as escadas do coreto. Atravessava as ruas e, sem pudor algum, espiava os bares onde homens de todas as idades se divertiam jogando cartas. A música dos harpistas entrava em seus ouvidos e avançava com a velocidade do sangue pelos braços, pelo tronco, pelas pernas. Se ele conhecesse o conceito, teria gritado que estava feliz. Foi neste momento, quando um homem jogou uma bolinha em uma roleta vermelha, que ele se lembrou dela. Para onde estava indo com tanta pressa? Que anjo ou que diabo estava apressando seus passos? A curiosidade o obrigou a ficar em Venado naquela noite. A curiosidade e a embriaguez. Na manhã seguinte, quando já havia lavado o rosto com a água da fonte, lembrou-se dela novamente. Ele era apenas um menino sujo e fedorento, com uma terrível dor de cabeça, quando decidiu que esperaria mais um dia. Quais eram as probabilidades de vê-la ali mesmo, de novo, atravessando a praça? Poucas, ele bem sabia. Muito poucas. Mas poucas, mesmo muito poucas, eram melhores do que nenhuma. Vou te ver de novo, disse a si mesmo. E se preparou para andar pelas ruas de Venado com olhos atentos.

Levou mais duas ou três viagens para encontrá-la. Mas aconteceu, exatamente como ele havia imaginado, na mesma praça. Acabara de sair de Los Perros Prietos, o bar em que costumava assistir aos jogos de amarelinha e cartas. Maravilhava-se com as cartas, as mãos ossudas dos homens que as tocavam com uma suavidade quase criminosa. As apostas o excitavam, a forma como um segundo de coragem poderia mudar o destino de uma pessoa. O *colonche* o embriagava, e também a música e a fricção dos corpos. Toda aquela atmosfera irreal. Mas não tinha com o que apostar e ainda não sabia se arriscar. Ele caminhava de cabeça baixa, um chapéu de palha enrugado nas mãos, censurando-se por sua pobreza, sua covardia, quando conseguiu avistá-la ao longe. Em vez de se aproximar, seguiu seus passos. Então é aqui que você mora, murmurou baixinho enquanto a observava desaparecer atrás de uma porta de madeira. E, sem saber por quê, sorriu. Esse mesmo sorriso acompanhou-o de volta ao bar onde, em vez de olhar, pediu as cartas. Mas com que você vai apostar?, o gerente zombou enquanto apertava um cigarro entre os dentes. José María curvou o pescoço e, com a mão esquerda, passou pela cabeça uma delicada corrente de prata da qual pendia um pingente do mesmo material. Achei na mina, explicou ele diante dos olhos gananciosos dos jogadores. Eles aceitaram porque tinham certeza de que seria fácil depená-lo. Ele parecia tão jovem, tão recém-chegado das montanhas, tão manso. Mas suas longas horas de observação discreta, meio escondido atrás de jogadores experientes, lhe serviram bem. Essa não seria a última vez que ele sairia correndo com um saco de reales escondido nas ceroulas de algodão. A respiração agitada. O açoite da adrenalina. Os gritos dos que se acreditavam despojados às suas costas.

Talvez os olhos de uma jovem do final do século XIX não tivessem reparado nos músculos de seus braços ou de seu tronco, nas pernas bem torneadas, no pescoço comprido. Ou talvez sim. Talvez Asunción tenha se concentrado sobretudo naquele jeito de andar que lhe é tão característico, como se fosse dono da calçada pisada por suas sandálias de couro. Ou talvez tenha prestado atenção apenas em seus olhos escuros, risonhos. A verdade é que algo no conjunto produziu atração suficiente para não fugir e confiança suficiente para quebrar seu silêncio. Baixou a vista, como todas as garotas de sua idade faziam, mas disse a ele seu nome. Sim, morava em Venado. Segunda quadra; segundo quarteirão. Filha de Herculana e Nicolás. Talvez o que mais tenha lhe agradado foi o sotaque daquela outra língua que, como um eco, ressoava nas paredes de suas palavras, deformando e refazendo tudo o que ele dizia. Você não é daqui, ela sussurrou, levantando o olhar. Mas posso ser, respondeu ele.

José María Rivera Doñez e María Asunción Vásques casaram-se no civil em 27 de agosto de 1898, depois das colheitas. A luz, essa estranha luz que estou tentando descrever, caía plena e suave nas folhas dos eucaliptos e nas flores vermelhas das buganvílias para depois penetrar, sem peso, pelas janelas do Registro Civil e continuar caindo, ali, sobre os reluzentes cabelos pretos e as peles escuras, sobre o chão de madeira e as cadeiras desconfortáveis. Lá fora: o barulho do rio. Lá fora: os bandos de pássaros. E o vento ainda cálido sobre as coisas do mundo.

Venado ainda pode reluzir assim às cinco horas da tarde de uma sexta-feira no final do verão. Embora a seca não tenha sido tão severa naquele ano, as colheitas sofreram mesmo assim. Era difícil conseguir empregos, ou mantê-los. Os trabalhadores contratados por dia mudavam de fazenda ou de rancho assim que podiam. Às vezes, iam às minas para tentar a sorte. Às vezes, a vida não durava o suficiente para que voltassem. Os problemas no fim do século XIX tinham se agravado porque o moinho da fábrica de fiação e tecelagem Guadalupe estava desviando água do rio. Embora os vizinhos já tivessem se organizado para entrar com uma ação judicial, os tribunais estavam mais preocupados em agradar ao proprietário do que aos camponeses que precisavam de água para seus cultivos. Eles tinham pouca esperança de ganhar. E menos ainda de recuperar a água. No vilarejo, que também era sede da administração municipal, andavam alvoroçados com a chegada da iluminação pública, mas, para quem vinha de fora e de longe, tanta agitação pouco significava. Quem não podia ver à noite com uma boa lua cheia? De qualquer forma, ir a Venado era uma mudança de rotina. Ao menos por aqui havia alguma umidade na atmosfera, e as sombras das árvores enfrentavam cuidadosamente o reinado angular e tedioso do sol do Altiplano. Tinham de vir aqui de qualquer maneira se quisessem que seus nascimentos, óbitos e casamentos fizessem parte dos registros civis. Se quisessem existir, tinham de percorrer as estradinhas vicinais e respirar fundo até avistar o rio.

Herculana olhou para a filha com os olhos imóveis, ali da cadeira que lhe fora destinada para presenciar a cerimônia. Tinha 16 anos, a mesma idade que ela acabara de completar quando se casou com Nicolás, dezessete anos atrás, no mesmo cartório de Registro Civil. Um verão também, mas no início de junho, quando o sol brilhava com todo o seu rigor e a secura do ar rachava seus lábios. Ela parecia tão pequenina, sua filha. Toda magrinha e reta, como uma folhinha de grama. Estava quase chorando, mas se conteve. Sua boca se apertou e ela pôs uma mão sobre a outra bem em cima do colo. Inclinou um pouco a cabeça, para fingir que estava rezando. José Urbano. María Bernardina.

José Serapio. Cenobia. Repetia aqueles nomes em voz baixa enquanto o juiz, com a voz empolada, repetia os nomes de todos os presentes, e os noivos se olhavam com o canto do olho com um comedimento que apenas traía o desejo que sentiam um pelo outro. José Urbano. María Bernardina. José Serapio. Cenobia. Todos filhos seus. Todos mortos. Ela se virava para ver o recinto e os via ali, sussurrando. Todos expulsos de seu corpo e expulsos do mundo quase ao mesmo tempo. Quem imaginaria que essa frágil menina seria a única que vingaria. Uma de cinco. Uma dentre tantos. Apenas 16 anos e logo conheceria todas as dificuldades da vida em comum. Da vida com um homem. O trabalho constante na terra de outras pessoas, com salário escasso. A educação dos filhos. O açoite da enfermidade ou do zelo. Mas, naquele momento, eles estavam tão recém-banhados, com suas roupas novas e limpas, que quase pareciam pessoas decentes da cidade, e não trabalhadores contratados por dia que compravam tudo fiado.

Foi o último casamento de agosto.

E não assinaram porque não sabiam.

Pouco mais de um ano depois, em 12 de novembro, María Asunción e José María viram morrer seu primeiro filho. Ele nascera apenas um mês antes e, de pura felicidade, deram-lhe o nome de Florentino. Mas a seca, em vez de abrandar, agravara-se, e as terras de cultivo precisavam mais do que nunca da água que a fábrica de fiação e tecelagem levava para si. María Asunción amamentou Florentino com o que pôde, mas sobretudo com lágrimas. Desassossego. Ver os outros morrerem não a preparou para a morte de um filho. Embora estivesse ciente do risco, embora soubesse que seus irmãos e os irmãos de outras pessoas haviam morrido, embora tivesse visto tios e vizinhos morrerem, sempre restava a dúvida: será que isso vai acontecer conosco? Será que a morte agora passa e nos cumprimenta de longe? Mas quando, com duas semanas de nascido, viram como a febre foi se apoderando de seu corpo, não deixando espaço para mais nada, os dois permaneceram em silêncio e se entreolharam com olhos envergonhados. Haviam falhado. Qualquer alimento ou líquido que o menino conseguia digerir era imediatamente expelido em vômitos e diarreias cada vez mais violentas. Logo, o choro com que saudara o mundo se transformou em um mero miado. Apenas um sussurro. Algo que parecia vir, cada vez mais contido, das plantas ou da própria terra. O médico nunca conseguiu chegar a Charcas Viejas, mas todos os que viram os sintomas repetiram a mesma palavra que ouviram de um médico que visitaram uma vez na cidade: disenteria. Sabiam que era uma sentença de morte. Sabiam que apenas um milagre o salvaria. E rezaram, porque isso eles podiam fazer. Acenderam algumas velas. Ajoelharam-se. Persignaram-se diante das imagens de santos que guardavam para a ocasião. Ofereceram sacrifícios. Prometeram dádivas. Borrifaram o chão de terra com álcool. Um pouco mais tarde, porém, por volta das oito horas da noite daquele domingo, perceberam que o haviam perdido. María Asunción não quis se separar dele durante a noite e ainda pela manhã teimava em proteger o primogênito do frio, estreitando-o nos braços. José María teve de arrancá-lo do peito dela e, depois, ficou ao seu lado. Foi dona Abrahana quem compareceu ao cartório para notificar oficialmente a morte de uma criança indígena que levava o nome de outra que, muitos anos antes, havia iniciado uma rebelião.

E havia perdido.

[saber]

Essa viagem tem início em um verão. O então presidente José López Portillo tinha ido à Espanha em busca de alguns antepassados que todos nós, cidadãos, imaginamos como ilustres e antigos, e em troca, só para contrariar, meu pai convenceu a família a passar parte das longas férias procurando as raízes de seus antepassados em San Luis Potosí. *Suas* raízes. Não tem muitas informações: Charcas, Venado, Real de Catorce são nomes que ainda não significam nada para nós. Mas ele tem um mapa. E tempo. Dessa vez tem tempo. Minha mãe, que aceitou o convite com relutância, prepara a comida e a enfia em uma pequena caixa de isopor. São os tempos em que minha irmã e eu ainda podemos dormir na parte de trás do Volkswagen sedã branco que tivemos por anos. Meu pai abaixa os bancos traseiros, põe os cobertores e travesseiros, e ali descansamos de pernas esticadas, olhando as estrelas, depois de termos passado o dia inteiro observando a paisagem de janelas opostas. Como o carro é o modelo mais simples, vem sem rádio, então nossa longa viagem rumo ao passado, rumo à origem da origem, é um puro silêncio cheio de perguntas e fantasmas. Nunca conhecemos aqueles avós que agora, pela primeira vez, meu pai insiste em convocar para nossas vidas. Nem sabíamos de sua existência. Nunca tínhamos ouvido seus nomes. E não sei, à medida que avançamos por estradas cada vez mais solitárias, em horas cada vez mais inconvenientes, se a omissão tem a ver com o esquecimento, a ignorância ou a vergonha. Ou com algo ainda mais abrupto. O silêncio, em todo caso, é real. São horas inteiras nessa imobilidade silenciosa e disforme. Dias que só são atravessados pelas palavras mais básicas. Quanto falta para chegar? Quando tudo isso acaba?

Essas perguntas não têm resposta.

Ainda podemos parar na beira da estrada para esticar as pernas ou para fazer xixi ou comer, ali, embaixo daquela acácia-amarela. De um lado desse matagal. Ainda podemos estender uma toalha xadrez vermelha no chão e comer as tortilhas de farinha recheadas com feijão ou ovos. As jarras de água. As maçãs frescas. Ainda podemos passar o tempo ouvindo atentamente o barulho dos motores que se afastam enquanto falamos sobre a flora e a fauna do deserto sem temer por nossas vidas nem imaginar o pior. Ainda podemos olhar para o alto para ver o céu. Cirros. Cúmulos-nimbo. Estratos. Somos quatro. Um quadrado perfeito. Ainda.

E vamos para Venado, para Charcas, para Real de Catorce, porque nos disseram que aqui. Porque alguém, certa vez, em uma conversa sem importância, mencionou esses nomes. E meu pai, convertido em detetive de sua própria memória, quer saber. Ele tinha, na época, cinco ou seis anos a mais do que eu tenho hoje e não podia continuar vivendo sem saber. Sem constatar. Ao longo de sua vida, ele migrou de um lugar para outro às pressas, sem olhar para trás. E esse movimento para a frente, ao mesmo tempo cuidadoso e disciplinado, a que todas nos habituamos em casa, vai mudando diante de nossos olhos espantados, incomodados, francamente confusos. O que pode haver no passado que nos diga respeito? Por que temos de sair da inércia que nos encaminha para o futuro para entrar nessas estradas do Altiplano que só nos levam a lugares cada vez mais desolados, cada vez mais secos?

Sem outro método além da curiosidade, paramos em cada lugarejo para perguntar aleatoriamente, a quem quer que seja, esses nomes. Isso lembra alguma coisa? Vocês já ouviram isso? Uma alusão leva a outra. Uma recordação, a outra mais remota. Minha irmã, que interpretou a busca como um jogo, acompanha meu pai em cada uma de suas investigações. Seu cabelo liso. Seu sorriso. As pernas que, com o tempo, vão ficar tão compridas. Lá vai ela atrás dele, bem de perto, apurando os ouvidos e prestando atenção em todas as respostas que recebe. Sua mão ainda muito pequena dentro da mão de meu pai. De vez em quando ela se solta dele e então, eufórica, de posse de uma informação que sabe ser preciosa, volta ao carro para nos dar a notícia. Que conhecem um homem chamado Margarito que pode ser um parente, diz ela. Mas ele está sempre de porre. Minha mãe e eu caímos na gargalhada e ela, a mais nova de nós, franze a testa. É óbvio que não sabe o significado dessa palavra. É óbvio que não saber agora lhe causa uma ansiedade embaraçosa. Bêbado, quer dizer que ele está sempre bêbado, digo a ela, ainda rindo. Em resposta, ela nos dá as costas, irritada. E, com um passo longo e apressado, regressa à sua posição de testemunha e espiã, um passo atrás dos pés de meu pai.

Já estamos há muitos dias na estrada, mas naquela noite, depois de perceber que os únicos parentes possíveis em Charcas são um bêbado e um preso, meu pai se dá por vencido. Talvez esteja exausto. Talvez o tempo esteja acabando para nós. Ou talvez, conforme nos aproximamos de algo que mal conseguimos decifrar, meu pai tenha ficado com medo. Medo de saber. Os únicos boatos sobre aquele avô evasivo e errante é que ele teve três esposas e que todas as três morreram jovens por causas desconhecidas e em lugares cujos nomes ninguém lembra. Somos três mulheres naquele Volkswagen compacto que desliza pela estrada e nenhuma de nós se atreve a dizer em voz alta a pergunta que nos vem à cabeça. Que tipo de homem estamos procurando?

Por que ele parece determinado a não deixar um único rastro para trás? Ele está fugindo da injustiça ou da lei? Estamos no rastro de um predador? Na manhã seguinte, em vez de continuar pelas estradas que levam ao interior do Altiplano, iniciamos a viagem de volta. Há redemoinhos ao nosso redor. Há terra vermelha e terra rosa e terra amarela e terra esbranquiçada. Os cactos não mudaram de lugar. O céu tão azul. O que ainda não sei enquanto observo silenciosamente pelas janelas é que a necessidade de saber e o medo de saber não são forças opostas. Uma não exclui a outra. Uma depende da outra. No abraço carnal e tumultuado que os une por dentro, o medo e a necessidade se tocam, se ferem, se provocam, se multiplicam. O que aprenderei depois, atrás de outras janelas mas talvez no mesmo silêncio, é que se pode até vomitar de medo produzido pela necessidade de saber, de outra forma inescapável.

[o Altiplano]

Você não acorda um dia e diz: hoje vou atravessar o Altiplano. Ou talvez sim, talvez seja a única maneira de algo assim acontecer. Um belo dia você abre os olhos e, depois de sonhar com isso por muitos anos, depois de planejar por meses, depois de fazer perguntas aqui e ali entre parentes de quem já experimentou, depois de economizar alguns reales, você sabe que hoje, justo hoje, a travessia começará. Afinal, há pouco para empacotar. E muito do que fugir.

A raiva pode levar a tantas coisas. A tristeza e a raiva juntas, mais. Foi o suficiente para José María e María Asunción deixarem a Grande Guachichila para trás e seguirem para o norte. Precisavam de trabalho. Precisavam de um lugar onde a seca não ficasse morando para sempre. Precisavam de um lugar onde o nascimento não fosse uma sentença de morte imediata. Como iam conseguir isso aqui, onde as crianças não vingavam e os velhos, depois de trabalharem a vida inteira, não tinham nem o que enfiar na boca? A ideia de ir às minas de carvão no norte de Coahuila não era nova nem única. Já eram muitos os que haviam saído de Venado, Charcas e Moctezuma para buscar novos horizontes. E os boatos eram abundantes: que o salário era bem melhor e o fim de semana era de descanso; que seguindo os trilhos do trem chegavam a Barroterán, onde havia um celeiro em que os homens moravam sozinhos enquanto juntavam o suficiente para mandar buscar toda a família. Qualquer coisa era melhor do que esperar por algumas gotas de chuva. Qualquer coisa era mais tolerável, até os acidentes. As explosões de gás. As fraturas e as amputações. A morte.

Estavam em uma pousada que esmorecia entre pedacinhos de pão de figo-da-índia e copos de *colonche* quando José María abriu a boca. O frio. Todas aquelas estrelas. Acho melhor irmos embora daqui, disse a ela. Um galho seco entre os lábios. Isso nunca vai mudar. María Asunción pensou que ele estava bêbado, mas nada mais revelavam seus olhos cristalinos, nos quais não havia uma sombra de dúvida, e ela sabia que, sozinho ou com ela, ele acabaria indo embora. Não era disso que gostava nele? Aquele jeito ligeiro de andar pelas montanhas, seu riso pegajoso, as aventuras com que enchia a boca. Sempre dizendo que conheceria o mundo, que viajaria de trem. Muita coisa acontece por lá, conseguiu dizer com alguma relutância. E não aqui? Mas não temos ninguém lá. Bem, aqui já perdemos o único que tínhamos.

Não voltaram a falar da conversa nos festejos de Natal e também se calaram todos os dias até o final do ano. Os dois se espiavam em silêncio, calculando o estado de desespero um do outro, enquanto realizavam suas tarefas diárias: encontrar e preparar comida, lavar roupas, organizar as festividades. A respiração agitada de Florentino ainda os acordava de vez em quando à meia-noite e os dois, por tensos segundos, desligados da vida, tinham a impressão de que ele não havia partido. Que ainda estava ali, ao lado deles. A chegada do novo século os surpreendeu em meio a uma reunião bastante minguada nas margens de Venado. Quando já estavam se despedindo, María Asunción comentou a possibilidade com sua mãe. Estamos indo embora, disse a ela, dando como certo. E Herculana, que já vira tantos partirem, pôs a palma da mão no ombro direito dela. Então apertou seu antebraço e lhe deu um sorriso moderado, contido, que não deixava os dentes à mostra. José Urbano. María Bernardina. José Serapio. Cenobia. Todo mundo está indo embora, comentou. E eu faria o mesmo se não fosse tão velha. María Asunción colou-se a seu pescoço com um abraço trêmulo e frágil.

Levavam alguns pertences e sua bênção, acima de tudo isto: sua bênção, e nada mais. À medida que o dia da partida se aproximava, recebiam um ou outro presente para a viagem. Um par de sandálias de couro para ele. Um bom xale de lã para ela. Um cobertor. Sacolas de fibra. Ele vestia um paletó de lã, no qual havia feito um bolso interno onde guardava alguns centavos, um baralho espanhol todo manuseado e uma navalha bem afiada. De onde você tirou isso? Daqui e dali. O trem e o telégrafo haviam chegado a Venado quase ao mesmo tempo, em 1888. Os Rivera Vásques só tinham de seguir os trilhos para ir a Real de Catorce e de lá a Estación Vanegas. Ou ir pelo caminho de Matehuala e El Cedral. A partir daí, os nomes das cidades pareciam doces na boca: Matehapil, San Juan del Retiro, San Juan de las Raíces, Huachichil, Saltillo. Eles poderiam caminhar sobre os trilhos ou subir, clandestinos, em um vagão de carga quando surgisse a oportunidade. Esses eram seus planos. Até aí chegava o limite de sua imaginação. Havia cavernas para se proteger do frio e os animais da planície para acalmar a fome. Havia as estrelas. E o vento. E tudo isso eles sabiam ler muito bem para se orientar em seu caminho rumo ao norte. Quando se viraram para dizer adeus, da colina, seus pais os seguiam de longe com olhares solitários e inquisitivos. Nem olhe tanto porque não vamos voltar, comentou entre dentes enquanto baixava a cabeça e seguia em frente. Como você sabe?, ela respondeu imperiosamente, a dor misturada mais uma vez com a raiva e as lágrimas. Ele reduziu a velocidade dos passos. E olhou para a nuca da mulher. As tranças tão bem-feitas. A borda do xale. Vá um pouco na frente, ele disse. Eu ainda tenho uma coisinha para fazer. María Asunción parou e, enxugando as lágrimas, voltou-se para olhá-lo com coragem e curiosidade. José María avançava rapidamente para um dos postes de onde pendiam os cabos do telégrafo. Ligeiro, com toda a energia de sua idade, ele subiu no poste em pouco tempo. Quando chegou a hora, tirou a faca do bolso interno do paletó e se preparou para cortar o cabo que, mesmo tão cedo, conseguia brilhar como se ainda fosse novo. A operação durou apenas alguns minutos, mas parecia que ele a planejara por toda a eternidade. Agora sim, ele disse quando a alcançou. É melhor nunca mais voltarmos. A imensa planície pouco a pouco abriu a boca e os engoliu. Mal sabia ela que daria à luz mais três filhos, e que dois deles atravessariam o muro da infância e conseguiriam envelhecer. Ela não sabia que morreria nove anos depois, em um vilarejo mineiro que só era doce no nome: Rosita. Ele não tinha como saber que estava certo: nunca mais voltariam à Grande Guachichila. Também não sabia que tinha mais 54 anos de vida e que, em todos esses anos, nunca mais alguém o chamaria de indígena.

[um casal de velhos que relembram
um momento que nunca existiu]

É outra viagem. Aconteceu faz tantos anos. Vamos a Real de Catorce porque somos universitários e nos sentimos atraídos pela possibilidade de experimentar o peiote. Mas na verdade vamos a Real de Catorce porque eu sugeri. Na época, ainda não sabia por quê. Enquanto compramos as duas passagens na velha estação de Lindavista, enquanto subimos no vagão e nos acomodamos nos rígidos assentos de madeira, enquanto contemplamos o céu alto e inalcançável do outro lado das janelas sujas, não tenho a menor ideia de que vou para a mina onde trabalhou durante um tempo, quando era muito jovem, José María Rivera Doñez. É sempre assim? Andamos sempre como mariposas noturnas circulando em torno do que nos queima? Quando saímos do trem nacional em San Luis Potosí e, na mesma estação, embarcamos no trem local, o nome de Real de Catorce nos faz rir de nervoso. É quase madrugada, e o frio do Altiplano nos obriga a cerrar os maxilares e dar as mãos. Estamos fugindo. Se alguém tivesse prestado atenção em nós naquele vagão quase vazio, não teria suspeitado que o jovem e a garota que tremiam de frio fugiam do que deviam ser, do que se esperava deles, de seu próprio futuro. Mas é isso que fazemos, ou pensamos que fazemos, nessa límpida manhã de verão.

Talvez seja por isso que, quando descemos do trem, tudo o que é Real de Catorce nos decepcione. Não a paisagem, não a boca do deserto que se abre pouco a pouco enquanto andamos pelo povoado. Mas os homens. Esses senhores de camisa preta e dentes de ouro que nos oferecem álcool, peiote, passeios. Comerciantes dispostos a transformar tudo em mercadoria e trocá-la por moedas. A todos dizemos que não. Tentamos nos afastar de todos eles o mais rápido possível, caminhando sem rumo primeiro pelas ruas do vilarejo e, sem saber, por suas margens. É aí que vemos uma placa sinalizando: Vanegas, doze quilômetros. Nossos sapatos são resistentes, compramos limões na estação e há música de Bob Dylan tocando no velho gravador que nos acompanha. Um *walkman*. O que pode dar errado? É outro país. Outro tempo. Um homem e uma mulher sozinhos, sem ninguém a seu lado, podem atravessar o deserto nos trilhos do trem, cantando *but ain't me, babe, no, no, no*, sem temer pela vida. Um passo após o outro; mais um. De vez em quando, caminhões passam por nós na estrada de terra. De vez em quando paramos para chupar o suco dos limões e sorrimos. Ainda não sei, não tenho como saber, que estou emulando um antigo costume familiar. A terra que piso, a poeira que minhas botas levantam enquanto sigo em frente, as pedras em que tropeço. "Hoje vou cruzar o Altiplano." Nada disso é novo. Nem a estrada nem a solidão. Nem a carona que finalmente aceitamos na traseira de uma picape em ruínas, a maneira de descer em um cruzamento. A forma de agradecer. O que nos recebe em Vanegas é um funeral. Alguns carros enferrujados cobertos por coroas de flores artificiais e, atrás deles, em um silêncio hermético e pesado, a fila dos enlutados. Mulheres com a cabeça coberta por xales escuros. Homens em ternos bem gastos. Já chegamos? Era disso que se tratava? A morte deixa nossos lábios secos, nossa mente vazia. A morte nos obriga a encontrar um lugar para descansar. E o encontramos. Atrás da vendinha onde homens solitários de chapéu bebem cerveja em mesas de aço pintadas de branco, do lado da estação ferroviária e perto do local por onde passam os ônibus que vão para Matehuala, a mulher aluga alguns quartos de adobe, de teto alto e camas limpas. Os lençóis tão brancos como a neve que ainda não vi. Lençóis de algodão farfalhante. Imaculados. Ali dormimos. *But ain't me, babe.* Ali perdemos a noção do tempo. Sob a escuridão do adobe, protegido da luz e do barulho, o mundo deixa de existir. Somos um casal de jovens que fogem de sua vida ou um casal de velhos que relembram um momento que nunca existiu? Quando acordamos, quando finalmente conseguimos sair da abóbada de terra, todos os trens do dia, todos os ônibus já partiram. A mesma coisa acontece no dia seguinte. E no próximo.

Alguém não quer que a gente saia daqui, mencionamos descuidadamente, como se fosse uma brincadeira. Mas não estamos rindo quando vemos a poeira deixada pelo último ônibus.

À frente, o caminho.

[vala comum]

O estrondo que despertou o povo de Nueva Rosita na madrugada de 19 de fevereiro de 2006 não era incomum, e sim mais alto. Apesar de estarem acostumados com a fúria das minas de carvão – suas explosões, as perfurações, os desmoronamentos, o cheiro de gás metano –, dessa vez não precisaram esperar muito para saber que o alarme anunciava uma tragédia maior. Pasta de Conchos é hoje um nome que guarda sessenta e cinco cadáveres misturados a lama, carvão, sangue em suas entranhas. Mas não é o único. No nome Mina Seis, El Hondo, cabem os trezentos mineiros que ali foram sepultados em 1889, e os cento e vinte e cinco que morreram em 1902. No nome Mina Uno, Esperanzas, cabem dezesseis mineiros que faleceram em 1907. No nome Mina Tiro Nacional estão os cinco mineiros de 1907. No nome Mina Tres, Rosita, cabem os duzentos mortos de 1908. No nome Mina Dos, Esperanzas, cabem os trezentos mineiros mortos em 1909. A história continua, os números aumentam. Não sei exatamente em qual ou quais dessas minas da região carbonífera de Coahuila trabalhou José María. Não sei em qual delas ele entrava quase nu, com as sandálias de fibra, arrastando carrinhos de mão ou empunhando a pá e a picareta, ou de qual delas saía coberto de suor, magro como sempre, todo pintado de preto. Não sei sob que teto de carvão se acendeu a fagulha que produziu o fogo que o obrigou a deitar-se de bruços no chão atolado, esperando o pior. Pai Nosso. Santa Virgem de Guadalupe. Nossa Senhora dos céus. Tudo o que sei é que ele sobreviveu.

Talvez nenhum outro estado da República mexicana tenha recebido tantos migrantes quanto Coahuila no final do século XIX e início do século XX. Vinham do norte, fugindo das péssimas condições de trabalho decorrentes do fim da escravidão, não da segregação. Vinham do sul, fugindo de La Acordada,[3] expulsos pela fome e pela seca, ainda com os sonhos nas costas. Vinham de mais longe, do

---

[3] Organização destinada à perseguição e ao julgamento dos salteadores de estradas. (N.T.)

Japão, por exemplo, em decorrência de tratados internacionais que lhes permitiam trabalhar nas minas. Falavam espanhol, inglês, muskogee, náuatle. Falavam línguas que desde então deixaram de vagar pela superfície da Terra. José María e Asunción reconheceram a paisagem e nela se encaixaram quase naturalmente. A mesma secura abrupta. As mesmas suculentas e cactos em imensas planícies. As pedras tão cheias de ângulos. O mesmo céu tão azul. E fizeram o que sabiam fazer: ir de rancho em rancho, de fazenda em fazenda, de poço em poço, oferecendo seus braços até encontrarem um lugar onde pudessem ficar por muito tempo. Assim chegaram à vila mineira de San Luis, perto da Fazenda de Dolores, no município de Castaños, onde, depois de alguns dias de trabalho, ocuparam a mesma cabana de onde haviam acabado de retirar, ainda quente, um cadáver envolto em uma manta de lã. É um mau presságio, disse ele, parando cautelosamente na entrada, enquanto ela, mais prática, avançou até o centro do cômodo. Não precisamos de mais do que isso, disse. E já estou cansada. Então se sentou no chão. Tinham os cabelos sujos há dias, as roupas rasgadas, os pés secos. Se María Asunción havia sido uma jovem ágil e esguia até pouco tempo atrás, agora parecia um esqueleto frágil, prestes a se quebrar. Os ossos das maçãs de seu rosto se destacavam; nos ombros, as clavículas; nas mãos, os nós dos dedos. Ainda assim, apesar de tudo, o sorriso com que recebeu José María à entrada era de boas-vindas. Você está de barriga, não está?, ele perguntou, aproximando-se aos poucos, com a voz quase um murmúrio. Asunción não precisou assentir para que ele se inclinasse sobre ela, abraçando-a.

Quando se leva muitos dias na estrada, é fácil ter a ilusão de uma casa. A sensação predominante de seus meses de caminhada era a de que estavam trancados do lado de fora. Assim que chegavam a algum lugar, os mecanismos de expulsão começavam a funcionar imediatamente. Ou não havia trabalho, ou o trabalho durava muito pouco. Como estava claro que vinham de longe, sua presença levantava suspeitas. Do que eles estavam fugindo? Que desordens ou roubos haviam deixado para trás? Pior ainda, com quem tinham se encontrado naquelas montanhas cheias de descontentamento, rebeldia e amargura? O rosto enegrecido e os lábios secos traíam suas origens. Regimentos inteiros de homens e mulheres como eles cruzavam o país de ponta a ponta. Sobravam, mais do que faltavam. Sempre havia mais de um disposto a ocupar seu lugar em caso de renúncia, insurreição ou morte. Bucha de canhão. Bagaço. O que resta depois da consumação. José María e Asunción sabiam bem o que enfrentavam. Ninguém precisava dizer a eles como era ser forçado a deixar tudo para trás. Ninguém precisava dizer a eles o que era fome, o desespero ou a morte de uma criança. Ninguém precisava dizer a eles, também, o que era a liberdade. Vamos chamar este de Amado, disse Asunción, olhando-o nos olhos. Ou Amada se for menina. E, sem dizer mais nada, cabisbaixos e em silêncio, começaram a recolher os trapos e tralhas que o morto havia deixado para trás.

Ele teria desejado continuar seu caminho ou escapar na mesma hora quando desceu ao poço pela primeira vez. Tinha trabalhado nas minas de prata, ali, pertinho de Charcas ou em Real de Catorce, mas na época era apenas um moleque tentando complementar o que ganhava trabalhando na roça com alguns dias embaixo da terra. Nada o havia preparado, de qualquer modo, para o perigo ou a desolação dos poços. O barulho cansativo das roldanas.

O bote de metal no qual desceu de vinte a trinta metros por uma passagem muito estreita. O pó na garganta. Todo aquele calor. Não lhe deram nada para se proteger, e a única instrução que recebeu foi que ajudasse um dos operários qualificados. Era preciso limpar o carvão, por exemplo. O local devia ser drenado com uma bomba de vapor de uma caldeira. Era necessário estar alerta e reagir rápido. Ao contrário daqueles que se moviam devagar por falta de ar ou por cautela, ao contrário dos *maduros* com grandes olheiras e pele amarelada, José María se lançou às suas tarefas. Notava-se sua juventude. Notava-se toda a vida que ele tinha sobre a terra. Quando recebeu os primeiros quatro reales por um dia de trabalho, não pensou mais em fugir. Colocou as moedas no bolso de suas calças de algodão e, amparado pela luz da lua em uma noite muito escura, correu para sua cabana.

Para Asunción, sempre curiosa em saber o que acontecia debaixo da terra durante todas as horas que passava sozinha em sua superfície, ele contava pouca coisa. O trabalho era pesado, sim. E a escuridão, aterrorizante. Principalmente no início, quando a falta de luz atacava os olhos sem compaixão, causando tontura ou ansiedade. Os acidentes também podiam acontecer a qualquer momento. Ele aprendera a reconhecer o cheiro de gás grisu, o sinal que anunciava uma possível explosão e, portanto, um possível desmoronamento. Aprendera a comunicar-se com os fornalheiros e supervisores, com os operários e ajudantes disso e daquilo, todos misturados em fossos muito estreitos sob o céu duro do carvão. As ordens gritadas. As bolhas. As anedotas picantes. O suor misturado com a urina; a saliva pastosa sobre as línguas ressecadas; a pele enegrecida. Toda mina tem seu guardião, você sabia disso? Asunción balançava a cabeça da direita para a esquerda para dizer não enquanto esquentava algumas tortilhas. Há tantos mortos lá embaixo, ele dizia em voz baixa, como se estivesse contando algo que ninguém soubesse antes. E alguns se recusam a descansar. Os espíritos que não saem ficam para cuidar de toda a jazida. Eles sabem quem deixam entrar e quem não. Eles sabem, acima de tudo, quem não deixam sair. Vamos, coma, você precisa se alimentar, lhe dizia Asunción ao vê-lo se perder em um silêncio tão escuro e selvagem quanto ela imaginava que era o interior da mina.

Quando Amado nasceu, no início de maio de 1903, José María já era operário. À rotina dos longos dias de trabalho no subsolo juntava agora os momentos felizes que podia passar ao lado dos dois. Mas nada naquele pedaço de terra era tão bonito quanto ele imaginava enquanto segurava a picareta e a pá debaixo dela. As empresas estrangeiras continuavam a perfurar a terra em busca de mais carvão, e, assim, com o passar dos dias, tudo o que restava eram algumas árvores raquíticas, um ou outro morro pelado e poeira pura. O salário, que no início parecera bom, não só ia para a comida cada vez mais cara, mas também para os aluguéis absurdos das cabanas do acampamento e para as doações que tinham de ser feitas às famílias dos mineiros mortos. Precisamos sair daqui, dizia-lhe cada vez com mais frequência antes de dormir. E dizia de novo ao acordar. Precisamos sair daqui. Mas para onde? Para um lugar que não seja aqui, ele respondia colérico. Inferno, qualquer lugar que não seja aqui.

Amado começou a adoecer apenas um ano depois de nascer. Asunción havia organizado uma pequena festa no acampamento. Aproveitando a passagem de um açougueiro vendendo carne de porco, preparou *tamales*.

E, com a ajuda de uma vizinha que tinha trabalhado por um tempo na cidade, fez também pão de milho em uma chapa colocada no fogo. José María trouxe o mescal para os homens. Se Amado não tivesse começado a tossir naquela noite, teriam se lembrado da comemoração como um dos momentos mais felizes de suas vidas. Estavam todos em volta da fogueira contando histórias, rindo, enquanto a tarde pintava o céu de vermelho. Passe-me outro *tamalito*, compadre. Aqui está outro mescal. Levavam a comida e a bebida à boca como se sempre fosse haver mais. Ninguém parecia estar com pressa. Ninguém ficava agoniado com o início de mais um dia de trabalho. Por um momento, longe das entradas das minas, embora ao redor delas, eles se sentiram livres. A escassez passava ao lado deles, mas sem tocá-los. A amargura. O pesar. Ao cair da noite, um dos supervisores pegou um violão. E isso?, perguntou José María, maravilhado. A gente tem uns segredinhos. Meu avô tocava harpa, lhe disse. E então ficou em silêncio. O suave crepitar do fogo. A música.

Aplicaram cataplasmas de eucalipto em seu peito e compressas de água fria no estômago e na testa. Fizeram-lhe chá de canela. De algum lugar veio o mel que misturaram com limão tostado. Quando viram que a febre não cedia, correram para procurar um médico. Pelo amor de Deus. Pelo que vocês mais amam. Primeiro passaram pela Fazenda de Dolores, mas não encontraram ajuda lá. Estavam quase chegando a Castaños com a criança enrolada sob o xale quando uma carroça cruzou com eles no caminho. O médico dirigia-se precisamente à Fazenda de Dolores, para onde fora chamado poucas horas antes, por isso convidou-os a subir. Bastou-lhe tocar a testa e ver o buraco que se abria entre as costelas a cada respiração para chegar ao veredicto:

era pneumonia. Alguns minutos depois, com a ajuda do estetoscópio, repetiu de novo: é pneumonia.

José Revueltas tem razão: quando a morte entra e se senta na casa dos pobres, até o ar muda de cor. Branco, roxo, azul. Depositaram o corpo de Amado nas tábuas da mesa no centro da sala. Vestiram-no com suas roupinhas limpas e o rodearam com círios meio usados e flores de papel. Todos aqueles que haviam participado de seu aniversário um mês antes agora voltavam com o rosto contrito e as mãos cruzadas às pressas atrás das costas. Asunción fez o possível para devolver seus cumprimentos, responder a seus pêsames e prestar atenção neles. Mas não podia. Quando suas vozes se aproximavam de suas orelhas, o olhar dela se voltava para o lugar de Amado na sala. Ela se lembrava do momento exato em que a morte entrou em seu corpo. Não conseguia esquecer a luz turva da lamparina a óleo em sua boca aberta, sobre seus dois dentes inferiores, sobre sua língua tensa e desbotada. Lembrou-se da ponta nervosa de seus dedos. Seus gritos, seu choro, o balbuciar com que talvez ele estivesse querendo lhe comunicar algo estavam cravados na carne dela. Queria, acima de tudo, continuar ouvindo-o. Saber que ainda estava lá, palpitando junto dela. Mas a lembrança voltava sempre: a boca aberta de Amado e o arco atroz de seu corpo. A última inalação de ar. E a morte fechando-lhe limpidamente as pálpebras. Vai fazer companhia a Florentino, disse-lhe José María, tentando falar com sua tristeza. E de que isso nos serve, Chema? De quê? Fez a pergunta várias vezes, cada vez em um volume mais alto. De quê? Aqueles que mal a ouviam falar olharam para baixo, envergonhados. A esposa do supervisor foi até ela para calar sua boca com um abraço. Mas Asunción imediatamente se esquivou.

De que nos serve? Diga-me, Chema, ela insistiu. Para nós, de que nos serve? Ninguém podia responder a essa pergunta. Ninguém, exceto seu próprio choro. E sua raiva. Pelo menos não estão sozinhos, disse-lhe José María antes que as carpideiras começassem a preencher o ar com as vozes monótonas do rosário.

Levaram dois dias inteiros para fazer os preparativos para sepultar Amado. As famílias dos mineiros foram desaparecendo com os raios incipientes do sol de 1º de junho. Que Deus o tenha em sua santa glória. Pelo menos ele parou de sofrer. Agora ele está em um lugar melhor do que nós. Então, apagaram as velas. José María bebeu um último gole de uma garrafa de mescal que apanhou do chão. Quando a fumaça se dissipou no barraco, Asunción envolveu o filho na manta que trouxeram de Venado. Minha criancinha. Cobriu seus braços magérrimos, suas pernas esqueléticas e, por fim, sua cabeça. O médico escreveu no atestado o que já havia dito em voz alta: pneumonia. Os passos que os conduziam ao cemitério, naquela trêmula peregrinação solitária, traziam o peso de muitos grilhões. Nunca como agora eles tinham andado tão devagar. Nunca como agora eles teriam desejado não chegar. Sabiam o que os esperava. Quando lhes pedissem o dinheiro para o enterro, eles lhes mostrariam os bolsos vazios. Quando rissem na cara deles e fossem expulsos do cemitério, perguntariam quanto espaço um corpinho tão pequeno poderia ocupar. Quando o coveiro chegasse com sua pá disposto a encontrar um lugar na vala comunitária, eles seguiriam seus passos. Lentamente. Em absoluto silêncio. E ali, rodeado de ossos, sobre cadáveres muito velhos e muito jovens, sem outro sinal de identidade além da recordação, Amado ficaria sob a terra de Coahuila, como Florentino, antes dele, no subsolo de San Luis Potosí.

Desconsoladamente é um advérbio muito longo. Mas foi assim que ambos empreenderam o caminho, desconsoladamente. Não haviam deixado nada na cabana mineral de San Luis, então, quando cruzaram o portão do cemitério e José María perguntou se ela estava pronta para partir, ela concordou de imediato. Seu peito estava completamente vazio e estranhamente em chamas. Tudo estava queimando por dentro. O ar que entrava por suas narinas lhe arranhava os dentes, a garganta, a laringe e até o estômago. Queria vomitar, mas não tinha nada para tirar de dentro de si. De repente, sentiu uma sede avassaladora. E aquela vontade mínima, aquela vontade de continuar viva depois de ter depositado o corpo de Amado entre tantos outros, pareceu-lhe monstruosa. Foi nesse momento que pegou na mão de José María e fechou os olhos sem parar de caminhar. Eles iriam ainda mais para o norte, ele estava lhe dizendo. As coisas têm de nos sair melhor lá. Começariam de novo. Ele encontraria trabalho ali. Quando abriu os olhos, Asunción percebeu que ele ainda falava, mas não o ouvia mais. Seus lábios se moviam para cima e para baixo, mas o som de sua voz se perdia no ar. Ela se perguntou se aquela surdez que a atordoava por dentro era o prelúdio da morte. Estou morta, Chema?, ela fez a pergunta várias vezes, mas logo percebeu que ele também não a ouvia. Havia uma enorme planície entre os dois e uma árvore de algaroba firmemente plantada no chão e dois urubus voando, concêntricos, sobre a cabeça deles. O que sua mãe estaria fazendo nesse momento? Estamos indo embora pior do que quando chegamos, Asunción murmurou para si mesma. Isso é solidão. Isso é não ter ninguém. E então se deixou conduzir sem resistir. Agora nem tentou olhar para trás. Eles haviam sido informados de que, se conseguissem chegar às margens do rio Salado, deveriam seguir seu curso para o leste. Não precisariam andar muito, alguns dias no máximo, para encontrar Villa de Juárez, onde outras minas acabavam de ser abertas. Lá, pelo menos, não lhes faltaria água. E, se um dia quisessem descansar, poderiam deitar a cabeça nas raízes enroscadas das árvores. O som suave da água ao redor. Lá nasceu Matías em um meio-dia de maio de 1905. Clarita nasceu dois anos depois, já na vila mineira de Rosita.

Como se ama um filho depois de ter perdido dois? Asunción tornou-se mais reservada com o tempo, quase taciturna. Embora ainda conseguisse preparar uma refeição com os reales que José María lhe trazia depois do trabalho, sua atitude, outrora festiva, tornara-se lenta e apática. A energia durava pouco. A vontade de viver acabava um pouquinho depois do meio-dia. A culpa por ter sobrevivido zumbia em sua cabeça com perguntas que ela não conseguia responder: cuidei deles o suficiente? Eu poderia ter feito um pouco melhor? Foi meu leite, meu colo, minha voz? Teria acontecido igual se tivéssemos ficado? Às vezes, quando perseguia Matías ou Clarita pelo acampamento, subitamente era interrompida por aquilo que ainda estava enterrado atrás da culpa. Imóvel, paralisada de repente, deixava que se afastassem um pouco, depois um pouco mais. O sol então iluminava seus rostos e o vento bagunçava seus cabelos. Lá estava ele de novo, inteiro, o medo de perder de novo. O terror de perdê-los. Nessas horas, evitava o contato deles. A mera ideia de tocá-los fraturava sua pele. Então ela se escondia em seu barraco e, sentada na única cadeira do lugar, tensa como uma estátua prestes a quebrar, deixava o tempo passar com os olhos vazios. É o maldito governo, dizia-lhe José María quando a via assim.

A maldita mina. Como vai ser você que os matou? Olhe ao seu redor, mulher, se eles estão nos matando de fome todos os dias. Todos nós, Asunción. Todos. As crianças e nós. Você; eu. Ele sacudia seus ombros e, derrotado por sua falta de reação, ajoelhava-se diante dela e enterrava o rosto em seu colo. Você não entende que isso está matando todos nós?

Há quase cento e dez anos, no início de abril, Asunción começou a tossir. A febre não demorou a aparecer naquele mesmo dia um pouco mais tarde. À medida que a noite avançava, foi se tornando mais difícil respirar. José María identificou imediatamente o chiado que lhe saía do peito. Assustado, esperando o pior, ele ergueu a blusa dela e viu o buraco entre as costelas toda vez que ela tentava inspirar. Por favor, não. Você não. Ele murmurava e xingava ao mesmo tempo. Você não. Rezava. Por mais que você queira. Acendia as velas. Pronunciava os nomes de seus filhos vivos: Matías, Clarita. E também o nome de seus filhos mortos: Florentino, Amado. Não a levem embora, implorava a eles. E voltava às orações, às compressas de água fria, a olhar desesperadamente para o teto e para a palma das mãos. Asunción tinha 25 anos e dera à luz quatro filhos. No atestado de óbito constava, de forma errônea, que ela era natural de Charcas, e não de Venado. Que era filha de Nicolás e Herculana, já falecida. Que o cadáver foi exumado no cemitério dessa vila mineira.

[imortais]

É uma foto típica da época. O homem está de pé; a mulher, sentada. Atrás deles, as nuvens de uma paisagem artificial. Abaixo, os mosaicos bicolores de um piso já muito antigo. Ambos se dirigem para a câmera sem nenhuma expressão no rosto. Se não fosse pelo braço direito dele deslizando para trás da cabeça da mulher, poderia parecer que não havia laço algum entre eles. Mas a mão que não se vê, aparentemente descansando nas costas da cadeira, fala de sua intimidade cautelosa, de sua proximidade. José María parece ter cortado o cabelo e penteado o bigode para a ocasião. Uma camisa branca sem colarinho espreita por trás da jaqueta preta curta, que lhe cai bem sobre os ombros, mas se alonga desnecessariamente sobre a mão esquerda. Um cinto de tecido mantém as calças escuras no lugar. Algo deve estar acontecendo bem no momento do flash, algo que escapa até mesmo da atenção do fotógrafo, pois, em vez de olhar diretamente para a câmera, o olhar da mulher se volta para a esquerda sem mover o rosto, perseguindo uma sombra ou um brilho no último instante. A cabeça erguida e os lábios cerrados, os cabelos soltos, a sobrancelha levantada, os pequenos brincos de ouro completam um rosto que se recusa a ser lido de uma só forma. Quem teria tido a ideia de pedir que pousasse a mão direita no cabo de um guarda-chuva fechado? Talvez seja por isso, pelo braço direito que se lança para a frente como se quisesse sair da imagem fotográfica em atitude de comando, pelo xale que lhe cai sobre o braço esquerdo, revelando uma blusa branca com um delicado decote em renda, que a imagem é desconcertante. Há algo de selvagem em todo o retrato. Algo definitivamente fora do lugar. A rigidez da forma é quebrada primeiro com a flexão do quadril de José María ao tentar se aproximar dela e depois com o ponto de fuga criado pelos olhos da mulher. Parece que, de um momento para o outro, vão soltar a gargalhada que vai acabar com tudo.

Em uma cena de *Tropa vieja*, romance em que Francisco L. Urquizo explora suas experiências nos primeiros estágios da Revolução Mexicana, a personagem Micaela cai no colo do soldado Sifuentes em um trem cheio de membros do exército federal. Alegre e direta, a mulher que acompanha os soldados avisa que está procurando seu sargento, embora também confesse que ele acaba de ser enviado para Chihuahua e que ela quer ficar em Torreón. "Então aproveite agora que tem jeito", convida-o aquela mulher loura, com uma cicatriz na boca que a faz parecer que está sempre sorrindo. E Espiridión Sifuentes, que se queixou de sua solidão apenas algumas páginas antes, é claro que se aproveita disso. O acordo é simples e se cumpre diante dos olhos e comentários dos integrantes de seu batalhão: eles formarão uma dupla e ela, em troca da proteção masculina, lhe trará notícias da guerra e administrará seu dinheiro para alimentá-lo. Combinado? Combinado. Aperte minha mão. Pronto. Micaela não é menina nem santa. Sifuentes nota instantaneamente, e sem nenhum preconceito, que ela não só tem experiência nas aventuras da guerra, mas também com os homens. No plural. Na verdade, é por isso que ele gosta dela. Logo, ela parece mais sua parceira do que sua mulher. Alguém com quem ele formou uma equipe equilibrada. Da mesma forma, direta e prática, imagino que José María Rivera conheceu Regina Sánchez, sua segunda esposa.

Mesmo antes da morte de Asunción, haviam notado a presença de ativistas nos acampamentos. Não eram homens como eles, sugados até os ossos pelas minas, com carvão enfiado nos pulmões, cheirando a terra e suor. Usavam calças que não eram de algodão e cobriam a cabeça com boinas de cor escura. Sabiam ler e escrever, faziam anotações e falavam lindamente. Com aquelas vozes educadas em cafés, em salas de aula ou assembleias, eles faziam todo tipo de perguntas. José María costumava ouvi-los com atenção, mas não os presenteava com nenhuma expressão no rosto. Como se precisasse que alguém viesse de fora, principalmente da cidade, para lembrá-lo de como sua vida era difícil. Como se nunca tivesse imaginado uma melhor. Quem já tivesse trabalhado mais de uma semana nas minas de carvão sabia que os donos tiravam uma fatia muito grande sem fazer nada, deixando apenas restos para quem trabalhava ali. Qualquer operário poderia explicar-lhes que eram eles próprios que produziam a riqueza, e não aquele bando de bandidos preguiçosos que, em muitos casos, eram até estrangeiros. Com um pouco de mescal, todos podiam dizer-lhes que sonhavam com um mundo em que o salário fosse justo e o respeito fosse universal, um mundo em que a pobreza não fosse vergonhosa e todos tivessem o direito de ir ao médico. Ainda se falava na zona carbonífera no ano em que o presidente Díaz visitara a região depois da tragédia na mina de El Hondo. Ninguém precisava lembrar-lhes que ele prometeu muito e nada cumpriu. Mas eles não eram idiotas. Se pretendiam que começassem a gritar Abaixo o mau governo!, Morte à ditadura!, Todo o poder aos trabalhadores!, teriam de ir para outro lugar. Não somos mártires, somos apenas pobres, diziam-lhes.

Mas tudo mudou depois de 1910. Assim que as batalhas começaram no norte e no sul, à medida que os rebeldes iam tomando povoados e cidades, tanto os batalhões do exército federal quanto seus oponentes precisavam de carvão para fazer andar as ferrovias que os levavam de um lugar para outro. A produção caiu devido à violência que imperava ao redor dos acampamentos, mas não desapareceu totalmente porque o carvão era estratégico para vencer a guerra. Não havia semana em que homens com cara feia, de uniforme ou de chapéu, não chegassem para exigir a carga do dia. Quem mora aí?, gritavam. Ao que José María sempre respondia com outra pergunta: E quem são vocês? Se eram defensores do governo de Madero, respondia com um Morte aos soldados!, Morte aos recos! E era fácil mudar para Morte ao0s revoltosos! se quem chegasse fossem os federais. Quando os rebeldes tomaram Ciudad Juárez, em 1911, e, depois de trinta anos no poder, Porfirio Díaz deixou a cadeira presidencial, embarcando imediatamente para a França, as coisas não sossegaram. A inércia de Madero incendiou os ânimos dos zapatistas do sul e dos villistas do norte, mas também de outros generais ambiciosos em todos os cantos do país. Carranza deixou as forças de Coahuila em estado de alerta. Ele tinha de apoiar a Federação, mas não queria perder o controle do Estado. Assim, de Monclova, ordenou o recrutamento de mais soldados, e muitos dos carvoeiros, entre eles José María, acabaram em suas milícias.

Não que ele estivesse convencido de causa alguma; antes de tudo, queria permanecer vivo. Na primeira vez que os regimentos armados passaram pela vila mineira de Rosita, José María conseguiu evitá-los com o pretexto, de resto, real, de que estava sozinho e tinha filhos pequenos. Mas, na segunda, um chefe de divisão ou um subsargento disparou a pergunta: E daí, não há nenhuma velha aqui para cuidar deles?, delegando imediatamente a tarefa à primeira mulher que levantou o rosto. Mais do que ir, José María foi levado. A pé, carregando no ombro direito a primeira espingarda de sua vida, não a Mauser que os que andavam a cavalo levavam, mas a Rolling Block que os que marchavam recebiam, ele pôs-se a caminho em nome da democracia e em nome do futuro, dois conceitos abstratos que para ele só significavam, se é que significavam alguma coisa, pobreza, inquietação, solidão. Foram primeiro a Parras, sob o comando de Alberto Guajardo, para depois ir a Saltillo e ali se juntar ao 25º Corpo Rural da Federação. Embora logo tenha aprendido que a estrutura do exército era vertical e que sua posição era o ponto mais baixo da escala, ele também percebeu que no confronto mais acirrado da batalha muitas vezes reinava o caos, e era cada um por si. Não sobreviviam os mais fortes ou mais disciplinados, e sim os mais sortudos. Era preciso fazer um pouco como na mina: manter os olhos abertos e reagir rápido, sem hesitar. Aquele cuja mão tremia, morria. Era preciso correr rápido. Não demorou muito para que o mudassem de corporação, para o Regimento Irregular Mariano Escobedo, que, por sua vez, quando foi dizimado, teve de ser fundido com outros, como a Segunda Brigada de Cavalaria, que mais tarde se juntou à Divisão Norte formada em Torreón.

A guerra era difícil, mas alucinante. O mais pesado era passar as horas antes ou depois da luta. Aquelas longas horas imóveis, aquelas horas borradas em um relógio sem ponteiros, deixavam-no melancólico. O que seus pequenos estariam fazendo? Teriam comida? Um lugar para dormir? Sim, dividia as conversas com os outros soldados que, como ele, vinham de lugarejos distantes e ranchos, de vilas mineiras ou fazendas, onde os sobrenomes Madero e Carranza continuavam sendo os nomes dos patrões. E ouvia com curiosidade as novidades que as mulheres traziam com a comida: vitórias ou derrotas de certos batalhões, planos de tomada de uma cidade, mudanças súbitas de rota. Não era permitido, mas foi nessas horas que ele voltou a brincar com seu baralho às escondidas de seus superiores. Lembrou-se de como a imagem de Asunción naquela praça de Venado o fizera ganhar sua primeira aposta em uma cantina cheia de homens gordos e bêbados. E como, anos depois, já nas minas, tentara preencher alguns minutos livres organizando um jogo de cartas com os outros operários. Nada tinha dado certo. Jogos de carta são para vilões, murmuraram desconfiados assim que ele começou a ganhar. E então, eles simplesmente o ignoraram. Mas agora era diferente. Todos aqueles homens sozinhos tinham de fazer algo nas horas em que se preparava a adrenalina da batalha. Algo também com as horas após a derrota ou a missão cumprida.

O jogo de apostas é um vício. Basta começar para não conseguir mais parar, principalmente quando há dinheiro envolvido. Muitos dos reales que deveriam servir para a comida ou para enviar um telegrama à família acabaram sendo trocados de mão em mão entre os soldados rasos. José María, que costumava passar despercebido, começou a ganhar alguma reputação, não das melhores, entre as tropas. Se não tivesse repartido o mescal que comprava com os reales que ganhava nas apostas, certamente o teriam tachado de trapaceiro. Mas não faltavam as mulheres que, em troca de uma gorjeta, conseguiam contrabandear uma garrafa na cesta de comida. Foi assim que ele conheceu Regina. Eles estavam a caminho de Monclova quando, sem cumprimentá-lo, ela emparelhou os passos com os dele. Você é aquele com duas crianças te esperando em Rosita? Eu mesmo, ele respondeu sem deixar de lhe sorrir. A mulher era realmente linda: longos cabelos negros, maçãs do rosto salientes, lábios carnudos. Tinha o hábito de erguer o queixo e, assim, parecia olhar tudo de um lugar muito alto. Ou de outro lugar. Queria lhe perguntar como sabia disso, mas a única coisa que conseguiu dizer foi: E quem é você? Ela soltou uma gargalhada que soou como chuva, ou vento quente, ou algo feliz. Então você não sabe quem eu sou?, respondeu sorridente, olhando para ele de lado, sem diminuir a corrida nem um pingo. Bem, você vai me dizer da próxima vez que eu te encontrar, disse antes de se virar e desaparecer entre os corpos do batalhão. Nesse momento, José María pensou que Regina tinha sido uma aparição.

Quando Victoriano Huerta assassinou Madero naqueles dez trágicos dias na Cidade do México, os carrancistas se prepararam para enfrentar os usurpadores. Com pouco mais de duzentos mil pesos, uma força treinada pela metade e a moral baixa, Carranza escreveu o Plano de Guadalupe e teve de tolerar um alto grau de independência entre seus generais do nordeste. Lucio Blanco tomou Matamoros. Pánfilo Natera tomou Zacatecas. E, em Coahuila, havia postos avançados em direção ao sul para chegar a Castaños enquanto outros se dirigiam para o norte em direção a Piedras Negras. Quase chegando a Sabinas, sob o comando do general Urquizo, José María se deparou novamente com Regina. A essa altura, já sabia tudo sobre ela. Que era tão boa com a Mauser em batalha quanto contrabandeando armas sob as saias ou conseguindo comida assim que tomavam uma aldeia. Que seu sargento acabara de ser morto durante a tomada de Candela e que ela o havia enterrado com honras. Que ela não era daqui, mas de um pouco mais ao sul, Zacatecas ou Guanajuato. Um dos dois. Que sabia tudo da guerra: seus segredos, seus atalhos, suas crueldades. Mas, acima de tudo, que sabia se manter viva entre aquele bando de homens armados e sozinhos. Nem pense em bancar o espertinho, eles o avisaram.

Regina Sánchez, ele disse a ela quando a viu outra vez. Eu já sei quem você é. Ela inclinou o pescoço para trás novamente e abriu a boca para encarar o céu. Os guizos de sua gargalhada. A liberdade de sua gargalhada. Venha, vamos comer um taco, disse ela, mostrando a cesta. Você está muito perto da sua gente, não é? José María, um tanto surpreso, voltou-se para olhar a planície acinzentada, o céu sombrio. Não há uma mulher esperando por você com esses seus dois filhos?, perguntou-lhe de imediato, olhando-o diretamente nos olhos. Minha Asunción me deixou antes de o baile começar, murmurou entre dentes. Bem pertinho daqui, acrescentou. Eu trabalhava na jazida de Rosita. Assim que terminou de falar, escondeu o rosto. Algo o queimava por dentro. Algo o envergonhava e o deixava nu ao mesmo tempo. Ele nunca tinha estado perto de uma mulher tão bonita. Acabei de enterrar meu marido em Candela, ela disse, como se eles se conhecessem há muito tempo. Sinto muito. Não sinta tanto. Se ele não tivesse morrido, eu não estaria aqui falando com você. Os dois riram novamente. Tudo isso vai terminar muito em breve, você viu?, disse em voz baixa. Carranza já está partindo para Sonora enquanto nós ficamos aqui à mercê dos federais. Bem, isso é o que temos, disse ele enquanto ela se levantava. Acho que eu vou procurar comida para você enquanto estamos por aqui. Ele se sobressaltou. Combinado?, ela perguntou. Regina vinha de longe, vinha de todos os lugares. Regina era o mundo inteiro que girava em seu corpo. De repente, tinha vontade de receber todas as novidades, todas as comidas, todos os sorrisos que ela carregava e compartilhava.

Combinado, ele respondeu.

Regina não pediu que ele parasse de jogar, mas se arrogou o direito de administrar seus ganhos. Enquanto o general Pablo González deixava todas as suas forças concentradas em Allende e se lançava em uma arriscada escaramuça rumo a Nuevo León, antes de chegar a Tamaulipas, Regina fazia maravilhas com os reales que José María lhe dava. Conseguia comprar comida para os dois e mandar, de vez em quando, algum dinheiro para os compadres que cuidavam de seus filhos em Rosita, e até guardar alguns centavos para quando tudo aquilo passasse e eles voltassem à vida civil. Isso ela dizia com desenvoltura, com absoluta convicção. Acreditava nesse futuro. Um futuro depois da guerra. Um futuro para os dois. Podemos morrer a qualquer momento, Regina, ele lhe lembrava. Por essa razão, ela o chamava de inamovível. Quando chegaram a Piedras Negras, na expedição do general Francisco Murguía, descobriram que o exército os esperava com o melhor equipamento que já tiveram: chapéu texano, camisa e calça cáqui, sapatos reforçados e cobertor para dormir. Além disso, passariam a contar com um conjunto de utensílios de alumínio com copo, prato, colher e garfo; uma grande bolsa de lona para carregar roupas e suprimentos; coldres e porta-espingardas de couro para as carabinas; e uma tela para amassar a farinha e fazer as próprias tortilhas. Foi aí que finalmente trocaram seu velho rifle pela carabina .30-30. Ficou claro que a mina de carvão estava novamente sob controle carrancista.

Em agosto de 1914, depois que Victoriano Huerta deixou o poder, o país estava pronto para uma nova guerra civil. Mas Regina e José María precisavam dar rédea solta ao próprio futuro. Eles ficaram surpresos por terem sobrevivido. Por que, entre tantos valentes, justo eles? Perderam amigos e conhecidos, maridos e cúmplices, compadres. Tinham perdido até a noção de onde estavam. Por todos os lados se viam ruínas, escombros e cadáveres. E, acima de tudo, fome. Todo o país era, naquele momento, como havia sido antes, unicamente para eles. Uma armadilha pronta para despedaçá-los. Uma máquina trituradora que transformava sua carne e sua fé, seus músculos e seus sonhos em um simples bagaço que o vento levava. Um campo de extermínio. Um mecanismo cujo objetivo era seu desaparecimento. Fugir do exército, e depois das guerrilhas, levou um tempo. Eles avançavam um pouco e depois retrocediam. Depois avançavam um pouco mais em uma direção distinta. As estradas estavam cheias de gente como eles: homens e mulheres desesperados para encontrar o caminho de casa, mas perdidos. Quando conseguiram chegar a Rosita, correndo para ir ao acampamento onde estavam Matías e Clarita, perceberam que não conheciam mais ninguém. Seus filhos foram levados para Zaragoza anos atrás, disseram a ele depois de dias inteiros batendo às portas e repetindo as mesmas perguntas. O desânimo o deixou prostrado. O mais velho já deve ter 10 anos, disse, tentando respirar. Se você fala assim é porque acha que ele está vivo, Regina sussurrou, bagunçando o cabelo dele.

Eles teriam começado a viagem para Zaragoza imediatamente, mas logo tiveram de aceitar que algo sério estava acontecendo no acampamento. Na pressa de descobrir o paradeiro dos filhos, não pararam para pensar no que viam: a vila havia se tornado um povoado-fantasma. As pessoas se recusavam a abrir as portas de suas casas e, nas raras ocasiões em que o faziam, mal enfiavam o rosto pela fresta. Então proferiam algumas palavras e se apressavam para fechar. Bem, eles não são amáveis, Regina dizia, tentando levar na brincadeira. A estrada para a cidade estava muito quieta, e as ruas geralmente movimentadas de Rosita estavam vazias. As lojas, bancos e restaurantes anunciavam com placas vermelhas que não havia atendimento. Mas o que vocês estão fazendo aqui fora? Já para casa, disse-lhes um mendigo solitário sentado nos degraus da entrada de um banco. Os rebeldes estão chegando?, perguntou José María, aproximando-se dele com cautela e olhando instintivamente para trás, para a entrada do povoado. O homem estava sem metade da perna esquerda e, pelo que caía sobre seus ombros e pela sujeira em sua camisa, era óbvio que não tomava banho havia muito tempo. Bem, de onde vocês estão vindo?, perguntou, sorrindo, enquanto enrolava um cigarro com certa dificuldade. Ninguém lhes contou sobre a epidemia, certo? José María e Regina se olharam nos olhos. Eles estavam prestes a rir, mas se contiveram. Que epidemia? Bem, a gripe, o que mais poderia ser, ele disse enquanto tentava se levantar. Já há muitos doentes. Eles começaram a morrer anteontem, acrescentou. E, com a ajuda de uma muleta sob a axila esquerda, começou a se retirar. Já estou muito velho e ninguém se importa comigo, disse, antes de virar as costas para eles. Mas vocês deveriam se resguardar.

Eles realmente tinham visto um homem naquela esquina apenas alguns minutos atrás? Nenhum dos dois tinha certeza. Ele pegou a mão dela e rapidamente, com um desespero que lhes sufocava o peito, começaram a percorrer a vila. As vitrines silenciosas. As barbearias abandonadas. As cantinas fechadas. Ter sobrevivido à guerra para chegar justamente no momento em que o mundo acabou! Se o que tinham visto era um homem ou um anjo da morte, eles não sabiam, mas o que concordaram imediatamente foi que tinham de se proteger. Atravessaram a praça a toda velocidade e depois, derrotados, voltaram para as calçadas do centro.

Não havia ninguém. Não havia ninguém de verdade. Abriram a porta de vidro do hotel principal, caminharam cautelosamente sobre o tapete vermelho que protegia o piso de madeira de um corredor estreito e, quando não viram ninguém no saguão, tocaram a campainha. O som do metal, fino e leve, disparou em direção ao teto e voltou, batendo várias vezes contra as paredes brancas. Nem vivalma. Nenhum outro ruído além de sua respiração agitada e tensa. Vamos entrar aqui, disse ela, dirigindo-se para as escadas sem soltar a mão dele. Abriram a primeira porta que encontraram no último andar e, uma vez lá dentro, fecharam-na silenciosamente atrás deles. Ela foi se jogar na cama enquanto ele, paralisado, não soltava a maçaneta. Vamos dormir como os ricos, disse Regina, virando-se de lado e segurando o queixo com a mão direita. Parecia uma menina. Parecia uma garota travessa. Parecia uma mulher que já havia desfrutado de quartos como este. José María olhava para ela com desejo, mas sobretudo com surpresa. Com apreensão. Quanto tempo levaria para a polícia chegar e expulsá-los? Não vai vir ninguém, disse-lhe em voz muito baixa, exagerando os gestos de preocupação. Estão todos mortos, sussurrou. E então começou a rir. José María nunca tinha estado em um lugar como aquele.

Eles haviam se tocado muitas vezes antes. Sob as cobertas do exército, no chão da campina, perto de outros corpos que também não dormiam, eles tinham se amado. As bocas abertas, os cabelos úmidos de suor, a respiração ofegante. Tinham se empoleirado um em cima do outro. Tinham se beijado. Acariciado. Tatuado. E então, no fim, haviam confundido o pertencimento das mãos. Nunca, porém, os dois haviam se deitado em um colchão tão macio, em lençóis tão brancos, sem um pingo de frio. Contra a tapeçaria colorida das paredes ou no centro do travesseiro de penas, o rosto de Regina parecia ainda mais bonito. E ainda mais estrangeiro. De onde você vem?, ele perguntou com os lábios logo acima das pálpebras dela, um cotovelo de cada lado do pescoço dela. Nem me pergunte. Por que não? Porque é uma história muito longa. Bem, temos tempo até que nos expulsem daqui, disse, virando-se e cobrindo o peito com o lençol. Esperava uma história, algo que esclarecesse o milagre daquela mulher ao seu lado. Era óbvio que havia passado muitos anos no exército, embora não tivesse ideia de quantos anos tinha. Era óbvio que podia aguentar uma caminhada de muitas horas, com sede e fome, na chuva ou no sol. Vinha de longe, disso ele tinha certeza. Mas era Zacatecas ou Guanajuato? E já havia amado antes, sem dúvida. Não se conseguiam uns olhos tão profundos ou um olhar tão duro sem primeiro ter oferecido o coração. Aquela atitude de reserva e coragem ao mesmo tempo não podia surgir de um dia para o outro. Ele queria escutar. Naquele lugar que a epidemia lhes dera por algumas horas, ele queria ouvi-la. Mas, em vez de falar, Regina adormeceu. E o leve ronco vindo de sua boca e de seu nariz logo o embalou no sono também.

Os ruídos da cidade os acordaram algum tempo depois. Era difícil entender o que ele via pela janela. Se não tivesse se lembrado do silêncio espectral que no dia anterior tinha arrepiado seu esqueleto, teria pensado que era uma peregrinação-fantasma. Por um momento pensou que estava dentro de um pesadelo, algo sem sentido que durava muito tempo. Então ficou com frio e teve de aceitar que estava acordado. Com a mão aberta, limpou a névoa de seu hálito no vidro. Graças mais ao que escutava do que ao que via, pôde distinguir os passos de alguns homens na rua.

Demorou mais para adivinhar que as sombras que eles arrastavam pelo chão eram cadáveres. Você tinha razão, Regina, ele disse baixinho sem se virar para olhá-la. Todos estão mortos. Estamos rodeados de mortos.

O que ele fez a seguir foi impulsivo. Nunca pôde explicar isso muito bem. Calçou as sandálias e o paletó e desceu. Entre a escuridão e as ordens gritadas, ele logo entendeu que precisavam de ajuda. Aqueles que carregavam os cadáveres não aguentavam. Alguns homens os arrastavam do hospital e outros de suas casas, enquanto outros ainda preparavam a carroça para levá-los até a periferia da cidade. Lá fora, na direção dos acampamentos mineiros, faziam o que tinha de ser feito: atear-lhes fogo. Haviam sido informados de que assim poderiam, se não parar, pelo menos diminuir a epidemia. A essa altura, porém, ninguém tinha certeza de nada. Trasladavam os cadáveres porque não sabiam o que fazer com eles. E os queimavam pelo mesmo motivo. A gripe, que havia entrado por Piedras Negras e descido rapidamente até Rosita para continuar seu caminho imperioso rumo à capital do país, acabou matando dez milhões de pessoas no mundo. Naquela noite de outubro de 1918, pela janela, Regina se apaixonou por José María. Como antes ele fizera, ela limpou o vidro embaçado para poder ver o que estava acontecendo lá embaixo. Demorou um pouco para reconhecê-lo entre a prostração dos corpos, mas, quando o fez, não pôde deixar de dizer seu nome em voz muito baixa. Sem medo de contágio, sem pensar nas consequências de seus atos, jogava cadáveres nas costas e saía em disparada, suado, até depositá-los nos locais onde seriam recolhidos e depois queimados.

Estava te vendo, disse-lhe quando ele voltou e, exausto, jogou-se na cama sem dizer nada. De costas, vendo no teto repetidas vezes as cenas de horror que presenciara durante o dia, pousou a mão direita no estômago da mulher. Bem, se me viu, não deveria me deixar tocar em você. Por quê? Dizem que a gripe é muito contagiosa. Se eu te tocar, você morre. Se eu respirar perto de você, você morre. Se minha saliva cair em você, você morre. Ela riu. Sua risada de novo. A liberdade e a autoconfiança de seu riso. Como é que eu vou morrer, Chema, se bicho ruim nunca morre? Levantou-se de repente e, sem aviso, montou em cima dele. Então, inclinando-se sobre seu peito, começou a beijá-lo. Olha, minha saliva, tua saliva. Escuta, minha respiração, tua respiração. Minha saliva. Tua respiração. Olha. E foi falando assim até que José María fechou os olhos.

Sua habilidade para conseguir comida no front lhe valeu naquela manhã em Rosita. Saiu cedo, tomando cuidado para não acordá-lo. Prendeu o cabelo e enrolou o xale em volta do corpo. Algumas horas depois, voltou com algumas tortilhas quentes e um pouco de feijão. Para Chema, que estava acordando, isso caiu como um presente do céu. Comeram na cama, olhando-se com recato. Quando Regina tirou uma garrafa de mescal de entre suas anáguas, ele esteve a ponto de se ajoelhar. Você é uma aparição, mulher, disse-lhe, dando o primeiro gole e logo lhe oferecendo o próximo. Aproveitando que havia água em uma bacia, eles terminaram a refeição limpando os corpos. E ficaram assim, nus e mansos, um ao lado do outro, olhando-se por dentro. E agora?, ela perguntou. Você quer ir para Zaragoza, imagino. José María demorou a responder. E se eu contagiálos, Regina? E se eles nos deixarem por minha causa? Será melhor esperar alguns dias, mesmo que seja só para saber que, pelo menos disso, não vamos morrer.

Aqueles dias de espera, aqueles dias de incerteza, foram passados naquele último andar do hotel do centro, às escondidas de todos. Eles não sabiam se estavam infectados ou não, e esperar, que era a única coisa que podiam fazer, os deixava taciturnos. Estavam prestes a morrer? Quando abriam os olhos, não conseguiam descobrir se ainda estavam neste mundo ou já em outro. Quem dera o céu fosse assim, disse-lhe José María uma noite. Assim como? Um quarto tão bonito e perto de você. Nem pense que sou tão boa assim, Chema. Eu tenho meu passado. E quem não tem? Bem, as crianças, elas não têm passado. Ou os idiotas, enfatizou depois de pensar um pouco no assunto. Em vez disso, ele disse a ela, os mortos são puro passado. Se nos lembrarmos deles, sim. Se eles entrarem em nossas memórias. Não é assim tão fácil, Chema. Eu, por exemplo, me lembro de mim. Do que eu era. Ou do que fui uma vez. Aquelas partes de alguém que vão ficando para trás, mortas. Ou meio adormecidas, em suspenso. As palavras desceram direto por sua espinha, prendendo-se a cada vértebra como um gato. Ele se virou para vê-la. Agora ele não tinha certeza se queria saber. Agora, sem saber se tinham dias ou anos de vida, o presente que era Regina lhe bastava. Sua presença. Seu marasmo. Eu não te contei que a primeira vez que me casaram eu tinha 12 anos, contei? Ele balançou a cabeça. Você nunca me contou nada, Regina, disse ele indo até a janela. Lá embaixo, a emergência continuava seu curso. E, se você quiser assim, tudo bem, ele disse a ela, encarando-a. Tive três filhos, e todos os três morreram muito pequenos. Bem antes de completarem 1 ano. Você sabe bem o que é isso. Os médicos. A insônia. A angústia. O cemitério. O último, ele tirou de minha barriga aos chutes uma noite, quando estava bêbado. E então não aguentei mais as pancadas, nem os ciúmes, nem os maus-tratos. Havia muitos soldados nas ruas naqueles dias e fui com o primeiro que pôs os olhos em mim. Quem diria que, de León, eu chegaria a Saltillo. E depois a Monclova. E depois a Piedras Negras. E a tantos lados, Chema. Uma mulher sozinha. Quem teria pensado. Eu nem imaginava uma vida assim. Um barulho estranho a obrigou a permanecer em silêncio. Pensaram que eram passos humanos, mas, quando ele desceu, voltou com um gato nas mãos. Será que eles não pegam gripe?, perguntou antes de depositá-lo no colo. Talvez, ela respondeu. Talvez os gatos sejam imortais.

Por que alguns morrem e outros sobrevivem em uma epidemia? Os cientistas, sem dúvida, dirão que é o sistema imunológico. Os médicos, o estado geral de saúde. Os religiosos, o desejo de viver. Todos os outros, no entanto, falarão em sorte. E talvez estes sejam os que estão certos. Acaso e destino são as duas faces de uma mesma moeda que oscila no ar. Quando, muitos anos depois, José María contasse a seus filhos a história da epidemia, certamente lhes diria que foi sorte. Que, por uma vez, ele teve sorte. Boa sorte. E então pensaria naquele gato bicolor, preto e branco, que logo começou a lamber suas mãos e decidiu ficar com eles.

Os anos com Regina nunca foram tranquilos, mas sim emocionantes. Quando voltaram à vida civil, como ela chamava, a pobreza não diminuiu, mas seu sorriso tornou tudo mais suportável. Matías e Clarita adaptaram-se facilmente ao seu jeito. E ela, que nunca fora mãe, agora o era de forma despreocupada e livre. Nunca teve dificuldade em encontrar o que comer e continuava sendo sempre a primeira a saber das notícias. No dia em que decidiram ir à feira de Zaragoza para se divertir, não tinham planos de tirar uma foto. José María tinha jogado cartas e, sem esperar, ganhara. Venha, vamos nos tornar imortais, lhe disse com os reales na mão. O sorriso de triunfo. O brilho nos olhos. Imortais. Repetiu a palavra várias vezes em silêncio. E a olhou com muita atenção, como se nunca tivesse feito isso antes. Imortais. Essa palavra ecoou em seus ouvidos enquanto posavam diante do fotógrafo ambulante que lhes emprestou a jaqueta e o guarda-chuva fechado. O pequeno teatro para o futuro. A coreografia dos dois.

As pústulas começaram a aparecer em uma manhã de julho. A princípio concentraram-se nas solas dos pés e nas palmas das mãos, mas logo, em alguns dias, subiram pelo pescoço e pelas costas até chegar ao rosto. Regina sabia o que eram. Em suas incursões entre os exércitos federal e revolucionário, viu muitos sofrerem desta doença: homens e mulheres, generais e mendigos, prostitutas e clérigos e até crianças. Ela mesma. A primeira vez que descobriu pápulas malcheirosas por todo o corpo, foi imediatamente a um médico do quartel. Ele então prescreveu o de sempre: gotas de cloreto de mercúrio, iodeto de potássio misturado com leite açucarado e pílulas para Dupuytren até a salivação. Já que os cancros, assim os chamava o médico, desapareceram em poucos dias, ela pensou ter se curado, mas semanas depois reapareceram, maiores e mais virulentos, nas costas e no peito, nas pernas e nos braços. Dessa vez, prescreveram pílulas de calomelano e extrato de ópio. Como ela se queixava de dores nas articulações, o médico acrescentou um composto de terebintina, láudano de Rousseau e clorofórmio. No último minuto, ele também sugeriu Salvarsan. A sífilis, depois disso, adormeceu.

Padeceu de muitas outras coisas durante os anos de combate e depois em sua vida civil em Zaragoza, mas as pústulas brilharam por sua ausência. Isso não é novidade, disse a José María, mostrando-lhe as palmas das mãos e olhando-o, como era seu costume, diretamente nos olhos. Eu pensei que elas tinham ido embora, mas você vê que não foi bem assim. Era a primeira vez que a via tropeçar com os olhos, piscar incontrolavelmente e baixar o olhar. A vergonha é assim. A desesperança. A gente pode fazer alguma coisa, ele disse a ela, aproximando-se. Iremos ao médico. Vamos comprar pílulas de mercúrio. Você vai descansar. Isso, você precisa descansar. A febre lhe deixava pequenas gotas de suor na raiz do cabelo e sobre o lábio superior. Nos olhos, a febre brilhava como aquela luz que aparece no fim do túnel. Não se aproxime tanto de mim, Chema, disse-lhe ela quando ele procurava um lugar para se sentar ao seu lado na beirada do catre. E por que isso? Os dois abriram os olhos e se olharam por dentro e ficaram em silêncio. Você se lembra daquela noite em Rosita depois de carregar tanto morto de gripe? Como não. Pois é a mesma coisa, Regina. Minha saliva. Tua respiração. Minha pele. Tua saliva. Nossas vidas.

Ela nunca tivera interesse em se casar. O acordo que eles haviam alcançado anos antes com um "Combinado?" foi mais do que suficiente. Não é como se eu fosse ir embora com outro a essa altura, lhe disse quando ele sugeriu isso uma vez. Nem você, piscou para ele. Queria explicar que não se tratava disso, mas lhe faltaram palavras. Era ao mesmo tempo outra coisa, e totalmente diferente. Somos como animais, Regina. Para todos os demais, isso é tudo o que somos. Ninguém vê nosso rosto. Ninguém ouve nossa voz. Se não estivermos naqueles papéis de registro, é como se nunca tivéssemos existido, ele disse a ela então. Ninguém nunca saberá que eu te amei. Que você me amou.

E por que você quer que os outros saibam? Que nós dois saibamos já é o suficiente. Regina, por favor, não seja tão teimosa, ele pediu. Mas ela não cedeu. Não lhe interessava prestar contas de sua vida àqueles homens vestidos de preto ou de uniforme que, sentados atrás de escrivaninhas de madeira, sempre conseguiam lhe dar uma lição. Não queria estar em suas listas. Não queria fazer parte de seu submundo ou da diversão deles. Ela os conhecia muito bem. Ela os conhecia muito de perto. A vida lhe ensinara que era melhor guardar tudo para si, dentro de sua cabeça, bem perto de seu coração. A vida lhe ensinara que só ela poderia estar ao alcance de sua própria mão.

Vou chamar um padre, Regina, disse ele dessa vez, passando a mão na testa dela. Então ele se levantou e abriu as cortinas de uma pequena janela. A luz de meados de julho inundou a cabana. Está muito quente lá fora, ele disse. O cacarejar de alguns perus foi transmitido por baixo da porta. O choro de uma criança. O barulho do vento contra os choupos. José María voltou a sentar-se ao lado dela. O rosto que ele tanto amava agora estava irreconhecível. O cheiro. Nós vamos nos casar, continuou em voz baixa, muito tranquilo, pondo os dedos sobre os lábios secos, sobre a boca que se esforçava para falar. É só entre nós e Deus, ele a confortou. Ninguém do cartório vai vir. Nem mesmo se você pedisse, ela conseguiu balbuciar. O doce ar de sua zombaria. O eco de alguma risada já perdida. E ela olhou para ele como daquela vez pela janela, naquela noite da epidemia em Rosita, quando o viu tocar os mortos sem dizer uma palavra, sem nojo, a toda a velocidade.

O casamento religioso aconteceu em 17 de julho de 1926. Estavam presentes o presbítero Epifanio Ocampo, da igreja de San Fernando, e as testemunhas Daniel Rivera e Manuel González. Seis dias depois, ela morreu. Um médico japonês, de sobrenome Yoshitake, assinou o atestado de óbito. "Regina Sánchez Martínez faleceu de sífilis em 23 de julho do presente ano, aos 35 anos, de nacionalidade mexicana, filha legítima do senhor Isidro Sánchez e da senhora Modesta Burgos, naturais de San Felipe, do estado de Guanajuato. O cadáver foi enterrado no Departamento de vala comunitária no cemitério desta cidade."

[pegadas habitadas]

Lembro-me de que voltamos para casa exultantes e circunspectos, prontos para dar a notícia a Matías, meu filho. Somos indígenas, anunciei sem percalços, como quem traz um presente. Vínhamos da Grande Guachichila. Tínhamos atravessado o deserto em um silêncio muito profundo, totalmente inédito. Tínhamos os olhos cheios de céu. Cheios de tempo. Não havia mais apenas fantasmas do outro lado das janelas; agora, além do ar e das pedras, além da névoa que insistíamos em apagar das janelas naquelas madrugadas frias, havia certas pegadas, pegadas de nós como outros. Pegadas habitadas. Tínhamos tomado a estrada de volta para o norte e continuamos mais adiante, do outro lado da fronteira. Trazíamos a boca cheia de novos nomes.

Era um dia de calor sufocante no sul da Califórnia. Tínhamos decidido passar a tarde mergulhando na piscina do nosso condomínio, lânguidos e letárgicos, sem resistência para oferecer aos ventos de Santa Ana que secavam a atmosfera e rachavam nossos lábios. Lembro-me de seu rosto, iluminado por dentro. *Verdad?*, foi sua resposta, em espanhol. E assim, em espanhol, enquanto as pessoas ao nosso redor se faziam ouvir em inglês e chinês, em coreano e em árabe, iniciou-se uma conversa que espero continuar com este livro.

Guachichiles, eu disse a ele. E tlaxcaltecas, acrescentei depois de uma pausa. Qual dos dois? Os especialistas insistem em que, se eles se diziam ou eram chamados de indígenas no final do século XIX e início do século XX, teriam forçosamente de ser tlaxcaltecas. Mas os tlaxcaltecas foram uma força de ocupação desde 1591. Os guachichiles se extinguiram tempos depois. Os guachichiles foram extintos tempos depois, corrigi-me. Invadiram suas terras e pouco a pouco os empurraram para o deserto, ao norte do Altiplano. E preferiram lutar e perder, sempre aguerridos, em vez de se aclimatarem. Antes a morte do que se tornarem sedentários em um mundo virado do avesso, concluí, enfiando os pés na água da piscina. Vou ficar com os nômades, disse Matías de repente, pondo os óculos escuros e sentando-se ao meu lado com os pés também dentro da água. Afinal, eu sempre vivi com eles, ele riu e passou um braço em volta dos meus ombros.

Em certas versões românticas, os guachichiles aparecem como um povo nômade, sem ídolos, sem altares e sem Deus. Tão livres, de fato, que recusavam sepulturas e cemitérios para não serem obrigados a voltar. Em vez de enterrar seus mortos, eles levavam suas cinzas em sacos de camurça amarrados à cintura. E partiam assim, carregando-os consigo. As versões românticas são sedutoras, ainda que incompletas. Lembro-me de ter dito a Matías que é difícil cavar um buraco no chão quando te despojaram da terra. Talvez as cinzas, ou a vala comum na qual tantos pobres iam parar por falta de dinheiro, seja a única saída quando te expulsaram de todos os lugares. Talvez o nomadismo seja apenas outra forma de desespero. Ou talvez os dois ao mesmo tempo?, disse ele. O que você quer dizer? Guerreiros e livres, derrotados e eternos.

Nunca soubemos antes. Até vermos a certidão de nascimento de José María Rivera Doñes (ou Doñez, às vezes; ou Yañez, outras), todos nós da família pensávamos que éramos parte desse processo de miscigenação que, segundo a história oficial, começou e meio que terminou durante a era colonial. Como é que no final do século XIX, naquele território de San Luis Potosí, o Registro Civil ainda contava com meu avô e muitos de sua comunidade – María Asunción, sua primeira esposa, as testemunhas de seu casamento, sua família política –, como indígenas, contrariando o mito, ou pelo menos a universalidade, da miscigenação mexicana? E, acima de tudo, como era possível que, depois daquela longa viagem pelo Altiplano, ninguém mais o chamasse assim? Migrar é também apagar. E ser apagado. Não tenho como saber se foi uma mera omissão pessoal de meu avô ou uma decisão estratégica de sobrevivência em um território que, como o nortenho, costuma contar sua história como a história do desaparecimento das nações indígenas. Devastar é um verbo. Exterminar também. Mas a verdade é que o Estado mexicano, por meio de seus múltiplos órgãos locais, deixou de fazer essa pergunta e de anotar essas respostas. Sistematicamente. Metodicamente. Cruelmente. Em algum momento do início do século XX, e mesmo depois da Revolução, todos os indígenas deslocados que vinham para o norte, bem perto da fronteira, em busca de trabalho, passaram a ser classificados como peões, operários, lavradores. E tudo isso é verdade. A falta, o que meu pai e minha mãe e minha irmã precisavam, o que meu filho e eu precisávamos, era daquela origem que, obviamente, se torna invisível com o tempo. Vamos nos reconhecer melhor assim? Seremos mais completos? Talvez sim. Quando comecei a ler *El luto humano*, pensei que José Revueltas havia cometido um erro de projeção mesoamericana ao descrever vários personagens de um romance baseado na fronteira norte do México como indígenas. Levei anos para entender que seus olhos de testemunha presencial haviam visto muito bem o território. Todos aqueles camponeses pobres, todos aqueles migrantes sem esperança, todas aquelas caravanas no tempo e através do tempo, todas aquelas teimosias e todas aquelas persistências eram indígenas. E são indígenas. E você viveu com eles toda a sua vida, Matías, você tem razão. Esses são os passos que vão sobre suas pegadas.

[telégrafos habitados].

É preciso atravessar as águas do rio Salado para ir a Estación Camarón.

A represa, aquele "anfiteatro antigo, solene e nobre".

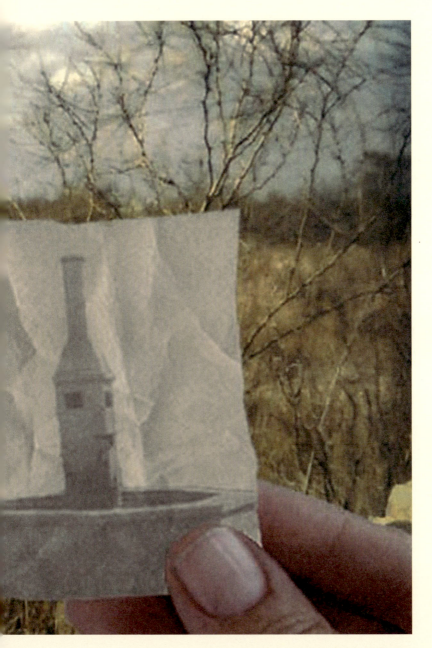

O dano de fuçar na superfície do silêncio.

Capulhos de algodão. Risografia RISO ME 9450U, tinta preta e dourada.

IV
DIQUES

A espantosa miséria que assoma nesta região, fruto da absoluta falta de trabalho e da carestia dos artigos de primeira necessidade, deu origem ao êxodo de centenas de famílias em caravanas de homens que, enganados ou não, vão em busca do pedaço de terra, único patrimônio do elemento camponês.

Comitê Executivo Agrário Privado
Camarón, Nuevo León,
9 de novembro de 1937

[La Ribereña]

Conhecemos bem os nomes. Se estivemos por dentro das notícias da guerra, já os ouvimos mais de uma vez: Anáhuac, La Gloria, Las Tortillas, Antiguo Guerrero, Ciudad Mier, Camargo, Reynosa, El Control, Anáhuac. Para o habitante do século XXI, são nomes de lugares destruídos na mira da bala e logo abandonados sem a graça do que se despede olhando para trás. Ali descobriram, ou ainda se podem encontrar, as valas comuns para onde convergiram tantos ossos, tantas ausências. Agora se trata de um rosário de povoados-fantasmas ou precários ao longo de uma estreita fronteira entre Nuevo León e Tamaulipas que, por se desenrolar ao longo do rio Bravo, é conhecida como La Ribereña. Mais adiante, a poucos metros a nado, fica o Texas. E ainda mais adiante estende-se aquela pradaria sem fim que todos conhecem, ainda hoje, como O Outro Lado. É difícil acreditar que, nem tantos anos atrás, esses nomes evocassem esperança, em vez de terror. Anseio. Expectativa. Para a caravana de migrantes que naqueles primeiros dias de janeiro de 1938 deixava para trás o fracassado Sistema de Irrigação n.º 4 enquanto as mulas puxavam as carroças nas quais vinham suas famílias e seus pertences, aqueles nomes eram as próprias portas do futuro. Os habitantes do lugar saíram de suas casas para recebê-los com um misto de espanto e alegria, desconfiança e respeito. Notava-se seu cansaço depois de dias em estradas lamacentas, sob a garoa tumefacta do inverno. Notava-se seu frio, sua pobreza. A fome. Mas sua determinação também era óbvia. Todos sabiam que ali, no final do percurso, em uma região repleta de ébano e mato e mosquitos, em uma região repleta, sobretudo, de água, os esperava um lugar que finalmente poderiam chamar de seu. Não foram trazidos por uma vaga promessa, mas pelo compromisso que uma comissão de agricultores sem-terra conseguiu arrancar de um engenheiro que, apesar de vir da cidade, se comportava como eles. Lembre-se desse nome, meu pai me disse uma vez. Lembre-se de Eduardo Chávez.

[El Retamal]

Às vezes é necessário ver as coisas de longe. Ou de outra perspectiva. De cima, por exemplo. O dom da distância é a forma. Do alto, a nascente do rio Bravo desaparece atrás de profundas ravinas no sul do Colorado e, a partir dali, dessa base nas encostas das Montanhas Rochosas, inicia seu longo, profundo e serpenteante caminho por 2.900 quilômetros de terreno até desembocar no Golfo do México. O engenheiro Eduardo Chávez já o viu de todas as formas possíveis. Ele o examinou nos mapas da Comissão Internacional de Fronteiras, desenrolando o papel com muito cuidado sobre longas mesas de madeira e tocando, com a ponta do indicador, as finas linhas escuras que captam os canais nervosos e os fluxos desenfreados. A água agitada. A terra, que se abre. Ele o avistou ao longe, de alguma estrada pavimentada ou de estradas de terra, reconhecendo seu cheiro. Ele acampou ao seu lado, suas botas mal afundando na lama dúctil de suas margens. Essas são suas costas inclinadas sobre a margem enquanto seus dedos pegam a lama que então põe, momentaneamente, embaixo do nariz. Os joelhos flexionados. Os pelos colados nos antebraços e nas coxas devido à umidade. A proximidade da água e da pele. A mão dentro do riacho, enxaguando-se. A mão gira uma tigela que leva o líquido à boca. As mãos que, às pressas, com muita destreza, desabotoam a camisa e abrem o fecho da calça para que o corpo se livre por completo da roupa e possa saltar depois, nu e livre, da margem. Mergulhar é um verbo com muito barulho. Tem de conhecer seu adversário. Tem de mergulhar em suas correntes, deslizar o corpo pelo chão e tocar seu fundo cheio de musgo e pedras pontiagudas e caules frágeis com as palmas das mãos. Tem de emergir depois, no centro de seu canal, estranhamente feliz, ligeiramente extasiado, com a algaravia das crianças ou dos loucos. O cabelo emaranhado. Os reflexos do sol nos dentes. Agora, do avião do governo, é possível ver lá embaixo uma marca quase indistinguível entre a água e a terra. Algo prestes a desaparecer. A janela suja entre seu passado e seu presente. O ruído circular do motor e das pás.

Ele gosta de números. Os números são sua adoração. Uma delas. Repete em voz baixa: 2.900 quilômetros de extensão. E saboreia a distância. A represa Río Grande e a represa Continental, diz. E depois: 224 quilômetros a montante de Ciudad Juárez, a represa Elefante; 44 quilômetros ao sul, a represa Caballo. A seis quilômetros de Ciudad Juárez, a represa Americana. A três quilômetros, a represa Internacional. E, daí, do ponto mais profundo de seu canal, dois mil quilômetros de pura orla fluvial. Rio Bravo e rio Grande ao mesmo tempo. De quem são as águas? Como se instala uma linha no centro de um fluxo vivo?

O problema, que tem começo, mas não necessariamente fim, o mantém sobrevoando. Ali, no único assento traseiro do teco-teco, ele segura o binóculo diante dos olhos e espia. Ausculta a terra. Mede. O problema, que desde a Convenção de 1906 deixou todo o benefício da água para os Estados Unidos, obrigando-os a entregar apenas 74.040 milhões de metros cúbicos por ano ao México, continua a lhe dar dor de cabeça. Ataques de raiva e incredulidade. Mas como será? Deve haver uma maneira de acabar com tudo isso. Lá embaixo, errático e divagante, o Bravo avança 125 quilômetros mais desde o vale de Ciudad Juárez-El Paso até entrar no cânion de Cajoncitos, na altura de Fort Quitman. Há bancos, de repente. Seções secas que desafiam a imaginação. Mudando seu leito de tempos em tempos, seja por depósitos aluviais, seja por avulsões e mudanças violentas de localização, o Bravo se torna indeciso. E, com a indecisão, vêm os problemas legais. Quando está bem no meio de dois países unidos por uma relação desigual, para onde vão suas correntes? Que terras deve cobrir com seu manto e abençoar com seu poder gerador? Como ele se reparte a si mesmo se tudo está junto em seu próprio curso?

Já rio abaixo, quando as águas entram no estado de Tamaulipas, o Bravo abre caminho pela savana costeira e em sua amplitude avistam-se extensas planícies de aluvião. Seriam perfeitas para a agricultura se não fosse o problema da água, primeiro sua escassez e depois sua abundância desenfreada. A seca de tantos meses, seguida de inundações espetaculares e letais. O problema é que ali, do lado direito do rio, tem água e não tem água. Veja só, grita para o piloto, como se o piloto pudesse ouvi-lo através do barulho das pás e do ar, por trás do gorro de pele que lhe protege o pescoço e as orelhas. Todas aquelas represas bombeando a água do Bravo de Mercedes para Brownsville, e nenhuma no lado de Matamoros. Como são organizados e verdes seus ranchos de frutas cítricas! A ironia fica presa em sua garganta e o obriga a ficar em silêncio. Os binóculos. Sua paisagem. Lá embaixo, desdobram-se os *floodways*, os canais de alagamentos que o governo gringo conseguiu financiar para proteger a agricultura nos condados de Hidalgo, Willacy e Cameron. Lá embaixo, indiferente ao barulho do teco-teco, aquela água calma e lenta segue para Mercedes, onde se bifurca, e um braço faz um arco para o norte enquanto o outro se confunde com o córrego Colorado até que os dois chegam, cada um à sua maneira, ao pedaço da Laguna Madre que resta nos Estados Unidos. A água e os promontórios de terra. A água e a defesa. A água e esses diques que conseguiram proteger suas propriedades agrícolas dos vazamentos do Bravo agora causam estragos mais visíveis e definitivos em Matamoros e seus arredores. O que podia contra tudo aquilo aquele frágil dique de defesa que Álvaro Obregón havia construído quando as enchentes de 1922 acabaram com tudo? Chávez coloca o binóculo no colo por um momento, mas não para de olhar. O céu. O litoral. A terra. É tão difícil descrever a vegetação que cobre toda a geografia, desde Mier até o Golfo do México. Aquele tom entre o esmeralda e o oliva que só é interrompido por galhos e lagoas. Riachos. Vasos. É difícil dizer exatamente que ali, sob o denso caos de galhos e troncos, se movem com destreza o veado e o javali, os coelhos, as lebres. Os ratos-do-mato. As víboras e as tarântulas. As nuvens velozes de mosquitos. Lá de cima, das alturas que lhe redemoinham os cabelos, só se distingue a teimosia das algarobas e dos ébanos, suas formas de se derramar sobre a paisagem, dominando-a por completo. Se ele pudesse fraquejar, diria que tudo isso é majestoso. Já lhe parecia assim do chão, mas agora, lá do alto, ele não pode conter seu espanto. As terras férteis. Todo o monte. O problema é que, nos meses de pouca água, quando ocorrem as secas, a possibilidade de os gringos deixarem um pouco de água para chegar ao México é nula. E que, quando os furacões atingem, e o fazem com crescente crueldade, os trabalhos de defesa do outro lado só agravam o desastre deste lado. É por isso que ele sobrevoa o espaço. Por isso estende a mão e pede ao piloto que dê mais uma volta, focando novamente com o binóculo. O indicador se curvando no ar. A mão horizontal depois, movendo-se para cima e para baixo lentamente, sinalizando que se aproxime um pouco mais. É preciso se aproximar do chão. É preciso ver tudo muito bem. São esses os desníveis do terreno que chamam de Culebrón e Laguna Honda? Ele pergunta e responde ao mesmo tempo. Devem ser. Aí estão. O que o engenheiro Chávez procura naquela manhã de inverno é uma passagem. Um ponto fraco. Um calcanhar de aquiles. Precisa encontrar um local adequado para desviar a água para o sul. Deve haver um. Deve existir.

Pelo menos é o que lhe dizem os homens que ele foi contratando desde que chegou a Matamoros, no fim de outubro de 1935. O que saberia um engenheiro da capital sobre a região? Por mais que tenha participado da Comissão de Fronteiras, por mais que tenha se formado com louvor na Universidade Nacional, por mais que tenha lido atentamente as descrições e estudado todas as possibilidades que houve e haverá, o que um cavalheiro da cidade saberia do que necessitavam os habitantes daquela costa extrema do país, que os furacões de 1932 e 1933 subjugaram impiedosamente, criando as condições para a inundação descomunal de 1935? Ele também tinha duvidado. Ao pisar na área e ver com calma fingida os estragos que a água trouxera, parou com as máos na cintura. A boca aberta. Mas isso é uma ilha, disse a si mesmo. Isso náo é Matamoros, repetiu. Isso é uma ilha trágica. E entáo, com um golpe certeiro, esmagou o mosquito que estava enfiando o ferráo no lado direito do seu pescoço. O paludismo e a malária se espalhavam junto com a água estagnada. Nem a Cruz Vermelha Internacional ousava se meter nesses lares. Ele poderia fazer alguma coisa? Rodolfo Elías Calles, parente do ex-presidente e chefe do Ministério de Comunicaçóes e Obras, já havia visitado a região, assim como Adolfo Oribe Alba, chefe da Comissáo de Irrigaçáo. Os dois de terno e de gravata. Os dois cientes da gravidade do assunto, mas ambos com poucos planos concretos. Chávez recebeu um orçamento de duzentos mil pesos e a missáo aberta, em estado de emergência, de fazer o que pudesse. Veja o que pode ser feito, havia lhe comunicado literalmente um burocrata da Secretaria de Comunicaçóes e Obras Públicas (SCOP), uma estrada, um canal, um dique, seja lá o que for, o que interessa é que as pessoas tenham um emprego e um salário que dê para comer.

As obras para a construçáo do dique desenhado por Chávez se iniciaram logo depois de sua chegada. Sem perder tempo, começando a trabalhar imediatamente, o engenheiro usou o dinheiro da federaçáo para comprar equipamentos: machados, facões, alisadoras, niveladoras, madeira e chapas para iniciar um novo dique de contençáo. Grande parte de seu orçamento foi usada para pagar os salários diários de quinhentos homens, que trabalhavam sem parar enquanto punham comprimidos de quinino sob a língua. Quando chegava o ataque palúdico, eles se deitavam à sombra de uma árvore e, assim que se recuperavam do frio, voltavam ao trabalho. Seus olhos alucinados. As gotas de seu suor. A febre da doença e a febre do futuro os atacavam igualmente. Não, porque para conter as águas do Bravo, este dique está bom, diziam-lhe, interrompendo momentaneamente o brandir das enxadas e das pás. Mas se o que você quer é tirar água do Bravo, então tem que fazer outra coisa. Que coisa? Bem, derivar água da estiagem por gravidade. Por gravidade? Olhe, engenheiro, tem muito desnível de terreno na região. Antes de os gringos instalarem seus diques, as águas da enchente se acumulavam por meses em Culebrón e Laguna Honda, e isso deve significar alguma coisa, certo? Alguns o olhavam fixamente, de soslaio, esperando sua resposta. Por gravidade?, repetia Chávez, atento a eles e ao mesmo tempo incrédulo. A solução era simples demais para ser verdade. Em vez de usar as caríssimas bombas d'água que haviam dado tão bons resultados do outro lado, seria possível aproveitar a inclinação natural do terreno aqui e puxar a água por canais bem delimitados? Se fizermos um talho em torno de El Retamal, disseram a ele, certamente podemos irrigar até cinco mil hectares. Imagine só.

E foi exatamente isso que o engenheiro Eduardo Chávez fez na manhã em que pediu o teco-teco. Imaginar. Além dos diques, apareciam, com uma claridade febril diante de seus olhos, os três canos naturais que, do Bravo, levariam o escoamento até o mar. Lá estava a passagem, regulada por três estruturas de controle. O canal do primeiro posto de controle já alcançava, em sua imaginação, o Culebrón e a depressão que, em vez de Laguna Honda, agora chamariam El Palito Blanco, e, pelo talho de Cabras Pintas, já ligado às tubulações dos outros dois postos de controle, tudo chegaria ao mar pelo arroio do Tigre. Imagine só. Chávez viu tudo claramente como uma aparição: se eles usassem o aterro da ferrovia Monterrey-Matamoros como dique de contenção e se outras pequenas represas fossem construídas, era possível abrir um canal na margem direita do Bravo, bem aqui, no lugar que todos chamavam de El Retamal, e ali construir um sistema de armazenamento e condução de água para irrigação, os homens sem dúvida tinham razão, de pelo menos cinco mil hectares.

Imagine só.

Mapa 1

Distrito de Irrigação n.º 25 do rio Bravo. El Retamal, quadriculado, controle de avenidas e povoados Valle Hermoso, Anáhuac e El Control.

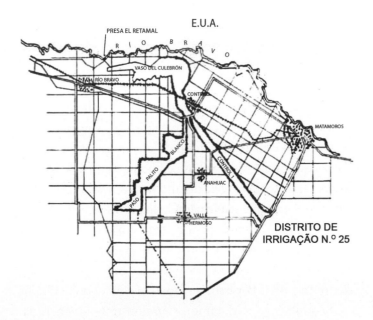

Fonte: Terán Carvajal, Manuel. *Agua, tierra y hombre. Semblanza de Eduardo Chávez*. México: Ediciones El Desfiladero, 1985, p. 14.

[acampamento C1-K9]

Se Margarita Barragán soubesse que, alguns anos depois de se casar com Eduardo Chávez, estaria vivendo na fronteira nordeste do país, primeiro na cidade de Matamoros e depois em um acampamento de engenheiros no meio do que parecia ser o nada, teria achado surpreendente, mas não totalmente irracional. Ela o conhecia bem. Ela o observara com atenção em muitos momentos. O cabelo farto e denso. O bigode. Aquele jeito de andar como se estivesse cravando estacas de fundação em seu caminho. E os olhos, principalmente. Olhos como que cobertos de calma, mas prontos para se abrirem mais e mais à menor provocação. Nada nele era como nos outros garotos que a desejaram. Desde o início foi claro: queria fazer alguma coisa. Queria encontrar um trabalho e começar uma família, como todo mundo, mas também queria fazer outra coisa. O país precisava de muita coisa. Para além da capital, em todos os seus arredores e limites, o país era um campo pronto como nunca antes para transformações e sonhos. Queria ser útil. Queria servir para alguma coisa. Se Margarita não soubesse que Eduardo era filho de um inventor e de uma pianista que também trabalhava como professora de Escola Normal, talvez todo aquele discurso a tivesse surpreendido. Se não soubesse que seu irmão Carlos, o músico, se perdia por temporadas inteiras para coletar sons entre os povos yaquis e seris, talvez tudo isso lhe fosse incompreensível. Mas ela sabia. E, do que sabia, gostava. Ela também queria fazer outra coisa. Por isso, quando chegou a hora de levar os cinco filhos para Matamoros em um trem que parecia fazer um percurso de anos, levava consigo mais curiosidade do que apreensão. Assim que ouviu o marido falar da fronteira, assim que prestou atenção às descrições que ele fez dos dois lados do rio Bravo, assim que compartilhou o conteúdo das conversas que tinha com os homens encarregados de construir os novos diques de defesa, ela percebeu que o trabalho que ele havia aceitado não seria uma coisa passageira. Ela não tinha como saber então que, muitos anos depois daquela mudança que parecia arriscada, senão irracional, depois de uma vida dedicada a perscrutar e transformar a superfície da terra, o corpo de seu marido descansaria justo aqui, nos únicos três metros de terra que aceitou do governo.

O clima extremo, francamente hostil, pegou-a de surpresa, mas não a intimidou. Embora de boa família, Margarita não era uma menina delicada da linhagem da capital. Mais forte. Mais independente. De ossos mais duros. Ela era, como muitas outras de seu tempo, uma daquelas mulheres que queriam mostrar que, além de ter filhos e cuidar de um marido, podiam fazer outras coisas. Gostava das intempéries. Do ar livre. Mesmo na Cidade do México, não era incomum que calçasse sapatos confortáveis e saísse para caminhar por horas. Praticava esportes. Ajeitava um lenço na cabeça e se punha a sonhar. Mas estava acostumada com as temperaturas amenas do vale central, com aquele ciclo regular de verões chuvosos e invernos secos, então não podia deixar de amaldiçoar o frio que entrava em seus ossos nos meses chuvosos de inverno, quando o norte trazia aquela garoinha persistente, que parecia determinada a ficar sob a pele para sempre, e a umidade, que quase podia morder durante todos os meses daquele verão de calor pegajoso e francamente enlouquecedor. A princípio, quando ainda moravam em Matamoros, ela era tomada pela sensação de que seu corpo não aguentaria mais;

porém logo, apesar de todos os presságios, recuperava seus passos e até o ânimo. Eduardo despachava nessa época de uma grande tenda no Controle 1, a nove quilômetros de Matamoros, sob a sombra benéfica de dois choupos gigantescos. Indiferente aos perigos da fauna local – de cobras a tarântulas – e concentrado em projetos que se multiplicavam com o passar dos dias, ele parecia ter encontrado um lugar no planeta que sempre poderia chamar de seu. Suas relações com a Cidade do México haviam sido estimulantes e ativas, mas raramente apaixonadas. Aqui ele se movia livremente. Todos os seus sentidos abertos, expectantes. O que o motivava naqueles primeiros dias de 1936 era algo mais profundo do que um senso de responsabilidade ou amor por seu trabalho. Estava tudo lá. Cada molécula de seu corpo. Cada neurônio de seu cérebro. Ele acreditava, na verdade, que aquele pedaço de fronteira em que punha os pés era o próprio anúncio de um novo mundo. Um universo inteiro por vir.

Mas também era prático. Quando deixava o campo e entrava na tenda de El Control, não se dedicava apenas a trabalhar nos projetos de canais, diques, escoadouros, eclusas, essa vasta malha de parcelas de irrigação que serviriam de base para o Sistema de Irrigação do Baixo Rio Bravo 025, mas despendia igual esforço em relação aos projetos arquitetônicos das casas típicas que seriam ocupadas por engenheiros e trabalhadores. Na moradia camponesa, um cômodo redondo com paredes de adobe e telhados de palha, viveriam os colonos que, como ele podia ver, vinham de todo o norte e até dos Estados Unidos. Havia também uma típica casa térrea com um pequeno jardim central protegido por uma grade de metal onde, de fato, ele viveria com sua família todos os anos em que trabalhou para o Distrito de Irrigação. Foi ali que ele chegou uma noite no início de fevereiro, estranhamente quieto. E?, perguntou a esposa assim que o viu cruzar a soleira da porta enquanto recolhia alguns brinquedos espalhados pelo chão. Em vez de responder, deixou-se cair em uma das poltronas da sala. Tirou os óculos. Inclinou o pescoço e então, sem esperar muito, esticou-o o suficiente para vê-la inteira, de baixo para cima, com seu olhar míope. Bem, é isso. Como assim, é isso? Ele sorriu suavemente. E, quando terminou de ajeitar os óculos no nariz, ele a atraiu para si. Já é um fato, Margarita. O presidente Cárdenas acaba de autorizar tudo isso. Margarita, que estava sentada em suas coxas, pulou. O que você quer dizer? Você o viu? Você falou com ele pessoalmente? Seguiu-se uma descrição minuciosa, interrompida inúmeras vezes por perguntas que imploravam por maior precisão, do encontro entre o engenheiro Eduardo Chávez e o recém-eleito presidente Lázaro Cárdenas nos desfiladeiros da fronteira em 6 de fevereiro de 1936.

Sim, Cárdenas tinha lido o telegrama urgente que Chávez lhe enviara assim que soube que estaria em Monterrey resolvendo questões trabalhistas e, em vez de voltar diretamente para a capital do país, decidiu passar por El Retamal sem se anunciar. Sim, logo que viu tudo aquilo – o talho, o escoadouro, os controles –, o presidente partiu para Matamoros. Sim, sua caminhonete ficou bem na frente da de Cárdenas, que já o procurava por aquelas frestas que ligavam parcelas e povoações. Você é o encarregado por esses trabalhos? Sim, perguntou isso a ele antes mesmo de se apresentar. E o que está sendo feito aqui? Um canal para desviar a água do Bravo para irrigar terras mexicanas. A Comissão de Irrigação não me informou disso. É que não dependo da Comissão. Então, de quem você depende? Da SCOP.

Sim, os dois fizeram uma pausa naquele momento. O volume escandaloso do vento. O barulho dos sapatos. É que estou fazendo essas obras por minha própria iniciativa. Sim, o presidente ergueu o rosto e olhou para ele sem pestanejar. Algo dentro de sua cabeça se formando. Cambaleando. Sim, foi um olhar de águia que pousou nos rolos de papel que ele segurava debaixo do braço e na pasta grossa que pendia de sua mão esquerda. E esses são os planos de seu projeto? Isso mesmo, senhor. Você sabe dirigir? Sim, ele o seguiu de perto até Estación Ramírez, onde já estava o trem presidencial, mas antes de subir os dois degraus, ainda o parou para perguntar: não existe um tratado que impeça o México de tirar água do Bravo? Sim, o Tratado de 1906, mas isso só se aplica ao trecho de Ciudad Juárez-El Paso até o cânion de Cajoncitos, em Chihuahua. No restante do canal do Bravo não há proibição legal. Você está bem documentado sobre tudo isso? Trabalhei, antes de começar tudo isso, na Comissão de Fronteiras e lá me informei bem. Sim, o presidente respirou aliviado. Vamos tirar esse pó de cima de nós. Sim, ele disse. Vejo você em alguns minutos no carro-salão.

Quando ele entrou no vagão-escritório, a equipe de engenheiros que acompanhava o presidente já estava lá, em volta da longa mesa de reuniões. Seus cabelos lisos. Suas jaquetas de couro. Suas gravatas de seda. Vejamos, Chávez, explique você mesmo seu projeto a esses engenheiros, disse Cárdenas da cabeceira da mesa. Sim, e imediatamente espalhou planos, perfis e estudos hidrológicos sobre a mesa. Ele estava prestes a falar quando um dos engenheiros o interrompeu. Desvios de curso do rio Bravo por gravidade não são possíveis. Sim, essa foi a sentença. Você acha, filho, que se fosse, os engenheiros estadunidenses que gastaram milhões e milhões de dólares procurando por eles não os teriam encontrado até agora? Por isso tiveram de recorrer ao bombeamento, que é bem mais caro. Sim, mostrou-lhes dados, evidências concretas e, sim, eles refutaram repetidamente. Deve haver um erro em seu projeto, eles disseram. Como é possível que você possa fazer o que os estadunidenses não conseguiram?, reforçaram. Sim, entre réplicas e tréplicas, a discussão durou mais de uma hora antes de se transformar em um silêncio pétreo que se esvaía com a garoa pelas janelas do trem. O céu tão cinza, quase branco lá fora. Senhores, estas obras vão continuar. Sim, foi o que o presidente disse no final. Algo peremptório em sua voz. Uma aposta. Resignado, ainda incrédulo, o engenheiro-chefe resmungou baixinho que a Irrigação enviaria então um dos seus para se encarregar das obras. Não, Cárdenas o cortou, não há razão alguma para tirá-las das mãos em que estão. Sim, Margarita, o Acordo Presidencial 720 já foi assinado: Em resposta às condições de emergência em que as obras do Baixo Rio Bravo tiveram de ser realizadas, todas as respectivas despesas procederão com a única condição de serem autorizadas com a assinatura do diretor delas. Quando o canal de El Retamal será concluído? Sim, foi o que o presidente lhe perguntou pouco antes de se despedir. Em maio próximo. Eu virei inaugurá-lo. Sim, foi o que ele disse e se virou. Margarita.

Às oito da manhã do dia 1º de maio de 1936, o secretário Francisco Múgica mandou a draga romper o dique que fechava a boca do canal. As águas saíram desabaladas, deslizando por terras mexicanas graças ao efeito da gravidade. Poucas horas depois, uma representação diplomática de Washington já acusava o governo mexicano de querer mudar o curso do rio Bravo. Como isso era proibido por tratados internacionais, foi preciso fechar a comporta quanto antes. Os mesmos homens que antes trabalhavam com pílulas de quinino debaixo da língua agora beberam todo o mescal do mundo para suportar dias e noites de trabalho árduo, colocando proteções, estacas e galhos para conter a água. Não muito longe dali, continuaram as obras nas cortinas de concreto, com uma comporta metálica, com a qual El Retamal iria impedir qualquer possibilidade de mudança de canal e abrir, ao mesmo tempo, a assinatura do primeiro Tratado de Distribuição de Água equitativo entre os dois países.

Imagine só.

[olhem, rapazes]

No início havia o sal, o excesso de sal típico das paisagens áridas. Sem previsão de chuva, a evaporação concentrou os sais no solo e na água, reduzindo o rendimento dos cultivos e causando perdas nas lavouras. No início foram as rachaduras nas cortinas de cimento da represa Don Martín, e toda aquela água solta que, livre e à sua maneira, se espalhou pelo chão com tanta pressa que não conseguiu provocar nenhuma germinação, e sim destruir o que podia em sua passagem. No início era a greve, os dias daquela esperança inflamada que os fez esquecer de si mesmos para assim conceber, naquela época, desejos de outra vida, de outro mundo, para ficar algum tempo depois no mesmo mundo, na mesma vida, mas agora com aquela desconfiança sombria, aquela descrença com que deixavam passar os dias de seca. Eu te disse, Petra. Tudo isso era só conversa fiada. O governo dando terra para os pobres? Quando algo assim iria acontecer? José María falava baixinho, mas sem parar.

A raiva mal contida. O princípio da desolação. Quando o mescal fazia efeito, não havia quem o parasse. Eu te disse, mas você não me ouviu. Aí você me mandou para não sei quantas assembleias e olhe aonde chegamos, mulher. Você sabe o que é isso? Mais do mesmo. Ele repetiu mais algumas vezes, olhando diretamente para o chão. Mais do mesmo. Parecia cansado. Parecia prestes a cair. Não estamos no mesmo, Chema. Como não?, ele respondeu imediatamente. Veja. Ela apontava para a criança que carregava nos braços, bem perto dos seios. Apontava os rostinhos serenos, de olhos fechados, dos dois que dormiam no chão. Devíamos voltar para Zaragoza, respondeu José María, recusando-se a ver os filhos e voltando os olhos para o céu escuro, que mal se via por uma fresta da porta. Não temos nada lá, Chema. E aqui, nós temos? Agora não, mas quem sabe depois. Você já vai começar de novo, Petra. Estou vendo que você vai começar de novo. José María levantou-se, deu os dois passos que o separavam da porta e, antes de cruzar a soleira, voltou-se para vê-la. Bem, então vá lá. Se você está tão interessada, se você tem tanta fé nesses palhaços que falam sobre o futuro, vá você às assembleias.

Ela não era a única que, curvada, com os olhos baixos e o xale sobre a cabeça, se aproximava muito timidamente dos locais onde aconteciam as reuniões vespertinas, tentando passar despercebida, apenas para saber o que discutiam entre si os agricultores, que, além de compartilharem o desespero e a incerteza, forjavam juntos possíveis planos de ação. Eles sabiam que era hora de partir, que não havia mais o que fazer no Sistema de Irrigação n.º 4, mas ainda não tinham ideia de como proceder nem de que rumo tomar. Iriam sozinhos, um por um, espalhando-se por um território que parecia igualmente seco por todos os lados?

Ou partiriam em grupos, tentando proteger uns aos outros, enquanto procuravam alguma poça d'água, alguma terra que pudesse dar frutos? Atravessariam a fronteira para se perderem do outro lado? Eventualmente, se mudariam para o sul? Foi em uma dessas assembleias que tiveram uma ideia que fez José María Doñez cair na gargalhada quando Petra lhe deu a notícia. Formar uma delegação para visitar o presidente Cárdenas e pedir sua ajuda em pessoa? Realmente. Eles tinham perdido a cabeça? Era a essa conclusão que tinham chegado? Quem eles pensavam que eram? Em meio ao alvoroço, enquanto um e outro arrebatava a palavra, alguém havia dito que, quando se aproximou do norte em suas viagens de campanha, Cárdenas havia prestado uma atenção enorme aos sofrimentos dos pobres, especialmente dos que trabalhavam na terra. E não só isso. Ele também havia dito que seu governo estava interessado em povoar a fronteira do nordeste para oferecer resistência ao imperialismo ianque. Mas essas são as coisas que se deve dizer em campanha, camaradas, acrescentou outro. Isso não significa que seja verdade ou que irá se realizar. Bem, isso terá de ser provado, vocês não acham? Aquele que disse isso, um homem alto de ombros largos e pernas curvas, tirou o chapéu e se pôs de pé. Eu me ofereço para ir, ele disse. Para ir em nome de todos nós. Para a capital? Sim, para a capital. E como você vai fazer isso? Bem, se todos juntarmos algum dinheiro, eu me comprometo a ir ao Palácio Nacional falar com o presidente para recordá-lo de suas promessas.

E você acreditou em tudo isso, mulher? Petra balançou a cabeça vigorosamente. O sujeito vai sumir com o dinheiro e nunca mais vamos vê-lo. Eu não dou a ele um real. Bem, eu dou, ela lhe disse. Eu já dei. Essas crianças merecem uma vida melhor do que a que você e eu temos, Chema. E eles só conseguirão isso com sua própria terra. Petra falava com toda a calma que lhe era própria, sem levantar a voz. E sem parar de se movimentar pela cabana enquanto recolhia coisas ou cortava cebolas em cubinhos bem pequenos. Havia, no entanto, algo por trás de suas palavras que o obrigou a parar com a nova onda de zombaria que sua confissão lhe provocou. Ele a viu de longe. Caramba, disse a si mesmo. Estava crescendo. E ficou em silêncio.

O homem que se ofereceu para ir até a Cidade do México era Eugenio Báez, um sujeito quieto que havia recebido quinze hectares de terra muito cedo na distribuição agrária. Agora isso não valia nada. A seca os deixara todos iguais. Não importava quem guardasse os títulos de posse em alguma prateleira da cozinha e quem não tivesse terra suficiente nem para quando morresse: todos morreriam de fome naqueles solos salitrosos onde já não se podia mais plantar um único pé de algodão. Os colonos e os peões do campo eram os mesmos. Os trabalhadores temporários. Os mestres. Os nômades. Se eles aprenderam alguma coisa na greve, foi que, se não se salvavam todos, não se salvava nenhum. Mas isso, por serem palavras dos comunistas que haviam sido levados como prisioneiros para as Islas Marías, era melhor não repetirem em voz alta.

Eugenio uniu-se a outro companheiro de viagem e, com o dinheiro no bolso, seguiram primeiro de trem para Monterrey. Não tinham muitos recursos, então buscaram maneiras de economizar a passagem para a capital. Primeiro lhes ocorreu visitar uma empresa de mudanças e ali ofereceram seu trabalho como carregadores em troca de qualquer lugar naquele caminhão cheio de móveis e pertences com destino à Cidade do México. O dono do caminhão entendeu seu plano e até simpatizou com eles, mas também teve de informar que o sindicato não permitiria que ele fizesse isso. Entristecidos, foram a um café de chineses descansar um pouco os pés e ali, folheando o jornal, viram o anúncio. Um casal que seguia para o Distrito Federal em carro próprio oferecia os bancos traseiros em troca da metade do preço da gasolina e do óleo. Eles sorriram um para o outro. Fizeram as contas. E dispararam para fora do recinto, tentando encontrar o endereço do anúncio o mais rápido possível. Um homem de camiseta preta sem mangas abriu a porta para eles. Estamos aqui por causa da viagem à Cidade do México, disseram quase em uníssono. O homem mal conseguiu esconder um grande bocejo de onde emergiu um fedor azedo, como algo podre há muito tempo, que os desnorteou. Partimos amanhã, disse-lhes com uma parcimônia muito parecida com indiferença ou distração. Mas vocês têm que me pagar agora. Eugenio soltou uma risada abafada. Até parece, ele disse. Como se a gente tivesse nascido ontem. O homem franziu a boca e começou a fechar a porta sem dizer mais nada. Espere. Veja. Você teria que assinar alguma coisa para nós, disse Eugenio, tomando suas precauções. E você está achando que eu tenho cara de tabelião ou o quê? Se você não me der o dinheiro, não vou poder colocar gasolina no carro, dá para entender? Olhou para eles com exasperação. Se vocês realmente querem ir, me deem o dinheiro agora. E partimos amanhã cedo. Os agricultores de Estación Camarón se viraram para se olhar. Lentamente, sem nenhuma convicção, Eugenio tirou algumas notas do bolso da camisa. Vamos dar metade; a outra metade, quando sairmos. Valha-me, mas que desconfiados, disse o homem, arrancando-lhe as notas e fechando a porta quase ao mesmo tempo. A comitiva deu alguns passos para trás, mas não desgrudou de casa a noite toda, revezando-se para dormir e para cuidar que os donos do carro não saíssem sem eles. Quando o sol nasceu, eles se postaram novamente em frente à porta, supondo que não demorariam muito para sair. Mas os donos do carro só acenderam a luz do quarto às nove da manhã e só apareceram na porta da frente às onze horas. Então, foram informados de que deveriam esperar até a tarde, para ver se conseguiam mais um passageiro. A tarde virou noite. E a noite tornou-se eterna. Eles já estavam convencidos de que haviam tomado uma péssima decisão quando, quase de madrugada, o mesmo homem que havia pegado o dinheiro apareceu na soleira da porta. Ele estava acompanhado por uma mulher com gola de raposa e chapéu preto. Prontos?, perguntou-lhes, como se estivessem se preparando para ir a um piquenique ou ao cinema. Prontos, disse Eugenio.

O homem os deixou passar para os bancos traseiros e sentou-se ao volante. A mulher se acomodou ao lado dele. Demorou para que deixassem as luzes da cidade para trás e, uma vez em campo aberto, se distraíram distinguindo as estrelas no céu. O homem dirigia em boa velocidade, sem pisar muito no acelerador, e de vez em quando acendia um cigarro. De repente, cantarolava alguma canção popular, cuja letra a mulher cantava em voz muito baixa, como se não quisesse que mais ninguém participasse de seu espetáculo íntimo. Eugenio encostou o pescoço no espaldar e fechou os olhos. Parecia que, afinal, eles haviam conseguido evitar um gasto maior e chegar ao destino em bom tempo. Tirou o chapéu e colocou-o sobre as coxas. Estamos quase lá, seu companheiro de viagem disse a ele ansiosamente. Quase lá, ele conseguiu responder.

Pensou que estava sonhando quando sentiu um puxão violento no pescoço. Todo o resto aconteceu rápido demais: o grito da mulher, o estrondo contra algo grande e sólido na estrada, o barulho estremecedor do freio, o estrépito do para-brisa quebrado, a porta rolando para fora do pavimento. Quando finalmente conseguiu sair do carro, percebeu que haviam acabado de passar por Linares e que o homem havia colidido com um cavalo. Mas como você não viu?, gritou para ele, exasperado, balançando a cabeça e batendo nas laterais do corpo com as palmas das mãos abertas. O homem tinha uma ferida aberta na testa, da qual não parava de brotar um bom jorro de sangue. Eugenio pediu permissão à mulher para cortar um pedaço da bainha de sua saia longa. Com ela limpou a ferida e, como um curativo, ajeitou o pano em volta da cabeça do motorista. Imóvel, francamente em estado de choque, a mulher estava parada na beira da estrada. A comitiva se moveu o mais rápido que pôde e, depois de trocar alguns olhares, puseram o ferido e a mulher nos bancos traseiros. Em seguida, abriram o porta-malas em busca das ferramentas e conseguiram achar um alicate. Cortaram um pouco do arame das cercas da estrada e, com ele na mão, recolocaram a porta do carro na posição original. Não havia como consertar o para-brisa, mas felizmente era uma noite quente e seca. Logo estavam em condições de retomar a jornada. E assim, dirigindo um carro alheio enquanto enfrentava as investidas do vento, a comitiva do Sistema de Irrigação n.º 4 atravessou a noite e boa parte do país a baixíssima velocidade. Demoraram mais do que o previsto para chegar à capital, mas, uma vez ali, perguntaram ao primeiro policial que encontraram pela rua Insurgentes. Quando chegaram ao cruzamento da Reforma com a Insurgentes, saíram do carro. Agora é todo seu, disseram. Antes de virar à direita, supondo que ali fosse o Palácio Nacional, depositaram a outra metade da passagem no colo do homem.

Saber pouco às vezes é uma bênção. Ter pouca ideia das coisas. Se Eugenio Báez soubesse como poderia ser tortuoso marcar um encontro com o presidente, talvez não tivesse se oferecido para falar pessoalmente com ele sobre a tragédia enfrentada por um grupo de agricultores na fronteira norte do país. Mas Eugenio não sabia e, portanto, foi fácil para ele atravessar as pesadas portas de madeira do Palácio Nacional perguntando pelo gabinete da presidência. Primeiro, eles foram enviados para os escritórios da Guarda Nacional. Já têm hora marcada?, perguntaram, francamente surpresos. E Báez, que ouvira pessoalmente as promessas de campanha, não mentiu de todo quando disse que o presidente os esperava. De Estación Camarón?, você diz. Isso mesmo, ele confirmou sem pensar muito. E de Ciudad Anáhuac, acrescentou. Ignacio Beteta, um burocrata com iniciativa, concordou em orientá-los. O secretário Múgica, que se preparava para ir ao gabinete presidencial, conseguiu ouvi-los. Substituíra o irmão de Jefe Máximo na liderança do SCOP havia pouco tempo e com bastante alvoroço e, ao contrário do seu antecessor, Múgica tinha uma fé genuína no que podiam ganhar transformando as áridas paisagens do norte em terras agrícolas. A comitiva, em outras palavras, caiu do céu. Uma rápida troca de perguntas e respostas o pôs a par da situação da represa Don Martín e, sabendo que Cárdenas havia se entusiasmado com o projeto do engenheiro Chávez em Matamoros, não hesitou em convidá-los a acompanhá-lo ao gabinete do presidente. Em um discreto aparte, informou o burocrata de plantão da súbita mudança de planos, e o homem de terno escuro e sapato engraxado disse: Entendo. Ele deixou seu lugar atrás da mesa e desapareceu em um labirinto de escritórios internos antes de voltar com uma resposta. Eles poderiam entrar. Eugenio Báez só conseguiu tirar o chapéu e pigarrear um pouco.

Eram homens adultos desde o início. Ninguém busca uma nova vida se não deixou uma vida para trás. Ou várias. E os agricultores que chegaram ao Sistema não eram exceção. Muitos deles haviam sido trabalhadores errantes, nômades sem-terra, viajantes que cruzaram fronteiras apenas para cruzá-las de novo. Tinham histórias para passar noites inteiras sem parar de falar. Tinham esposas e filhos, responsabilidades e sonhos. Desde o primeiro encontro, porém, Cárdenas decidiu chamá-los de "rapazes". O governador Gómez, o secretário Múgica e até o engenheiro Chávez fizeram o mesmo.

Múgica apresentou os antecedentes a Cárdenas assim que terminou o ruidoso abraço dos políticos. Da fronteira?, perguntou o presidente em voz muito baixa, observando os recém-chegados com o rabo do olho enquanto, um pouco desajeitados, eles tentavam seguir as instruções do assistente. Só naquele momento, quando o presidente cochichava com o secretário e ele tentava se acomodar na cadeira que lhe fora designada, é que Báez percebeu que não tinha nenhum discurso preparado. Estava mais envergonhado do que nervoso. O que iria dizer a Cárdenas? Ia dizer que ninguém na sua assembleia acredita que você disse a verdade quando garantiu que estava interessado no destino dos camponeses da fronteira? Teria coragem de lhe dizer que se ofereceu para ir até lá para provar que estavam errados e que o novo presidente iria mudar as coisas no norte do país? Estava tão preocupado em escolher uma boa frase de abertura que mal notou quando Cárdenas se sentou na frente deles, não atrás da mesa presidencial, mas em uma robusta cadeira de madeira com braços. Olhem, rapazes, repetiu Báez dias depois diante da assembleia completa. O presidente foi direto ao assunto, sem qualquer outro tipo de preâmbulo. Como vocês sabem, ele continuou com sua história, não posso reacomodá-los dentro do mesmo Distrito de Irrigação. Fez uma pausa, mas não fechou os lábios. Fez uma pausa, mas continuou olhando para eles. Essa é uma tragédia que não poderemos remediar em anos. A comitiva só conseguiu assentir enquanto o mundo desmoronava dentro deles. Pensávamos que tínhamos chegado tão longe. Mas algumas obras de defesa estão sendo realizadas para evitar inundações na cidade de Matamoros, Tamaulipas, na fronteira com os Estados Unidos, muito perto do lugar de onde vocês vêm, continuou. Eu tenho uma ideia, e é esta: instalar camponeses na fronteira, o presidente falou devagar, certificando-se de que cada palavra saísse de sua boca com clareza e precisão. Porque precisamos repovoar nossas fronteiras, ele insistiu. Disse isso várias vezes. É que ali fazem agricultura de precisão, disse ele, olhando para baixo, como se isso o machucasse um pouco. Então se recompôs. Se vocês realmente amam a terra, por que não dão uma volta por lá e escolhem um lugar de que gostem? Foi o que disse. Essas foram suas palavras exatas, disse Báez, cujos olhos brilharam e que, embora tentasse, não pôde deixar de esticar os lábios e mostrar um sorriso desconhecido. Se vocês se instalarem lá, venham me avisar, disse ele, ainda cabisbaixo. Posso ajudá-los moderadamente, porque o governo não tem dinheiro suficiente para cobrir todas as suas despesas. Basta, senhor presidente, Báez o interrompeu. E ia falar outra coisa, mas percebeu que o presidente ia continuar falando. Mas uma coisa aviso a vocês, ele ergueu os olhos e o indicador da mão direita ao mesmo tempo, que eu quero gente camponesa genuína, que saiba suportar as agruras do campo.

Petra ouviu o relato dos acontecimentos em um silêncio quase místico, misturada aos outros no meio da assembleia. Maravilhada, mais do que incrédula. Quieta, como quem tenta evitar o choque do despertar. José María, ao seu lado, de vez em quando franzia os olhos em sinal de desconfiança ou de total descrença. De súbito, acendia um cigarro; de súbito, apagava-o sem perceber. Mas ninguém se moveu de lá. Enquanto outros riam ou suspiravam de alegria ou surpresa, os dois se mantinham em silêncio. Os pescoços eretos. O ricto de preocupação. O ânimo da crença, que se aproximava de longe. Em uníssono com os outros, eles exalavam e inalavam o ar daquela sala de teto alto de tábuas. Formavam, com eles, uma única respiração compassada. Sem trocar uma palavra, levantaram-se quando Eugenio Báez terminou sua história. Ao passarem pela porta, conseguiram ouvir qual seria o próximo passo: cooperar mais uma vez para que o próprio Eugenio liderasse uma delegação para explorar aquela fronteira de Tamaulipas de que o presidente falara. Se ele precisava de camponeses lá, eles iriam. Se ele queria pessoas que pudessem enfrentar as dificuldades do campo, o que mais eles tinham feito durante toda a vida? Havia grupos que iam embora todos os dias e vizinhos que, de um dia para o outro, paravam de aparecer em suas cabanas. Alguns levavam o que cabia em uma carroça e partiam sem se despedir. Outros se organizavam em pequenos grupos com o objetivo de se defender em território hostil. O desespero fazia planos surgirem a todo instante. De todas as ideias que se ouviam no Sistema naqueles dias do êxodo, Petra e Chema prestaram atenção às do grupo de Báez. Ele parece saber do que está falando, disse Petra antes de chegar a sua casa. Chema venceu sua resistência. Sua mulher tinha razão, se voltassem para Zaragoza não deixariam de ser os mesmos lavradores de sempre, e os filhos também. Por outro lado, se houvesse a menor possibilidade de conseguir um pedacinho de terra, eles poderiam oferecer algo diferente aos pequenos que os seguiam por toda parte. Iriam com eles, pensou. E então José María disse em voz alta: vamos com eles. Petra sorriu. Apressou o passo. Seus pertences eram mínimos, mas tinham de estar prontos quando chegasse a hora de partir. E, depois de tudo isso, Petra, a que distância será que fica aquele lugar que chamam de Tamaulipas?

[vinte hectares]

Eugenio Báez voltou a partir sozinho, em meados de novembro de 1937, embora alguns companheiros o tenham alcançado posteriormente na estrada. Desta vez ele não estava indo para o sul, em busca da capital do país, mas para o leste – uma terra de algaroba e ébano, mosquitos, lama. Um lugar que terminava em uma Laguna Madre e no beijo irregular do Golfo do México. O céu tão cinza. Nessa viagem, da qual voltou em 14 de dezembro com um pequeno saco de terra que mostrou a toda a assembleia, conseguiu que Eduardo Chávez assinasse o ato no qual prometia conceder vinte hectares de terra a cada família do espaço 124 do quilômetro 61 norte. Quatro dias antes de empreender o regresso, a delegação limpou o tronco de uma algaroba com um machado e, com o próprio giz de cera do engenheiro, escreveu ali o nome Colonia Anáhuac, já que vinham de Ciudad Anáhuac, Nuevo León.

Naquela primeira viagem exploratória, totalmente financiada pelo coletivo de agricultores, Báez teve os bolsos cheios de dinheiro por muito tempo. Tinha de ser cauteloso e esperto. Tinha de saber arriscar. Tinha de se orientar em um lugar que lhe era familiar, mas no qual nunca havia estado antes. As plantas pareciam ser as mesmas, mas havia mais umidade. Mais espinhos. As cobras. As lebres. A espreita graciosa dos veados. As presas dos javalis. Primeiro, fez de tudo para chegar a um grupo de agricultores que já havia saído de Anáhuac e que, segundo rumores, tinha comprado terras e se instalado em uma área conhecida como La Carreta. Mas, apesar da amabilidade do grupo, o isolamento dessa primeira colônia não o convenceu: o que fariam quando alguma criança adoecesse ali? Então, seguiu adiante. Conversando com pessoas em comércios e praças, Báez conseguiu alugar um automóvel com motorista para levá-lo aonde lhe disseram que podia encontrar aquela grande extensão de terras que procurava, com a intenção ainda não resolvida entre a compra comercial e a subvenção governamental da reforma agrária.

Já estava exausto, para não dizer atordoado, quando parou em Río Rico, um povoado fronteiriço a Estación Tenacitas. Entrou no único restaurante do lugar, um galpão mobiliado com cadeiras e mesas de metal que pertenciam a um chinês: Juanito Wong. O que posso trazer para você?, perguntou um homem magro com uma delicada pele acinzentada e um sotaque que combinava com seus olhos puxados. Então, o que você recomenda? Aqui o melhor é o galeirão. Frito? Sim, senhor. Pois então me traga um galeirão frito. O local, que antes estava vazio, logo começou a receber mais comensais. Um deles, um engenheiro do acampamento C1-K9, sentou-se ao lado dele. Você não está errado, amigo. O galeirão é a melhor coisa que tem para comer aqui. Eugenio Báez estendeu a mão e se apresentou. Casitas, respondeu seu companheiro de mesa.

Começaram a falar sobre o clima enquanto esperavam pela comida e logo se voltaram para questões de água e terra. Quando o galeirão chegou, Báez já havia se convencido de que era verdade o que ouvira aqui e ali: o governo federal estava investindo em obras que iriam virar um sistema de irrigação. Cárdenas não mentira para ele: a distribuição de terras não era apenas possível, mas iminente. Quando o engenheiro Casitas lhe ofereceu as instalações dos postos de saúde para passar a noite, Báez já havia tomado uma decisão. Você tem uma máquina de escrever disponível, engenheiro? A pergunta o intrigou. Um camponês ilustrado? Um nômade que também era escritor? Sim, ele disse, mas não pôde deixar de perguntar para que queria aquilo. Bem, porque quero fazer um pedido de terra por escrito. Casitas, entre surpreso e bem-humorado, respondeu que sim. Tinha uma. Venha aqui, no escritório.

Com esse pedido em mãos, no dia seguinte – 26 de novembro de 1937 –, Báez caminhou até o Controle 1. Era sexta-feira e fazia um frio espantoso. No caminho, cruzou com o restante da comitiva e, juntos, encontraram engenheiros que haviam trabalhado no Sistema de Irrigação n.º 4 e, principalmente, o engenheiro Oscar Rodríguez Betancourt, que logo o informou de que estava autorizado a fazer distribuições de terra de dez hectares por família. Vocês estão com sorte, disse. Esperava que a notícia os deixasse felizes, mas isso não aconteceu. O grupo de Báez tinha outra coisa em mente e uma visão distinta de si mesmos. É que, disseram, queremos vir como colonos amparados pela Lei de Colonização, e não aspiramos a dez hectares. O engenheiro ficou calado, sem conseguir perceber se estava ouvindo bem. Vocês querem mais hectares? Isso mesmo, engenheiro. Ele riu. Abaixou a cabeça. Esmagou alguma coisa com a ponta da bota. Então, isso vocês vão ter que discutir com o chefe do C1-K9. E quem é esse chefe?, perguntou. É o engenheiro Chávez, disse ele, como se fosse óbvio. Mas ele não está aqui no momento, acrescentou. Báez não se intimidou. Ficou claro que estava disposto a esperar o tempo que fosse necessário. Mas, para fazer isso, tinha de procurar uma forma de sobreviver. Ele imediatamente se voltou para o mesmo engenheiro para perguntar quanto pagavam pela capina dos espaços. Para desmatar o monte? Isso mesmo. Aceitaram de bom grado o pagamento de um centavo por metro quadrado de capina e, juntando esse dinheiro entre os seis da comitiva que já se haviam unido a eles, fizeram uns banquetes com três quilos de carne, que compararam a cinquenta centavos por quilo, uma cesta de tortilhas e um pilão de pimenta.

Viram o engenheiro Eduardo Chávez pela primeira vez em 8 de dezembro de 1937, às nove horas da manhã. Vocês vêm na qualidade de donos de terra, disse Chávez assim que os viu, incapaz de esconder seu desprezo ao ler a petição de terras. O máximo que posso atribuir a vocês são dez hectares, insistiu ele, continuando a procurar um documento debaixo dos outros. Para convencê-lo, os agricultores não usaram nem o sentimentalismo da pobreza nem a arrogância da lei que os protegia. Em vez disso, com base no conhecimento íntimo de seu ofício, argumentaram com pragmatismo e com base em evidências empíricas, algo que um engenheiro formado na capital do país e empregado por um governo ansioso por estabelecer um modo racional de exploração agrícola entendeu muito bem.

José Ascención Portales, outro membro da comitiva, explicou ao engenheiro Chávez, com aquele jeito lento e cuidadoso de quem tem todo o tempo pela frente, que com uma grande parelha de mulas poderia semear e cultivar vinte hectares, já que as mulas avançavam a quatro quilômetros por hora, ou seja, podiam lavrar quatro sulcos de um quilômetro por hora, então em oito horas de trabalho podiam produzir até trinta e dois sulcos de um quilômetro cada. Isso é um dia de trabalho, acrescentou. Em seis dias, fazem cento e noventa e dois sulcos de um metro de largura, faltando apenas oito sulcos para completar vinte hectares. Essa explicação, da qual também participou uma régua de cálculo, junto com a recomendação pessoal do engenheiro que os conhecia de Nuevo León, garantiu-lhes um acordo único do governo cardenista: vinte hectares de terras de propriedade provada, em vez de dez hectares, como colonos do norte de Tamaulipas.

Imagine só.

[ser de um lugar que não aparece no mapa]

É estranho nascer em um lugar que não aparece nos mapas. Ao longo dos anos, à medida que íamos de cidade em cidade rumo ao centro do país, tornava-se cada vez mais difícil responder a uma simples pergunta: De onde você é? Sou de um nome que não tem um correlato real. Sou de um lugar invisível para os outros. Sou do que não existe, exceto para mim. Para os meus. Sou de uma cartografia subterrânea.

Eu poderia falar isso.

Eu poderia não falar nada.

Mas, em vez disso, mencionava a outra cidade, a cidade aonde me levaram para nascer, mas na qual nunca morei: Matamoros, do outro lado de Brownsville, um local que também já foi chamado de Bagdad. Matamoros, que pelo menos tinha a rara fortuna de ter se tornado o título de uma música que, graças ao ritmo cativante que alguns chamam de tropical, cantarolavam muito além do norte do país. De lá?, diziam-me então, assombrados.

De lá, de fato.

Daquele lado do país.

A primeira imagem está embaçada. As cores que aparecem por trás das pálpebras fechadas são o azul e o branco. O azul do céu; o branco sobre a terra. Há uma menina em tudo isso. Um corpo pequeno que se move com dificuldade entre caules e galhos e folhas. Espinhos. Quando ela para, o tempo para. Algo está prestes a acontecer. A cabeça se afasta do caminho que acabou de percorrer apenas para confirmar que os caules, galhos e folhas se fecharam em seu caminho. Inexpugnável é uma palavra disfarçada de muro. Este é o momento da verdade. Será que vai sucumbir? Será que vai ficar para sempre entre as ervas daninhas? Crescerá a toda a velocidade para atingir imediatamente a idade adulta? Os braços que aparecem momentos depois tiram o corpo de entre os caules, os galhos e as folhas, e o erguem, aproximando-o de um peito onde finalmente se refugia. Dali, de cima, a vegetação que a obrigara a parar torna-se mansa. Gentil. Tão branca.

A linha entre sonho e memória é sempre frágil. Só muitos anos depois é que vim a saber que tudo aquilo era verdade: uma vez, quando eu era muito pequena, me perdi em um campo. E meus pais vieram em meu socorro. E, já em seus braços, o que parecia uma massa sombria de plantas muito altas adquiriu o nome pelo qual agora o conheço: campo de algodão. Rancho. Face da terra.

Por trás de todos esses nomes memoráveis, porém, o outro nome oculto ou embaçado: o povoado de Anáhuac. Para os conhecedores: O Povoado, apenas; um substantivo genérico – conjunto de moradias que compõem uma pequena vila, especialmente quando é de caráter primitivo ou provisório – convertido por força do hábito ou cumplicidade em um nome próprio. Como surge um povoado? Como as andanças pelo lugar se transformam no lugar? Quais são as medidas que um pedaço de terra toma para que todos regressem, uma e outra vez, atraídos por uma força de gravidade que é ao mesmo tempo econômica e sentimental? Porque lá íamos ano após ano, de lugares cada vez mais distantes, rodando sem parar por longas estradas retas e solitárias. Nenhum outro som no carro além da respiração. O Povoado era o outro nome para o Natal em família e os verões feitos de caminhadas intermináveis entre campos de feijão ou sorgo. "Temos uma tradição de migração; uma tradição de longas caminhadas." Ali aquelas crianças, que se preparavam para a adolescência, exerciam o direito à travessia e ao cansaço. A transumância. Ir a lugar nenhum, ou a todos os lugares. Ali, entre escoadouros, canais, diques, vasos, represas. Todo aquele vocabulário inédito. A terminologia da colonização. De vez em quando descansávamos, recostados dentro dos tubos de concreto que apareciam do nada sobre terrenos sem semeadura. As costas curvadas. As pernas para cima. Éramos, naqueles momentos, personagens de Nancy Holt dentro daqueles túneis de sombra, nosso refúgio para ver as transformações do sol. E quando estávamos diante dos canais de irrigação, nós, visitantes, tirávamos os sapatos e mergulhávamos de cabeça na água, sem desconfiar que cada braçada se fundia, faminta e feliz, nas correntes do rio Bravo. Como íamos saber, nós que nos balançávamos nas cordas grossas que pendiam dos galhos das árvores para nos jogarmos sobre os escoadouros como se fossem piscinas improvisadas, que estávamos nadando em uma retícula imaginada por um teimoso engenheiro cardenista e aberta, à força de picareta e pás, por avós e tios, vizinhos? Como íamos sequer imaginar que o curso daquelas águas em que chapinhávamos fora objeto de disputa diplomática entre o México e os Estados Unidos?

Ninguém nos contou que, logo depois de regressar com os documentos assinados e o saco de terra, outra viagem começou. O grupo de Báez deixou o Sistema de Irrigação n.º 4 em 20 de dezembro de 1937 no que puderam: carros próprios (o dele era um modelo Ford 1927) e caminhonetes com as caçambas cheias de gente. Tratava-se de chegar lá o mais rápido possível. Era preciso acertar logo aquela questão das terras. Para fazer isso, os agricultores tiveram de recorrer a tudo o que sabiam e tudo o que não sabiam. Para isso, tiveram de confiar em deuses que ainda estavam por nascer. Ninguém nos disse que, conhecedores do terreno, não saíram de Monterrey sem o salvo-conduto que o general Juan Andreu Almazán, chefe da Guarnição Militar, lhes concedeu, observando que eles eram um grupo de agricultores em trânsito para colonizar Tamaulipas, e não um bando de meliantes qualquer. Transitar é um verbo que requer outros. Pode-se caminhar em qualquer lugar, sozinho ou acompanhado, pela casa ou pelos campos. Mas para transitar é estritamente necessária aquela via pública onde recaem os olhares dos outros. Suas presenças. Sua aprovação ou desaprovação. Esses agricultores, que iam de um ponto a outro da estrada, inauguravam a pé a área pública da zona norte de

Tamaulipas. Essa região e a rota em particular agora são conhecidas como La Riberéña.

A chuva do norte pode parecer suave, mas é teimosa, especialmente naqueles meses monótonos de inverno. Em sua passagem, os caminhos antes firmes amolecem, transformando-se em pântanos de lama. Ninguém nos contou que, quando a estrada ficou intransitável perto da guarnição de Reynosa, Báez conseguiu marcar uma entrevista com o cônsul gringo para tentar obter uma autorização de trânsito na estrada militar para Río Rico, em território estadunidense, mas, como tinham ferramentas (machados, facões e enxadas, entre outras coisas) que poderiam ser facilmente transformados em armas, a permissão foi negada. E assim eles voltaram para a estrada. Tiveram de ajudar a desatolar um caminhão militar para seguir em frente. Tiveram de comprar um cabo de duas polegadas de diâmetro – como o que usam para o petróleo – para tirar sua própria caminhonete da lama. E, mais tarde, exaustos pelo esforço, mas estranhamente vivos, desajeitadamente acordados, tiveram de acampar e fazer fogueiras para preparar comida e obter algum calor e proteção na calada da noite. Ninguém nos contou sobre o silêncio exaltado daquela noite. A esperança e o medo de perder toda a esperança. A ilusão. O que o destino nos trará? No dia seguinte, tiveram de tirar os sapatos e arregaçar as calças muito cedo para tirar carros e caminhões do atoleiro novamente. E, quando já estavam perto do K-61, E-124, encontraram pessoas que se diziam donas do lugar que lhes haviam prometido; então tiveram de lhes dizer, honestamente, com a voz mais serena que puderam encontrar, que podiam ir para o Controle 1 e demonstrar lá com escrituras que eram os proprietários. Respeitaremos sua propriedade, concluíam.

Ninguém nos contou que, enquanto isso, naqueles tempos de deslizamentos de terra e atolamentos, os agricultores caçavam animais silvestres para comer alguma coisa pelo caminho. Coelhos, principalmente, mas também ratos-do-mato. Algum javali, com sorte. Um tatu. No dia 24 de dezembro, abriram uma exceção e, em vez de recorrer à caça, compraram uma cabeça de boi para assar. Pagaram dois pesos e cinquenta por isso. Com a ferramenta que carregavam, abriram o buraco no campo aberto e, uma vez quente, colocaram a cabeça ali e atearam fogo. Assim, agachados ao redor do fogo, esfregando as mãos, passaram mais uma noite em silêncio. O som da lenha. Ninguém nos contou que no dia seguinte, 25 de dezembro de 1937, começou a distribuição. Os engenheiros deram-lhes os pontos para abrir o espaço 124 e, grupo a grupo, de forma ordenada, pacificamente, foram recebendo seus vinte hectares de terra por meio de um sistema de sorteio. José María Rivera Doñes e Petra Peña se instalaram no espaço 127, quilômetro 67-800. Duzentos metros de frente e um quilômetro de profundidade.

A coisa estava apenas começando. Antes de voltar para pegar suas famílias em Nuevo León, tinham de construir as cabanas cercadas de lenha com telhados de palha. A tarefa levou cerca de quinze dias. E ninguém nos contou que foi então, no início de janeiro de 1938, que durante pelo menos duas semanas consecutivas os caminhos fronteiriços presenciaram aquela taciturna caravana de carroças em que chegaram as mulheres e os filhos, as gaiolas com galinhas, as ferramentas, os móveis, se havia, as roupas, sem faltar o rebanho de vacas no fim da fila. Petra vinha alerta e preocupada ao lado de Chema, que segurava as rédeas. As crianças choravam de frio e cansaço no estreito espaço da carroça.

Tanto pulo. Tanto tédio. Tanta garoa. Francisca e Chepo, os maiorzinhos, olhavam para o pescoço dos pais enquanto abraçavam os joelhos, tentando fazer as pazes com o frio. Era difícil manter Antonio, o menino de 2 anos, parado. Para piorar, Aristeo, o caçula, ficara doente no caminho e, sem outra possibilidade de alimentação, prepararam um caldo quente com rato-do-mato em uma panela de ferro que puseram direto no fogo. Bendito seja Deus. A cada povoadinho que passavam, as pessoas saíam assombradas de ver aquele movimento contínuo. Eram imigrantes; eram deslocados; eram exilados; eram refugiados; eram perseguidos pela fatalidade. Se os tivéssemos visto de um teco-teco, a linha que formavam sobre a terra nos pareceria um pesado animal crepuscular, uma formação geológica com um movimento próprio quase imperceptível. Um milagre. De Anáhuac a Gloria, Las Tortillas, Antiguo Guerrero, Ciudad Mier, Camargo, Reynosa e El Control: em cada povoado havia gente surpresa e curiosa que vinha ver, verificar, bisbilhotar, fotografar, torcer. Ninguém nos contou que a colonização coincidiu com o reassentamento organizado pelo engenheiro Chávez na área. Ninguém nos contou que o tombamento do monte começou então e que, à medida que os ébanos e as algarobas desapareciam, à medida que os mosquitos formavam nuvens de asas e zumbidos ameaçadores, as bocas foram se enchendo de algodão. Porque era para isto que eles iam para lá, isso eles sabiam bem: para abrir caminho para o algodão.

[as verdadeiras histórias nunca são contadas]

"No que ali se faz, parece-me que há matéria para um grande romance mexicano", escreveu Marte R. Gómez, governador de Tamaulipas, ao engenheiro Eduardo Chávez Ramírez em 22 de março de 1938. "Pensei nisso", ele continuou, "e se chamaria Diques, como se chamou *El cemento* o romance popular de Fedor Gladkov, no qual os primeiros esforços de organização industrial feitos pela Rússia soviética são explicados."

A referência feita por Marte R. Gómez a um dos romances paradigmáticos do realismo socialista, rapidamente traduzido para o espanhol e amplamente discutido nos meios intelectuais latino-americanos, não foi gratuita nem menor nesse comunicado oficial. Embora o governador entendesse o termo soviete mais como uma atenção ao futuro do que uma evidência do presente, ali estava claro que, para esse operador cardenista, as ações agrárias na faixa de fronteira de Tamaulipas partiam do e demonstravam, por sua vez, o alcance do Estado. Mas, ao mencionar o romance de Gladkov, o governador Gómez tinha em mente, sobretudo, aquela "heroica limpeza de terras feita por gente faminta que só interrompia o trabalho para se regalar com o banquete imprevisto que os esperava à descoberta de qualquer animal selvagem, seja veado, tatu, cobra ou rato". Muitos dos migrantes que chegaram à região em busca de terras fizeram esse tipo de coisa. Mas, entre todos eles, as oitocentas famílias que chegaram de Anáhuac, Nuevo León, se destacaram desde o início por sua iniciativa e teimosia. Às vezes, por sua impertinência. Esses agricultores, que Marte R. Gómez não hesitava em qualificar de heroicos, poucas vezes se sentaram para contar sua história.

Como se realizam na própria pele as grandes transformações sociais? O que leva alguns a deixar tudo para trás em busca de projetos que apenas mostram sua face voltada para o futuro? Como vai se entrelaçando, nas células do amanhecer, a raiva que levará à greve ou ao êxodo e, mais cedo ou mais tarde, à fuga? As verdadeiras histórias nunca são contadas. As histórias de verdade vivem antes da articulação e além da ferida. Por causa de, e não apesar de. Persistem e sobrevivem precisamente porque quase nunca são ditas em voz alta – apenas um suspiro, a proverbial pisada na bola, a indiscrição de bêbados ou crianças. Ou porque são ditas aos poucos, em fragmentos, estilhaços pontiagudos que viajam ao longo do tempo. Estou certa de que os homens e mulheres que responderam às questões que lhes foram apresentadas pelo jornalista e escritor James Agee, enquanto se deixavam fotografar por Walker Evans, não tinham a menor ideia de que em breve sua vida íntima, a medula de seus dias como pobres colhedores de algodão no mais profundo sul dos Estados Unidos, seria exposta aos olhares de outras pessoas em um livro agora famoso: *Let Us Now Praise Famous Men: Three Tenant Families*. Escrito como resultado das visitas de Agee e Evans a Moundville, Alabama, em 1936, e publicado em 1941, muito próximo temporalmente do esquema do algodão do norte do México pós-revolucionário, do qual agora me ocupo, o livro não deixou de, posteriormente, causar ressentimento entre os membros das famílias entrevistadas. A publicação, cinquenta anos depois, de *And Their Children After Them*, a continuação da história que valeu um Prêmio Pulitzer a Dale Maharidge e Michael Williamson, apenas reavivou sentimentos de amargor e exploração. O problema, como Christina Davidson veio a identificar ao entrevistar alguns desses descendentes, era que nem Agee nem Evans haviam deixado claro para eles que suas palavras fariam parte de um livro: "Apesar da insistência de Dottie de que ela não está envergonhada com o conteúdo do livro, suas respostas revelam seu aborrecimento com as descrições detalhadas de Agee sobre as condições de vida extremas que ela testemunhou. Mesmo que não fosse condescendente, Agee abriu a casa dos Burroughs aos olhares indiscretos de milhares de intrusos, pessoas com tendência a julgar. E ele nunca pediu permissão antes de convidar tantas pessoas do mundo todo para testemunhar aquela luta".

Da mesma forma, minha família nunca se sentou à mesa, como se estivesse diante de um microfone, com a intenção explícita de contar sua história com o algodão. Na verdade, poucos deles acreditaram que sua história fosse relevante o suficiente para justificar a existência de uma conversa, muito menos de um livro. Pouco ou nada do que compartilhamos sobre o algodão foi lembrado ou pensado como material explícito para os olhos do futuro – nem como um legado fundacional, nem como uma fonte de orgulho bem estruturada, nem como uma série de lições sentimentais para o futuro. De vez em quando, muitas vezes por engano, meu pai dizia no jantar algo a que minha mãe reagia, ainda que brevemente. Uma piscadela secreta. O assomo de um sorriso de cumplicidade. As pálpebras, quando se fecham às vezes. De tanto em tanto, no fim de uma festa, entre as confissões confusas causadas pelo álcool, um tio falava alguma coisa e outra tia respondia, tudo em código. Nenhum outro comentário. Como se estivessem nos protegendo daquele conhecimento ou daquela memória; ou, agora que penso nisso, como se estivessem protegendo aquele conhecimento e aquela memória de todos nós. No fim, iríamos para longe, longe de casa, longe das terras agrícolas, e nos converteríamos pouco a pouco, de maneiras talvez despercebidas, no próprio inimigo.

Estávamos em guerra. E, na guerra, ninguém nunca revela seus segredos ao inimigo. O nome dessa guerra era modernização. Nossos pais nos observavam comer ou fazer tarefas, ler, rir alto, e sabiam disso. Eles nos acariciavam e sabiam disso. Aqueles filhos que cresceriam para ser *algo mais*, para fugir do algodão, acabariam por traí-los. Tinham certeza, sem dúvida, de que trabalhariam incansavelmente, com amor, por aquelas crianças e, quando chegasse a hora, aquelas mesmas crianças, aquelas crianças apenas aparentemente inocentes, os negariam com a força da indiferença ou com a pressa de chegar ao futuro. Talvez já soubessem que essas crianças também poderiam entregá-los em nome do afeto. Existe um meio-termo, e justo, entre esses dois? Existe uma forma de honrar essas vidas vividas no presente contínuo que a necessidade muitas vezes obriga sem transformá-las em mexerico, matéria de estudo, história compartilhada sem permissão? É possível forjar formas de falar delas, daquelas vidas, sem trair os segredos guardados conscientemente ou, bem, graças ao esquecimento ou à distração?

Melhor que abaixem a voz.

Guardem um pouco de silêncio.

Prossigam com muito cuidado.

Às vezes, um livro é uma forma de regresso: uma refamiliarização e um reparo. A conversa que é retomada depois de anos de sigilo. Algo está prestes a romper o horizonte. O céu.

V
SOMOS APARIÇÕES, NÃO FANTASMAS

[parcialmente falsa]

Seu rosto apareceu em 4 de setembro, dia de seu aniversário. Uma sexta-feira. Havia chegado ao arquivo um dia antes, quase na hora de fechar, para pegar ali mesmo sua carteira de identidade sem perder tempo em trâmites burocráticos no dia seguinte. Oito horas. O único dia disponível em Washington, D.C. Isso era tudo o que tinha.

Somos aparições; não somos fantasmas. Alguém uma vez disse isso. Mas a fotografia de uma fotografia antiga que aparece em uma tela é realmente uma aparição?

A imagem, que vem correndo no tempo desde 17 de abril de 1929, é difusa. Sentada, com uma menina no colo, a mulher olha direto para a câmera. Intensamente. A boca é uma pura linha horizontal. A imagem digital apenas ampliou as sombras e o granulado da fotografia original e, por isso, as pálpebras inferiores aparecem cercadas por grandes manchas escuras, e a blusa, que é preta, dá a impressão de ser um céu marcado por raios. Nessa versão digital de uma imagem muito antiga, o olho esquerdo da menina é um hematoma. Atrás de tudo, sobre uma parede que talvez na época fosse apenas uma parede lisa, ficou o traço informe, talvez à espreita, de outra presença.

O tempo é cruel. O tempo passa tão rápido.

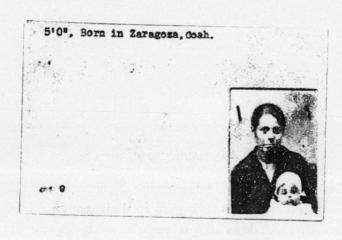

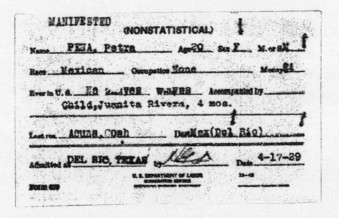

A lápide que cobre aquela que foi a terceira tumba do cemitério de Santa Rosalía, nos arredores da cidade, diz: PETRA PEÑA MARTÍNEZ, Zaragoza, Coahuila, 29 de junho de 1907 – 8 de setembro de 1941, Anáhuac, Tamaulipas. Essa informação, esculpida em pedra, é falsa. Ou parcialmente falsa. E o que os mortos fazem quando seus sinais de identidade são deturpados dessa forma?

[um experimento social]

Parece ser inamovível, mas, pelo menos no que diz respeito ao norte de Tamaulipas no fim da década de 1930, não houve nada que mudasse tão rapidamente quanto a própria terra. Embora o governo tenha distribuído parcelas desde o início do sexênio, em 1934, somente dois anos depois, quando Eduardo Chávez já havia se instalado no acampamento C1-K9, é que começou a reorganização metódica da região. A água fizera a diferença. A possibilidade de implantar um sistema de irrigação ocasionou uma "melhor, ordenada e correta" redistribuição da terra, a estrita separação entre zonas de pastagem e zonas de agricultura e, acima de tudo, o esquema de uma "operação coletiva e industrializada" de toda a zona. Em 3 de fevereiro de 1936, foi autorizado "o estabelecimento de uma granja para experimentar formas de organização agrícola e regularizar os trabalhos que já vínhamos desenvolvendo havia muito tempo com essa finalidade", e poucos meses depois, em novembro de 1936, Chávez apresentou seu projeto. O general Múgica e o governador Gómez receberam seu primeiro relatório de trabalho em 2 de março de 1937.

Chávez se propôs a realizar um amplo reordenamento dos sessenta mil hectares de terras cultiváveis, das quais a maioria já estava em mãos de exidatários (56,8%), mas em que grandes propriedades ainda existiam (21%); o restante era composto por 10,5% de pequenas propriedades (menos de cinquenta hectares) e 11,7% de médias propriedades (entre cinquenta e cem hectares). Chávez havia recebido autorização para "ditar as medidas legislativas ou governamentais" que considerasse indispensáveis, inclusive a mudança de fronteiras. Também coube a ele organizar "a operação coletiva e a industrialização agrícola" de toda a área. Como já havia sido feito em outros sistemas de irrigação e em outros projetos cardenistas, o financiamento do Baixo Rio Bravo corresponderia ao Banco de Crédito Agrícola, que concedia crédito aos beneficiários de acordo com a "mais-valia determinada tanto pelas obras de proteção e irrigação quanto por todas as tarefas de arranjo e organização". A ideia era criar terras exidais em lotes de seiscentos hectares para vinte famílias com cinquenta homens trabalhando em cada uma. E implantar um sistema semelhante nas pequenas colônias agrícolas de propriedade privada.

Nada foi deixado ao acaso ou à boa vontade. Chávez estava interessado em medir com precisão os níveis de produção de trabalho dos repatriados, que traziam consigo experiência em granjas agrícolas e industriais nos Estados Unidos, e dos solicitantes de terras, que compensavam sua falta de familiaridade com máquinas agrícolas com a "dedicação e aptidão para o trabalho… e uma tenacidade digna de elogios". Na relação estabelecida entre esses dois grupos, estava ocorrendo um processo de aprendizado que, gabava-se Chávez, não custava nada à nação. Além da cultura do algodão, que viria a ser o principal produto, também foi contemplada a colheita de forragens e oleaginosas como culturas de diversificação para que os agricultores tivessem o que comer e, sobretudo, "poderem recorrer a rotações que proporcionem descanso e saneamento para as terras". Embora organizados em grupos diferentes (A e C), todos os trabalhadores fizeram um "trabalho solidário", que "deu resultados completamente satisfatórios, e os trabalhadores demonstram vontade e entusiasmo por essa forma de operação. São disciplinados, e o grupo pequeno, que é como um meio-termo entre o trabalho individual e o coletivo, permite-lhes manter o interesse e a intervigilância, além de reforçar o cumprimento que por vezes se perde nos grupos numerosos".

Chávez teve de aceitar que a primeira etapa da experiência não teve o sucesso esperado, já que a época de plantio havia começado muito tarde em fevereiro, mas não deixou de destacar que, mesmo nessas circunstâncias, a tentativa da organização agrícola cardenista foi autossustentável. Com base apenas nos salários recebidos, os números também indicavam que o padrão de vida dos agricultores era "cinco vezes melhor do que o estabelecido na região".

Os conflitos entre os locais e a federação não se fizeram esperar. O rearranjo integral produziu tensões entre velhos e novos exidatários, bem como entre exidatários e colonos que haviam chegado recentemente à área. E a tentativa de estabelecer, por meio de um acordo presidencial, o controle exclusivo da Cidade do México sobre as ações dos engenheiros e agricultores locais também encontrou uma resistência feroz e combativa. Era evidente que os agricultores aceitavam a intervenção do governo cardenista desde que não interferisse em sua autonomia, sobretudo no que dizia respeito à forma de trabalhar. A linha que separava a gratidão e a devoção da defesa da propriedade e do modo de vida era de fato frágil e porosa, mas, embora sofresse mutações como a própria terra, havia pontos em que a negociação era impossível.

Quando chegaram aquelas "oitocentas famílias com cerca de quatro ou cinco mil indivíduos" do Sistema de Irrigação n.º 4, Eduardo Chávez teve de tomar decisões rápidas sem consultar seus superiores. Só em 31 de dezembro de 1937, por exemplo, é que o governador Gómez soube o que havia acontecido desde que os agricultores de Anáhuac assinaram suas atas em 10 de dezembro e tomaram posse de suas terras em 25 do mesmo mês. "Se você estivesse aqui", Chávez escrevia ao secretário e, depois, por cópia, ao governador, "e os visse chegar expostos aos fortes ventos, chuva e frio, que você conhece nestas terras, com suas mulheres e crianças molhadas e entorpecidas, com os olhos do seu instinto camponês postos nas terras, agora improdutivas, mas que são a solução para o seu futuro, me mandaria continuar a recebê-los."

[mestiças de algodão]

Gloria Anzaldúa descobriu seu *nahual* – seu animal tutelar – em um campo de algodão do outro lado do rio Bravo, no lado texano desta história. O encontro com a cascavel ocorreu durante uma colheita nos campos da fazenda Jesús María. O som do animal a pegou de surpresa e, ao invés de fugir ou se proteger, ela congelou. O medo. A vontade. Os dentes da cobra ficaram presos na bota de trabalho. Então a mãe apareceu e, levantando sua enxada, destroçou-a de um golpe. Mas isso não foi o suficiente. Tocada pelo medo, Gloria tinha de lutar contra o medo. Por isso ela pegou seu canivete e marcou com um "x" cada um dos lugares do corpo que tinha de curar: atrás do pescoço, debaixo dos braços, entre as pernas. Assim que a mãe sumiu de vista entre os sulcos, ela procurou o sangue da víbora no chão. Ajoelhou-se perto do sangue. Pousou os lábios sobre o líquido vermelho e o sugou, apenas para cuspi-lo no algodão. Ali mesmo ela enterrou os anéis da cascavel, doze no total. "De manhã", conta em *Borderlands/La Frontera: The New Mestiza*, "eu via pelos olhos da serpente, sentia seu sangue correr por meu corpo. A cobra, meu tom, minha contraparte animal. Eu já era imune ao veneno dela. Imune para sempre." Para viver na fronteira do algodão, para sobreviver dia a dia em um mundo de homens armados de facões e tratores com a ideia fixa de mudar o horizonte da terra, uma mulher precisava de uma cobra do seu lado.

Petra tinha a dela. Assim que chegaram ao terreno que lhes coube no espaço 147, tiveram de continuar com o desmatamento. Embora a cabaninha inacabada já estivesse lá na parte da frente do terreno, ainda era preciso arrancar algaroba, ébano, espinheiras e acácias-amarelas do resto do terreno. Antes de o Banco Ejidal entrar para lavrar a terra, tinham de capinar tudo. O próprio governo lhes fornecera machados, facões e enxadas; então, com eles em mãos, se levantavam cedo e começavam o trabalho. Como era diferente trabalhar na própria terra! Quão leve é a carga! Com que rapidez as horas do dia passavam! Às vezes, Petra ficava em casa cuidando das crianças e cortando lenha para preparar comida ou ferver roupas. Outras vezes, punha um almoço de batatas com ovos ou feijão frito em pratos de estanho e os levava para Chema no matagal. Não era raro que deixasse os pequenos a cargo de Francisca, a mais velha, para ir para a serra com seu próprio machado. Foi em uma dessas ocasiões que encontrou a víbora. Chema já a avisara para não ir, que isso era trabalho de homem. Aqui nunca se sabe o que se vai encontrar, disse-lhe várias vezes, enxugando o suor da testa, com o queixo no cabo da enxada. Bom, com você podia acontecer a mesma coisa, não?, ela respondia, sem mudar o tom de voz. E, assim mesmo, pegava o machado ou o facão, qualquer ferramenta que Chema tivesse deixado na cabana, e ia para o mato. Já tinha visto tatus e veados, patos, pombos, rolas, javalis. Mas nunca havia encontrado nada parecido com a cascavel que lhe surgiu no caminho em uma manhã no final de janeiro. Se tivesse tido coragem de lhe contar naquela noite, teria dito a ele que nunca esqueceria aquela cabeça em forma de diamante e a língua bífida. Teria contado a ele, acima de tudo, o cicio ameaçador de seu corpo, que fizera sua pele se arrepiar; ou o barulho desencadeado dos chocalhos ao desenhar espirais no chão. Você está muito perto, ela disse a si mesma. E se deteve. Ainda assim, cheia de medo, não conseguia parar de olhar para ela. A serpente tinha algumas listras brancas no rosto e, pelas fendas verticais, adivinhava-se um par de pupilas amarelas onde caberia o mundo inteiro. Petra pegou o machado automaticamente, segurando-o desajeitadamente na frente do peito. Altiva e desafiadora, a cobra também a ouvia. O que ela ganharia cravando os dentes nessa mulher pequena com longos cabelos negros, que a observava com quantidades iguais de terror e curiosidade? O reconhecimento durou apenas alguns segundos, mas para Petra pareceu uma eternidade. Ali, naquela eternidade, ela viu sua vida. A garota que corria entre a poeirada de Los Cuarenta. A jovem que aprendeu a ler e escrever em um acampamento de mineração. A menina que, um belo dia, em um piscar de olhos se viu com marido e filhos. Os canais de Zaragoza. Juanita. As ramagens onde ficavam os pássaros da manhã. Os dias do algodão em Estación Camarón. Os dias da greve. Chepo. Francisca. Antonio. Aristeo. Tudo, de alguma forma estranha e presente, fazia sentido. Tudo lhe chegava completo agora mesmo naquele pedaço de terra que já podia chamar de seu. Cheguei até aqui, disse a si mesma, pensando que o réptil iria atacá-la. E fechou os olhos. Ao abri-los, viu apenas o rastro que a cobra havia deixado no chão. É por isso que ela sabia que não tinha sido um sonho. Petra se agachou e, como se animada por uma força serena e desconhecida, pôs o dedo indicador na pegada do animal. Já estava avisada. Agradeceu a algo no céu e respirou fundo. Quantos anos mais lhe restariam sobre a terra? A pergunta a fez estremecer. Então, sem pensar muito, descarregou todo o seu medo, toda a sua raiva, toda aquela sensação frenética de estar prestes a morrer nos caules frágeis dos arbustos que bloqueavam seu caminho. Chema a avistou de longe: silenciosa, com uma expressão séria, Petra parecia perdida em pensamentos enquanto o machado continuava caindo. Uma vez atrás da outra. Sua força era tão grande, sua determinação, que terminaram a tarefa mais ou menos ao mesmo tempo que os ranchos vizinhos. Quando o Banco Ejidal começou a mandar os tratores para arar a terra, a deles estava pronta.

Anzaldúa foi embora eventualmente. Deixou amigos e família, paisagens e costumes. Andarilha, trocou o sul do Texas pela costa oeste. San Francisco. E como não entendê-la? Em 1942, quando nasceu em Raymondville, um vilarejo fronteiriço, Anzaldúa foi testemunha do fim das colheitas de sequeiro. Do outro lado do dique, a industrialização da agricultura também infligia mudanças na propriedade e nas formas de trabalho. "Eu vi como capinavam a terra", diz ela. "Vi como dividiam a terra em milhares de quadrados e retângulos para irrigação." O pai de Gloria se viu forçado a se tornar meeiro para sobreviver, e membros de toda a família se tornaram trabalhadores ocasionais nos campos ou nas granjas de laticínios ou de frangos da mesma companhia. Assim como os agricultores do lado mexicano, a família Anzaldúa recebeu crédito para plantar e viver, embora não do Estado, mas de uma empresa privada: a Rio Farms Incorporated. No fim da temporada, presas do impiedoso ciclo do crédito, tinham de pagar, muitas vezes, muito mais do que haviam obtido. Essas condições precárias, acompanhadas de uma tirania cultural que atribuía lugares muito reduzidos às mulheres, acabaram por dissuadi-la. Depois de estudar em instituições no sul do Texas e, sendo como era, rebelde, teimosa, *queer*, Gloria deixou aquele mundo que a condenava à obediência ou à aprovação. É difícil saber como as mulheres que ficaram nos campos de algodão lutaram contra tudo isso, ou como se ajustaram. Afinal, como poucas lavouras, a colheita de algodão se aproveitou das mãos calejadas de crianças e mulheres, famílias inteiras trabalhando de sol a sol para encher os sacos na hora certa. Suas vozes, entre todas naqueles campos de ouro branco, são as mais inaudíveis. As que sussurram mais baixo. Suspeito, no entanto, que muitas das primeiras colonizadoras da fronteira compartilharam com Anzaldúa não apenas uma paisagem e uma faina. Sem a força de seu andar, sem uma determinação partilhada, sem esse olhar de investigar sempre um pouco mais as montanhas, não teriam sobrevivido nas agrestes paisagens da fronteira. São, à sua maneira, *new mestizas*. Suas primeiras tarefas eram então como são agora: limpar, descascar, remover a palha. No campo como na vida. *Old mestizas*. Mestiças de algodão.

[4 de setembro]

Comecei a buscar informações sobre Petra Peña, a terceira de minhas avós paternas, tarde demais. Ela morreu aos 32 anos, em 1941; sua ausência deixou órfãos cinco filhos muito jovens, há quase oitenta anos. A causa de sua morte, o local e a data de seu nascimento, o processo de seu casamento, tudo isso se tornou parte da especulação ou do erro. A memória, como se sabe, funciona como a ficção. A memória é a ficção por excelência. Dizia-se que ela era filha de mineiros. Dizia-se que havia perdido a mãe quando era muito jovem. Dizia-se que era uma mulher de caráter circunspecto e forte. O qualificativo de corajosa era atribuído a ela. Dizia-se que, em uma longa saga de analfabetos, ela era a única que sabia ler e escrever, e ninguém explicava como nem por quê. Que ela até mantinha um diário, dizia-se. Um caderninho preto no qual anotava os acontecimentos do dia, as atividades das crianças, as descrições do clima. Será que foi ela que escolheu os nomes dos filhos: Juanita, José, Francisca, Antonio, Aristeo, María Olivia? Dizia-se que morrera de coragem. Dizia-se que, como todos os Peña – e devemos nos lembrar de que *peña*, penhasco, é o nome de uma pedra muito grande e não esculpida –, Petra tinha um caráter volátil, duro, arisco.

Talvez seja por isso que comecei a procurá-la. Não é incomum acreditar que o caráter, o temperamento básico de uma pessoa, seja uma qualidade herdada ou congênita. *Petra* também significa pedra, em latim; firme como pedra é um dos significados desse nome. Durante os acessos de raiva, nas muitas ocasiões em que a determinação ultrapassou o limiar da teimosia, quando a impotência se transformou em choro ou soco ou joelhada no chão, eu imaginava que um pouco de Petra estava em mim. Não é uma imagem agradável, certamente; mas é poderosa. Não é suave, mas ardente. Duas rochas imóveis em um só nome, dentro de um só corpo: Petra Peña. Seu rosto naquela imagem digital me dizia outra coisa.

MANIFEST	Port of	DEL RIO, TEXAS	Date Apr. 17, 1929	Serial No.

Family name	Given name	Accompanied by
PENA,	Petra	child

Juanita Rivera, 4 mos.

Age	Sex	M. S.	Occupation	Place of birth
20 Yrs. Mos.	F	W. D.	None	Zaragoza, Coah

Nationality	Race	Read Write	Language or exception	Money shown
Mexico	Mexican	w RS	Span.1330	$4

Last permanent residence

Country Mexico	Town Acuna,	Destination Town Del Rio	State Texas

Passage paid by	Ever in U. S. No	From	To	Where

Going to join	no one	Name	Complete address

Relative or friend

Purpose in coming and	to shop	Head tax status	Height	Complexion	Hair	Eyes
Time remaining in U. S.	locally	NS	5. 0.	Drk	Brn	Brn

Name and address of nearest relative or friend in country whence alien came	Name Husband: Jose Maria Rivera	Address Acuna, Coah

	C. I. V. No.	Place of issue	Section and subdivision of Act of 1924, under which issued

Seaport of landing	Date of landing April 17, 1929	Name of S. S. Int.Bridge

Inspected by	Previously examined at	Date	Previous disposition	Present disposition, P. I. Ad.3-h-1

U. S. DEPARTMENT OF LABOR, Immigration Service.   Form 548.   14—2100

Form 524 No.	524 Visive		MEDICAL CERTIFICATE
524 Transit	S. S. Line	30-day	Afflicted with
Visaed No.	Steamship		Part of body afflicted None
Issued at	Date		
Class			H B Ross U. C. Surgeon. U. S. Public Health Service.

DISPOSITION BEFORE B. S. I.		REMARKS: SWORN
Deferred for	Date	
Rejected as	Date	
Date appealed	Decision and date	
Fin No.	Date admitted	Petra Pena
		Dunlap Immigrant Inspector.

14—2100

230

Apenas em 1906 o governo dos Estados Unidos começou a manter registros das travessias ocorridas em sua fronteira com o México. As informações sobre os imigrantes que chegavam por via marítima geralmente constavam das declarações dos navios: longas listas incluindo o nome do passageiro, porto de entrada, local de nascimento, idade, estado civil, bem como características físicas e intelectuais da pessoa. Por considerá-las impraticáveis e ineficazes na fronteira entre México e Estados Unidos, a burocracia da imigração optou por criar declarações individuais em pequenos cartões de papelão. Embora todas as declarações contivessem informações básicas de identificação, vários formatos logo foram gerados. A declaração mais comum era o Form 548, 548-B ou o I448. Lá ficavam registrados os nomes dos imigrantes, estado civil, ocupação, idade, sexo, se sabia ler e escrever, em que idioma, local de última residência, destino, propósito de entrada nos Estados Unidos, intenção de se tornar cidadão dos Estados Unidos da América ou de regressar a seu país de origem, cidadania atual e anterior. Ali também constavam nomes e endereços de amigos ou parentes com quem iria morar, nomes das pessoas que acompanhavam o imigrante, nome e endereço de seu parente mais próximo no país de origem. Da mesma forma, havia registro de visitas anteriores aos Estados Unidos, bem como de locais e datas dessas residências. Em raras ocasiões, e de forma muito caprichosa, essas declarações incluíam uma fotografia do viajante ou do imigrante no verso e, em ocasiões ainda mais raras, essa foto mostrava o imigrante e sua família.

A declaração com as informações sobre Petra Peña diz que ela estava cruzando a fronteira pela primeira vez. Não conta como percorreu os cem quilômetros de estradas poeirentas e secas que separavam Zaragoza de Acuña. Passou por eles sozinha? Estava em uma carroça ou em um carro? O que diz, com certeza, é que agora se dirigia de Acuña, Coahuila, para Del Río, Texas, com Juanita Rivera, sua filhinha de quatro meses nos braços. Ia fazer compras. Levava vinte e quatro pesos. Ou foi o que disse ao oficial que preenchia à máquina o documento de imigração. Ou foi isso que ele ouviu.

```
Age: 20. Sex: F. M. or S: M. Race: Mexican. Occupation:
None. Money: 24. Ever to the US: No. Read: Yes. Write:
Yes. Accompanied by: Child, Juanita Rivera, 4 mos.
Last res: Acuña, Coahuila. Dest: Del Río. Admitted at:
Del Río, Texas. Date: 4-17-29.⁴
```

No verso, presa com um clipe: uma fotografia do rosto. E os dados: *5'0" Born: Zaragoza, Coahuila*. Eles provavelmente pediram que ela se sentasse em uma cadeira de madeira perto da parede branca. Talvez tenham lhe dado um tempinho para alisar o cabelo e arrumar o gorro de lá da filha. Teve *flash*? Na hora do *flash*, ela não piscou.

```
Form 629, Nonstatistical, includes the person's name,
age, sex, marital status, race, occupation, ability
to read and write, last place of residence, desti-
nation, and port and date of admission. It also in-
dicates the names of persons and amount of money
```

---

[4] Idade: 20. Sexo: Feminino. Casada ou solteira: Casada. Nacionalidade: Mexicana. Profissão: Nenhuma. Dinheiro: 24. Já esteve nos EUA: Não. Lê: Sim. Escreve: Sim. Acompanhada por: Filha, Juanita Rivera, 4 meses. Última residência: Acuña, Coahuila. Destino: Del Río. Admitida em: Del Río, Texas. Data: 17/04/29.

he or she was carrying. This card may contain all
available entry information.[5]

Por que tiraram uma foto dela e da filha, e não dos outros
que atravessavam a fronteira? Não sei. Era estranho uma
mulher atravessar a fronteira sozinha com uma criança nos
braços? Certamente. Suspeitaram dela? Não tenho resposta
para isso. A verdade é que, quando pedi as chaves para bisbilhotar os registros da passagem de fronteira no Arquivo
Nacional de Washington, D.C., não fazia ideia de que naquele dia, 4 de setembro de 2016, finalmente a conheceria.

Eu tinha procurado, e haviam me ajudado a pesquisar,
informações sobre Petra Peña em diferentes sites genea-
lógicos. Quando cheguei a D.C., já sabia que a terceira
de minhas avós paternas não tinha nascido em Zaragoza,
Coahuila, como se acreditava e, de fato, havia sido anotado
pelo oficial de imigração em Del Río, Texas, mas em Los
Cuarenta, um povoado ou fazenda no norte de Jalisco. Eu
já sabia que ela havia nascido em 1909, e não dois anos
antes como tinham mandado gravar em sua lápide. Mas foi
apenas ao deixar a sala dos Arquivos Nacionais, depois de
ver seu rosto, que me lembrei da data em sua certidão de
nascimento: 4 de setembro de 1909. Estava ventando em
D.C. no dia. Sentei-me nos pátios do Arquivo para comer
o sanduíche que tinha preparado para a ocasião. O vento

---

[5] Formulário 629, Não Estatístico, inclui o nome da pessoa, idade,
sexo, estado civil, nacionalidade, profissão, habilidade de ler e escrever,
último local de residência, destino e porto e data de admissão. Também
indica os nomes das pessoas e a quantia de dinheiro que ele ou ela estava
carregando. Este cartão pode conter todas as informações de entrada
disponíveis.

teimava em levar embora o guardanapo que se depositara sobre a superfície de ferro da mesa. Duas ou três pessoas comiam suas saladas ou sopas distraidamente, sem parar de olhar as telas de seus celulares. As copas das árvores: uma oscilação ou um tremor. Outros ainda faziam o que eu fiz: saíam correndo de seus assentos perseguindo um pedaço de papel branco apenas para voltar, minutos depois, de mãos vazias. O vento, que soprava forte sobre nossa cabeça, não era, porém, frio. Um sol muito alto iluminava a solidão dos comensais. Tenho certeza de que engoli em seco quando percebi que naquele mesmo dia, cento e seis anos antes, Petra Peña vira sua primeira luz nas terras de Guadalajara. Essa era de fato sua festa de aniversário.

As rajadas do vento. Olhos de papel voando.

[*ad valorem*]

Uma enchente do rio Bravo banhou pela primeira vez as terras da colônia agrícola em setembro de 1938. Logo em seguida iniciou-se o plantio regular de milho e algodão. Nessa época, Chema e Petra, como quase todos os donos de ranchos vizinhos, começaram a construir a casa de madeira e o armazém. O dinheiro que sobrara depois de quitar o empréstimo bancário não era muito, mas era mais do que jamais haviam visto na vida. Temerosa pelos gastos aos quais os outros sucumbiam, Petra insistia de manhã, de tarde e de noite que o que era urgente para eles, especialmente para as crianças, era uma casa. A madeira foi trazida dos Estados Unidos e o projeto, que atendia às necessidades locais de uma família, também veio do outro lado. Havia espaço ali para a sala que eles não tinham e pouco usariam; mas, em troca, contava com uma cozinha ampla, onde não só poderia haver um fogão a lenha e a tina para acomodar a louça antes de levá-la para lavar, mas também uma mesa retangular na qual poderiam fazer todas as refeições juntos. Dois quartos podem não ser suficientes para uma família de quatro filhos, mas eles nunca haviam morado em nada além de um quarto antes. Até parecemos gente de posses agora, havia zombado José María quando, graças à ajuda diária dos irmãos de Petra, estavam prestes a terminar o telhado. Satisfeita, mas incrédula, Petra andava de um lado para o outro, pondo as palmas das mãos abertas nas tábuas de madeira ou apertando as bolas de algodão com muita força, como se tentasse se convencer de que tudo era real. Às vezes, tinha medo de abrir os olhos pela manhã e descobrir que tudo havia sido um sonho. Os nervos não a deixavam abrir a porta para a felicidade. Em um dia de muito sol, enquanto os homens tateavam o telhado procurando o melhor lugar para colocar os pregos, Petra a viu novamente. Ela havia virado o rosto para tentar distinguir o corpo do marido, mas a luz do meio-dia a paralisou. Um cintilar amarelo foi incorporado em suas pupilas e lhe trouxe algumas lágrimas. Eu devia tê-la matado, disse a si mesma. Lembrou-se dos orifícios verticais no rosto da cobra, como se estivesse olhando para ela naquele exato momento, e ficou absorta, contemplando as pupilas amarelas sem nem piscar. Não faça isso, disse-lhe Anastácio, seu irmão, antes de subir a escada a caminho do telhado. Se você olhar direto para o sol, ficará cega. Petra o ouviu, mas não conseguiu distinguir as palavras que saíram de seus lábios. Ela parecia enfeitiçada. Ou morta de medo. Ou as duas coisas. Só conseguiu se mover novamente quando sentiu um frio estranho na espinha. Começava no pescoço e depois descia, vértebra por vértebra, como uma chicotada muito lenta.

Eugenio Báez escolheu alguns arbustos de algodão de dois metros de altura com seiscentos capulhos por planta, além de uma melancia de um metro de comprimento e vinte e cinco centímetros de diâmetro para enviar ao presidente Cárdenas como amostra do trabalho realizado depois da primeira colheita. Estava transbordando, mais que feliz. Se tivesse ouvido, apenas alguns anos atrás, que esse seria o fim de todas aquelas discussões em assembleias no Sistema, ele não teria acreditado. Algodão de dois metros de altura? Crianças sem fome? Agricultores com casa própria? Teria rido na cara deles se tivessem lhe contado algo assim. Agora todas essas coisas estavam em suas mãos ou diante de seus olhos, e não havia como não acreditar. As coisas, porém, não tinham sido tão simples. Enquanto se realizava o exaustivo e exigente trabalho de capina, a falta de água potável e de dinheiro puseram em perigo a sobrevivência das famílias e a própria possibilidade de existência da colônia agrícola. A pé, por estradas que se abriam à medida que avançavam, os homens de Anáhuac percorreram trinta e três quilômetros até chegar a Matamoros para pedir ajuda às autoridades estatais. Nessa viagem, os agricultores negociaram com o presidente municipal de Matamoros e, por meio dele, com o presidente da Câmara de Comércio e, por meio dele, com donos de comércio locais. Juntos, mas pacificamente – quando os trezentos homens chegaram a Matamoros tiveram a cortesia ou o cuidado de esperar na periferia da cidade e enviar uma comitiva para não alarmar a população –, conseguiram um empréstimo que, embora fosse "uma gota de água em um braseiro", ajudou-os a reorganizar suas forças para planejar seu regresso ao Palácio Nacional.

Quando Báez iniciou sua sexta viagem à Cidade do México, com o objetivo de pedir um novo empréstimo ao presidente, ficou claro que o destino da colônia agrícola estava intimamente ligado à própria existência daquela fronteira repovoada que tanto interessara a Cárdenas. Olhe, Chávez disse a ele antes de começar sua viagem, acrescente esse esboço à petição. O que é isso? São os planos para um pequeno sistema de irrigação. Pequeno? Com algo assim, poderíamos irrigar até quinze mil hectares. Báez sorriu. Mas eu tenho de consultar a assembleia, respondeu. Passado o esboço de mão em mão e depois de votação majoritária, o documento foi incluído no pacote que Báez levaria consigo. Cárdenas, já acostumado ao ir e vir das delegações fronteiriças, não pensou muito quando, depois de uma reunião com o engenheiro, autorizou cerca de nove milhões de pesos para construir os aterros e abrir os canais do sistema de irrigação. E, então, novos conflitos surgiram.

Sem o Banco de Crédito Ejidal era impossível iniciar a produção de algodão. O crédito que amparava os agricultores ou lhes dava seus equipamentos por meio da formação de sociedades de crédito agrícola não apenas os comprometia a pagar com as safras futuras, mas também os vinculava financeira e juridicamente ao cardenismo. Alguns sentiam saudade dos dias de ir de um lugar para o outro, recebendo diariamente ou, pelo menos, a cada fim de semana. As quantias eram menores, mas eles não precisavam esperar um ciclo inteiro da terra para ter dinheiro no bolso. Alguns ainda se ressentiam daquela falta de mobilidade que emanava da agricultura. A vida sedentária. A vida de espera. E depois, claro, havia a interferência do banco ou do governo, tentando ditar como fazer isso ou aquilo.

A presença dos engenheiros do Banco de Crédito Agrícola tornava-se cada vez mais notória na colônia. Eles organizavam as sociedades de crédito agrícola entre os agricultores já estabelecidos e se encarregavam de orientar mais pessoas para novas colonizações ao redor do povoado de Anáhuac. Com o engenheiro José Villanueva, os colonos de Anáhuac não tiveram problemas. Mas assim que seu sucessor, o engenheiro Manilla, tentou "implantar um sistema de trabalho coletivo, ou seja, que todos tivéssemos de trabalhar juntos de uma margem à outra, fosse capinando ou fazendo trabalhos de agricultura", as coisas mudaram radicalmente. E não para melhor. Embora os agricultores argumentassem que esse sistema não lhes convinha pela simples razão de que cada um vivia "em sua parcela e tinha que cuidar de seus animais e carregar água", tudo parecia indicar que eles estavam novamente dispostos a tudo – inclusive a perder uma safra completa, que foi o que aconteceu – para não permitir uma intervenção não pactuada do governo cardenista em seu processo de trabalho e produção.

Mais uma vez, eles pediram ajuda ao presidente. Mas agora os camponeses não foram ao Palácio Nacional. Dessa vez, o general Cárdenas os visitou no exido Santa Rosalía, em 23 de abril de 1939. Foi recebido com aplausos e bandeiras, mas, quando avançou lentamente, apertando a mão de crianças e mulheres postadas em uma cerca, todos se calaram. O espanto às vezes nos deixa sem palavras. O espanto também nos deixa sem movimento. Lázaro Cárdenas não vinha para fazer um discurso, mas para sentar e conversar. E assim, um a um, foram agradecendo a presença e o apoio, até chegarem à denúncia. Eles não queriam o engenheiro Manilla na região. Eles não queriam ninguém que fosse como ele. E por que isso? Esse homem não nos entende. Ele não entende nossos modos. Deixem-nos trabalhar como sabemos e tudo correrá melhor, disseram. Quando tudo já havia sido dito, a voz de uma mulher foi ouvida pela primeira vez. Era a senhorita María Álvarez, a primeira professora que tiveram em Santa Rosalía, onde todas as crianças dos ranchos vizinhos iam para ter aulas, independentemente da idade ou escolaridade anterior. O presidente mais uma vez concordou com eles: "Rapazes, admito que cometemos erros, mas vamos corrigi-los. Estou satisfeito com seu trabalho, todos juntos continuaremos trabalhando para o bem de vocês e da comunidade. O banco está de braços abertos para recebê-los e trabalhar de comum acordo".

A essa altura, como Báez orgulhosamente afirmava, os colonos do norte de Tamaulipas já começavam a ter uma reputação internacional como produtores de algodão, já transferiam doze milhões de pesos para os Estados Unidos e contribuíam com o Governo Federal *ad valorem* como dois milhões e meio de pesos.

[Santa Rosalía]

Eles batizaram a encruzilhada entre o quilômetro 64 e o espaço 124 de Santa Rosalía em homenagem à nobre virgem de pequena estatura que, segundo a tradição católica, conseguiu deter a peste, além de oferecer orientação e conforto em momentos de grande aflição. Quando tudo parecia falhar ao seu lado, Santa Rosalía sempre estava lá para oferecer força aos desesperados. Na realidade, Santa Rosalía não era apenas uma encruzilhada, mas um exido completo, e muitas das ações coletivas dos colonos eram realizadas ali, em suas imediações: a visita de Cárdenas, a escola infantil, as assembleias comunitárias às quais ninguém faltava e onde eram feitos acordos que se cumpriam ao pé da letra. Não importava se chovia ou fazia muito sol, não importava se a distância era curta ou se tinham de caminhar dez ou catorze quilômetros para chegar a tempo. Se estivessem interessados em seu rancho, se estivessem preocupados com seus vinte hectares, então eles se aproximavam como podiam de Santa Rosalía, e Santa Rosalía os ajudava.

Não houve acontecimento, nessas histórias de colonização, que não fosse comunicado aos companheiros nem consideração que não passasse pelo crivo das famílias e do grupo de agricultores reunidos em Santa Rosalía. As narrativas do algodão no norte de Tamaulipas foram estruturadas desde o início de acordo com os ritmos das reuniões em que as decisões eram tomadas, seguidas ou confirmadas na redação de relatórios pelos quais a comunidade era informada das ações realizadas. Essa forma de agir precedia em muito o cardenismo. Fez parte das ações dos agricultores quando as condições extremas do Sistema de Irrigação n.º 4 os obrigaram a buscar alternativas e também esteve presente em cada uma das medidas que tomaram coletivamente para alcançar seu objetivo principal: a posse privada de suas terras. No relato de Báez, essas duas forças não se opunham, mas se complementavam.

Ali, em Santa Rosalía, os colonos construíram uma pequena capela, reservando o terreno circundante para o cemitério. Uma equipe limpou o terreno, mas, ao contrário do que acontecia nos campos de cultivo, aqui, nesse retângulo que destinavam para a vida no além, mantiveram as árvores. Acácias-amarelas. Algarobas. Um ou outro carvalho. Levaram o corpo de Petra Peña Martínez para lá em 11 de setembro de 1941, três dias depois que as crianças a encontraram caída atrás da casa, perto do local onde ela lavava roupas, e pensaram que estava dormindo. Três dias depois de José María ter permanecido impassível diante de sua imobilidade, incapaz de se mover ou chorar. Três dias depois de o único médico da região ter vindo examiná-la, sem encontrar uma causa plausível para sua morte. Será que comeu algo ruim? Teria sofrido alguma emoção muito forte? Ela caíra ou se machucara quando caiu? A mordida ou picada de um animal? Alguém a teria estuprado durante uma das muitas horas que as mulheres passavam sozinhas, trabalhando sem parar, em seus ranchos? As mulheres dos ranchos vizinhos a envolveram em um lençol branco, cobrindo-lhe até os cabelos. E então, com muito cuidado, a puseram no caixão que um carpinteiro construiu às pressas especialmente para ela. Tiraram uma foto dela assim: o caixão quase na vertical e as crianças todas ao seu lado. O mesmo homem que se encarregou de cavar os buracos para as latrinas nas parcelas da região abriu a terra que receberia Petra naquele outono de calor escaldante e crepúsculos lentos. Calmamente, enquanto familiares e amigos bebiam um pouco de mescal, o homem enterrou a pá, empurrando-a com o pé direito. Então, com uma leve rotação do quadril e levantando os braços, ele jogava a terra para trás. Rezaram a Ave-Maria. Rezaram o Pai-Nosso. Só pararam quando aquele que estava cavando o buraco no chão deu um grito e parou. Ah, filho, ele gritou e pulou para trás, jogando a pá. O que foi isso?, perguntaram. Ele não precisou responder nada. O barulho dos chocalhos e o cicio da víbora os tiraram do luto. Não faltou aquele que tentou atirar nela com um velho rifle, e aquele que logo tirou uma faca do cinto. Mas a cobra já estava desaparecendo, tão rápido quanto aparecera. Quando suas orações acabaram, os participantes do funeral começaram a sussurrar. Tão jovem. Tão forte. Tão carinhosa com seus filhos. A morte, sempre incompreensível, mostrou sua face de pedra. É possível explicar a morte de alguém tão jovem? Viraram-se para ver o marido, que tinha o dobro da idade dela, todo taciturno e calado, abraçado a uma garrafa de mescal. Quem cuidaria das crianças? Quem os carregaria à noite quando um pesadelo os acordasse? Quem lhes diria em voz baixa, naquela voz de trompa sólida, que tudo ia ficar bem, que tinha sido apenas um pesadelo? Quem iria preparar sua comida e lavar suas roupas e lavar seus narizes e pentear seus cabelos e ferver água para o chá quando eles estivessem resfriados? Quem escreveria em um velho caderno de capa preta: hoje abrimos as portas de casa pela primeira vez e estamos felizes?

A terra de Santa Rosalía não demorou a cobrir o caixão. À noite, iluminados por algumas velas, os colonos lembravam que Santa Rosalía vivera na solidão, na pobreza e na penitência, rezando a Deus. Que ele a tenha em sua santa glória. Eles também lembraram que uma de suas festas, a que se celebrava em 4 de setembro, acabara de passar, mas haveria a de 15 de julho, dia em que seus restos mortais foram encontrados, para voltar aos cantos, ao álcool, às orações, à companhia.

[acusado o primeiro de rapto da segunda]

Os documentos civis, as certidões de nascimento ou óbito, os papéis pelos quais nos tornamos material administrável para o Estado parecem imutáveis, mas não são. As leis mudam.

As ênfases do escrivão, por sua vez, variam. As situações às vezes vão além do habitual. Na certidão de casamento de 27 de junho de 1927, na qual as vidas de José María Rivera Doñez e Petra Peña ficaram unidas, ele não é mais de Mingolea, mas de Real de Charcas; seu sobrenome não termina mais em "s", mas em "z"; ele tem 40 anos e é viúvo; e, embora seu ofício ainda seja o de um lavrador, não há mais menção à sua ascendência indígena. Petra Peña é solteira, mas não celibatária, e tem 18 anos. Os dois estão no Registro Civil, comparecendo perante um juiz e um comandante de polícia porque a situação exige comentários: "acusado o primeiro de rapto da segunda". São doze horas de um dia de verão em Zaragoza de Juárez – aquela pequena cidade fronteiriça na região das cinco nascentes de Coahuila –, de onde, anos depois, uma companhia de cerveja roubaria a água. É segunda-feira. Lá fora faz um calor seco que desgrenha os cabelos e racha os lábios. Nenhuma das testemunhas faz parte da família. Não há fotografia do evento.

Acusado o primeiro de rapto da segunda. Leio de novo e imediatamente me lembro do olhar de Saúl naquela tarde em Mérida. O tempo cura tudo, exceto as dúvidas. Eu ainda me movo com cautela em torno dessas palavras, mas, ao contrário daquela vez que tive de interromper o livro, agora tento manter a compostura. Quero saber. Mesmo que seja algo insuportável, quero saber.

Ao contrário dos registros de casamentos regulares, esse documento é curto, apontando apenas os procedimentos que o juiz realizou para atestar o ato. "Em cumprimento à circular n.º 95, expedida pelo Governo Superior do Estado, o casamento foi realizado da seguinte forma." Embora, de acordo com o Código Penal, o rapto continuasse a ser um crime, o casamento por rapto não era incomum na zona rural do México no início do século XX. Atanasio Peña, por exemplo, o próprio irmão de Petra, havia se casado com Delia Zapata apenas um ano antes usando o mesmo método. Acusado o primeiro de rapto da segunda. O rapto, que certamente deu conta de um "apoderamento" da mulher por parte do homem, seja por força física ou por meio de engano e promessas, também exonerava os desposados dos custos, muitas vezes onerosos, de um casamento. E ambas as coisas, tanto a inevitável desigualdade de gênero quanto a precariedade econômica do mundo rural, ajudam a explicar o número crescente de homens e mulheres que optavam por essa maneira de começar uma vida juntos. Eles se apaixonaram? Tiveram tempo ou desejo de participar da dança irregular do cortejo? Ou ele a pegou um dia na rua, sem o consentimento dela, com a luxúria de violência e desejo de poder? Ele a seduziu com palavras doces ou presentes? Ele a estuprou, e o mundo machista em que viviam arranjou um casamento para salvar sua honra? Impossível saber com certeza. A antropóloga Ruth Behar já dizia isso quando tentou investigar a vida amorosa de Esperanza, a mulher cuja vida ela conta e examina em *Translated Woman. Crossing the Border with Esperanza's Story*: a mera ideia de uma vida íntima e pessoal, marcada por paixões sentimentais, era inexistente ou fazia parte dos assuntos que, simplesmente, Esperanza não iria tratar com ela. Da mesma forma, na infinidade de histórias que os Rivera Peña foram passando de geração em geração, abundam as agruras do trabalho, os momentos de dor, as vitórias efêmeras sobre o clima, mas em nenhuma delas está presente o que, desde as cidades e entre a classe média, é conhecido como uma história de amor.

O rapto e a fuga dos amantes no final do século XIX frequentemente colocavam a autoridade da família (sobretudo do pai) contra a autoridade do Estado e suas novas leis familiares. Não era incomum que jovens ansiosos para se casar apesar das maquinações paternas concordassem em "tomar" a noiva com seu pleno consentimento. Tratava-se, em alguns casos, de confirmar sua independência e de antepor os casamentos por amor aos cálculos dos casamentos arranjados. Talvez uma lógica semelhante tenha guiado as ações de José María e Petra. Talvez não. A verdade é que, desde a celebração do casamento, foi José María quem se juntou à família de Petra, e não o contrário, como era a regra não escrita que muitas vezes deixava a mulher em uma situação de extrema dependência da autoridade do marido. A verdade é que, entre os 18 e os 32 anos, Petra deu à luz seis filhos enquanto continuava transitando, juntamente com José María e seus próprios irmãos, pelas estradas do norte do México, de Zaragoza, Coahuila, a Anáhuac, Tamaulipas, passando por La Ribereña. A verdade é que, até o dia de sua morte naquela fazenda de vinte hectares de algodão que o cardenismo lhes dera, ela não se separou de José María Rivera Doñez.

[esclarecer as coisas]

Nada em uma aparição é inocente. Nenhum dado é menor. Alguém que decide se materializar na data correta de seu nascimento é, sem dúvida, alguém que quer esclarecer as coisas. Talvez. *Born: Zaragoza, Coahuila.* Petra Peña tinha dado informações falsas ou apenas meio verdadeiras sobre si mesma ao oficial de imigração, ou tinha sido mal interpretada ao longo de sua vida? Ela deixou o representante do

Estado escrever que nascera em Zaragoza, Coahuila, ou lhe disse, sabendo que não era verdade, que havia nascido em Zaragoza, Coahuila? Sabia, de fato, que isso não era verdade? Guardar informações sobre si mesma às vezes é de vital importância diante de um oficial de imigração. Atravessar a fronteira pode depender mais daquilo que não é dito do que daquilo que é dito. Muitos aconselham a responder às perguntas de um oficial com um sim ou não quando possível, evitando os detalhes que muitas vezes complicam as histórias. Afinal, já se sabe quem vive nos detalhes. E, uma vez que as histórias se complicam, ou seja, quando se tornam reais, não há como voltar atrás. Não é à toa que esconder ou disfarçar informações privadas também tem sido o costume entre nômades e bandidos. Quanto menos souberem sobre a pessoa, melhor. O anonimato não desumaniza; o anonimato, de fato, permitiu a sobrevivência de muitos em ambientes hostis ou altamente hierárquicos. Se você não me localiza, não me reconhece, diz aquele que se mimetiza. Se você não me reconhece, terá mais dificuldade em me pegar, diz o fugitivo. Passar despercebido é viver no ponto cego do poder. Nesse sentido, dizer pouco é melhor do que não dizer nada se for para se proteger. Se você realmente não quer atrair a atenção, é melhor não ficar em silêncio, mas fingir participar da conversa. Dissimular é o nome do jogo. Quanto menos perceptível a singularidade, melhor. James Scott já dizia isso em *Armas dos fracos*: para aqueles que resistem de baixo, ou inteiramente de outro lugar, é conveniente saber o que o mestre não sabe. É também de seu interesse não difundir informação fora do grupo mais próximo de confiança e solidariedade. Os miseráveis da terra podem não ganhar a guerra, mas isso não significa que eles vão parar de usar qualquer arma que tenham à mão para lutar as batalhas do dia a dia. Morta por sabe-se lá o quê em um rancho de vinte hectares, é isso que você quer esclarecer, Petra?

[Petra olha fixamente para a câmera]

A única fotografia de Apolonio Peña leva-o através do tempo, rodeado por filhos e netos. Eles ainda são os Peña de Cuarenta, Jalisco, mas na realidade já são fronteiriços. Não são mais lavradores, ou trabalhadores nas minas de prata ou carvão, ou trabalhadores contratados por dia, mas agricultores propriamente ditos. Sentado em uma cadeira de madeira, com uma criança no colo, Apolonio é um homem que olha com infinito cansaço para a câmera: a cabeça mal inclinada para baixo, o olhar escalando o ar com dificuldade. Os ombros caídos. O que parece uma simples camisa de algodão cobrindo seu tronco. Ao redor dos olhos, as rugas de muitos dias ao sol. Ao redor dos olhos, a timidez ou a dissimulação. De pé, com a inexpressividade no rosto que muitas vezes gera o confronto com o *flash*, Petra, sua filha, guarda silêncio. Juanita Rivera Peña, a menina com quem cruzou a fronteira aos 4 meses, já morreu, vítima de uma doença que ainda se furta ao nome. E não há mais nada dela. Ou deles.

VI
ARQUEOLOGIA DOMÉSTICA DA REPATRIAÇÃO

To know no nation will be home until one does
Solmaz Sharif, *The Master's House*

[objetos]

De acordo com a lista de objetos isentos de impostos que um grupo de dois mil cento e quatro deportados trouxe com eles no inverno de 1927, para Matamoros, Tamaulipas, entraram dez arados, vinte carros Ford, doze pneus, cinquenta e duas galinhas, dezesseis travesseiros, sessenta conjuntos de lençóis, noventa e cinco camas, cento e seis colchões, cento e noventa e oito fonógrafos, dez espelhos, cinquenta e seis máquinas de costura e nenhum chapéu de mulher. Nem qualquer livro. A Licença 202, autorizada pelo Ministério das Relações Exteriores, foi emitida em 14 de dezembro do mesmo ano.

[diante das minúcias]

É sempre difícil decidir o que levar quando se prepara uma viagem, especialmente se a viagem for longa. Diante da pilha de objetos que o gosto, a necessidade e o apego foram selecionando ao longo dos anos, o que você levará em sua jornada sem regresso? Quais coisas serão deixadas para trás, descontextualizadas, órfãs até de si mesmas, e quais irão com você, prontas para se estabelecerem em um novo mundo? Enquanto olho para os objetos em minha casa, tentando identificar as coisas que sobreviveram a apenas uma mudança e aquelas que já estiveram comigo em três ou quatro, um pássaro se choca contra a janela. Não é uma viagem no sentido moderno do termo: visitar ou viajar, mover-se, ser transportado. É preciso chamar as coisas por seu nome: é uma expulsão. É o início dos anos de 1930. O presidente Hoover aprovou leis contra migrantes, especialmente os migrantes mexicanos, a fim de mitigar o enorme peso da grande recessão de 1929 e, ao mesmo tempo, obter algum apoio da população branca do país. Há camponeses pobres fugindo das tempestades de poeira que assolam as terras devastadas das grandes planícies, desde Oklahoma até Nebraska, passando pelo Texas. Há inquietação. Os salários, raquíticos. A fila dos necessitados. A diminuição das oportunidades. Aos poucos, a possibilidade de partir tem de passar pela cabeça. Primeiro como uma ideia absurda, desesperada, depois de algum episódio humilhante na loja ou no hospital; e depois, pouco a pouco, como um plano completo: vou embora daqui e você vai ver, País Estrangeiro e Próprio. Vou embora daqui e vou chorar, Lugar Que Me Viu Crescer. Cristino Garza Peña e Emilia Bermea Arizpe tomaram a decisão de regressar ao México depois de se casarem. Pensavam nas crianças que estavam por vir, no lugar em que abririam os olhos e se acostumariam a falar. Pensavam na força de seus braços, na plenitude de sua cabeça e em tudo o que queriam alcançar: algo próprio. Algo que eles pudessem chamar, em todos os sentidos da palavra, de nosso. Pensavam no futuro, acima de tudo, e fizeram uma aposta. Eles voltariam para um país que nunca haviam parado de considerar como seu, mas que só visitavam de tempos em tempos. E cada vez menos. Tinham ouvido os rumores: o governo mexicano estava distribuindo terras entre pessoas como eles, com experiência de trabalho em campos de algodão e ferramentas próprias. Gente que voltava. Pessoas que foram forçadas, de uma forma ou de outra, a voltar. Talvez lá, Emilia, disse ele. Talvez lá, ela ecoou. Hesitante. Eles tinham ouvido que, a fim de incentivá-los a repatriar-se, o governo havia dito que poderiam carregar todos os seus pertences, trazendo-os para o país sem nenhum custo extra. E, se isso não é um sinal de boas-vindas, o que é? Eles começaram em algum momento, sem realmente concordar. Pouco a pouco, em vez de deixar as coisas no lugar, as coisas foram encontrando seus lugares em caixas de papelão ou dentro de sacos de sisal. Então é verdade que estamos indo embora?, diziam um ao outro, entre surpresos e felizes. Entre aterrorizados e incrédulos. Já passamos muitos anos aqui, ela lhe dizia enquanto dobrava um lençol. E ficava, de repente, olhando para o teto. Mas estaremos melhor lá, ele repetia baixinho, tentando convencer a si mesmo. Então ele a abraçava, abaixando a cabeça para deixar um beijo em seus cabelos lisos. Você é tão miudinha, mulher, dizia então, sorrindo, como se nunca tivesse notado isso antes. Não, você que é alto, Cristino, respondia ela, que sempre fora incapaz de permanecer em silêncio. De qualquer maneira, não se preocupe, ele disse, puxando um pedaço de papel do bolso de trás das calças cáqui. O patrão já me assinou uma carta de recomendação. Olhe, a gente não chegará desprevenida. A folha de papel timbrado, com as palavras Brown & Root Industrial Services em vermelho, tremulava na frente de seus olhos.

Muitas vezes, entre a agitação dos dias da mudança, eles permaneciam imóveis, impossibilitados de pronunciar qualquer palavra. Ausentes até de si mesmos. Eu nunca mais voltarei, você verá, País Onde Me Apaixonei. Outras vezes, olhavam pela janela para o céu sem conseguir fechar a boca, como se estivessem perseguindo uma mosca. Sentirei sua falta, País Que Me Diz Adeus. Muitas vezes mais interromperam uma conversa com suspiros que afloravam de geografias que eles só podiam imaginar. Tinham passado a vida inteira nos Estados Unidos, em seus ranchos e cidades, trabalhando incansavelmente, aprendendo a língua e andando apressados. Quando tiveram certeza de que atravessariam o rio Bravo na direção oposta, teriam visto de forma diferente a estufa de quatro pavios, as camas de latão, as mesas de pinho, os lençóis de algodão?

Fiquem quietas, ao longe, Todas As Vidas Que Pudemos Ter Aqui.

O que se escolhe quando, como dizia a poeta Tarfia Faizullah, "você descobre um dia que não pode ganhar seu país"? *There is a first day you learn to kill yourself without dying. Your own country demands it. It isn't new. It's news.*[6] Diante dos móveis e dos imóveis, diante do perecível e do imperecível, diante das minúcias e diante do indispensável deve haver um sentimento de perda acompanhado, discretamente, da tranquila esperança de regresso. Mas regresso a quê? A um país que, talvez, você possa ganhar desta vez. Um lugar que não te obrigue a aprender a se matar.

[cúmplices do desvanecimento das coisas]

Um dia, minha mãe começou a ter dificuldade em se lembrar do presente. Quando as repetições do que ela acabara

---

[6] Há um primeiro dia em que você aprende a se matar sem morrer. Seu próprio país exige isso. Não é algo novo. É notícia.

de dizer se tornaram mais óbvias, todos ao seu redor aprenderam a manter um silêncio educado. Ela baixava a vista, e nós, cúmplices do desvanecimento das coisas, respondíamos repetidamente a perguntas que solicitavam sempre a mesma coisa. Diga-me que estou aqui. Diga-me o que acabei de dizer. À medida que o presente se tornava mais frágil, um solo cada vez mais instável, o passado recuperou seu império perdido. Tudo o que acontecia tinha outra maneira de ter sido dito antes. Como dizia minha mãe, ela dizia. Como dizia minha irmã, ela dizia. Como dizia minha tia ou minha prima, ela dizia. Tudo era uma citação de outra coisa. Tudo vinha de longe, aproximando-se com parcimônia ou gosto, dependendo do caso. Entre a confusão, iam aparecendo traços luminosos de eras passadas. Era evidente que minha mãe se lembrava mais fielmente das brincadeiras da infância ou da companhia de adolescentes que do acontecido ontem. Seu mundo verdadeiro emergiu lentamente, uma ilha em ascensão depois de anos submersa sob as águas de uma contemporaneidade que agora se revelava estranha e insubstancial. A marca emocional, a marca verdadeira, havia ocorrido há tantos anos, em um mundo onde nem meu pai, nem minha irmã, nem eu existíamos. Um mundo onde não existiríamos jamais. Solteira, cercada por cinco irmãs em um rancho de quinze hectares na fronteira, onde elas corriam entre os sulcos de algodão, minha mãe persistia para si.

[fronteiriços]

Cristino Garza Peña cruzou pela primeira vez a fronteira do México para os Estados Unidos em 1911, quando tinha 3 anos. Ia nos braços de sua mãe e na companhia de dois irmãos, Guillermo e Brígida, com destino a San Antonio. Eles estavam procurando abrigo. *Don* Agapito Garza, seu pai, um telegrafista filho de imigrantes espanhóis que se assentaram em Salinas Hidalgo – a mesma região à qual Revueltas chegou em 1934 –, havia morrido em uma epidemia para a qual ainda não havia nome ou remédio. Tremores e vômitos, fraqueza e febre também haviam levado Manuelito, seu irmão mais novo. No censo de Harris County de 1930, ele aparece logo abaixo do registro de sua mãe, Tomasa Peña, já como residente de Houston, com 24 anos e solteiro. Mas o caminho tinha sido longo para chegar à cidade de baios e pântanos. Primeiro, eles passaram anos inteiros em Seguin, trabalhando nos campos de algodão, onde um padrasto cruel espancava a esposa e os filhos à menor provocação, especialmente quando havia álcool incluído. Os golpes. As broncas. As humilhações. Primeiro, ele fugiu, com apenas 11 anos, para evitar os maus-tratos. Mas, longe de se livrar de tudo, ele voltou algum tempo depois com algum dinheiro e deu um simples ultimato à sua mãe: ou vamos para Houston juntos, e eu cuido de todas as crianças, ou nos despedimos aqui para sempre. Ele tinha mais cinco irmãos na época. E, com Víctor, Concepción, Victoria e Viviana arrastados, eles cruzaram o limiar da porta do que tinha sido um verdadeiro inferno para nunca mais voltar. Só Cristino regressou cerca de três anos depois, quando, já da altura que ia ter e bronzeado pela luz do sol, recuperou a criança que o pai tinha raptado no último momento antes da partida. Quando o homem pegou uma pá e ameaçou atingi-lo se se aproximasse de Francisco, Cristino levantou os braços e, com uma facilidade inimaginável anos atrás, parou o movimento do golpe antes que ele ganhasse força. Você vai ficar aqui, bem quieto, sem fazer nada, disse, enunciando lentamente cada palavra. E eu vou levar esse filho da minha mãe, que não pode ficar em paz sem ele. Os olhos vidrados do padrasto, rígidos de fúria, o observaram ir embora. Seu cheiro de ódio. Sua mesquinhez teimosa. Francisco entendeu que a mão que Cristino lhe estendia era a chave para sua libertação, e foi com ele sem hesitar. Chegaram a Houston um dia depois, suados e exaustos, e, agora sim, nunca mais recuaram.

Ele gostou da cidade desde o início. As ruas amplas. Os carros. Os altos edifícios de tijolos vermelhos. O cinema. Era fácil encontrar trabalho e, se algo desse errado, era fácil mudar de emprego. Tentou de tudo: varreu ruas, carregou fardos, engraxou sapatos, consertou cabos de eletricidade, plantou árvores, cortou gramíneas. Dona Tomasita e seus irmãos se estabeleceram no Second Ward, um bairro a leste do centro que tinha sido principalmente alemão até antes da Segunda Guerra Mundial, mas desde os anos de 1950 foi gradualmente sendo preenchido por mexicanos. Nas ruas Ingeborg ou Tellepsen, começaram a ser ouvidas as vozes do espanhol, e o mesmo aconteceu com o cemitério Evergreen, na rua Altic, que continuou mostrando suas ordenadas lápides alemãs, todas retangulares e cinza, ao lado das novas sepulturas coloridas, cercadas por flores naturais ou coroas de plástico, dos mexicanos que começavam a ser enterrados lá.

Cristino, já rapaz, foi vigia de uma construtora não muito longe do Second Ward, entre o centro da cidade e seu próprio bairro. A empresa estava encarregada de abrir espaço para novas ruas através da vegetação rasteira. Assim surgiu a sinuosa Navigation, que margeava o cais, e o Canal, que desde então atravessou o coração do Second Ward com sua fileira de restaurantes, lojas de tortilhas, boticários, bancos, lojas de roupas. Cristino fez trabalhos pesados para a construtora, mas uma noite o pegaram dormindo e, incapaz como sempre foi de contar uma mentira, ele confessou de imediato. Foi demitido na mesma hora. Depois plantou muitos dos carvalhos que agora caracterizam a rua University, ao lado da Universidade Rice. Só mais tarde foi que ele conseguiu o emprego que lhe deu mais estabilidade na Brown & Root Industrial Services – que, graças a um contrato que conseguira assinar com a cidade para construir quatro pontes, pôde empregar em massa os trabalhadores da construção. Cristino teria permanecido lá não fosse a crise financeira que ocasionou a demissão de quase todos eles.

Nessa época, ele já gostava de beisebol. Ouvia os jogos no rádio ou, melhor ainda, praticava com a equipe da Sociedade Mutualista de Trabalhadores Mexicanos, que havia inaugurado um prédio na rua Canal, na esquina com a Norwood. Era uma das poucas diversões para alguém que, como Cristino, não bebia nada de álcool, embora já fumasse demais. Tabaco escuro da marca Alitas. Sem instrução, mas mastigando o inglês, ele estava prestes a conhecer Emilia Bermea Arizpe, aquela mulher baixinha, de olhos atentos e pele muito branca que sempre falava como se estivesse repreendendo a realidade. Emilia nascera em Villa Unión, no extremo norte de Coahuila, e cruzara a fronteira através de Eagle Pass aos 16 anos para trabalhar ao lado de seus pais e irmãos no sul do Texas. Não tinham sido levados pela ilusão, mas pelos contratos que conseguiram garantir com um rancho em Rosharon, nos quais se comprometiam a colher algodão, bem como nozes. Venicio e Santos levaram seus onze filhos com eles quando cruzaram o posto de controle a pé: Venicio, Raymundo, Esthela, Eustolia,

Hermila, Librada, Raymundo, Clemente, Raúl, Ernestina e Emilia. Suas vestes ao sol. Seus braços.

[na verdade, já estavam indo para o outro lado]

Em sua foto de casamento, que ocorreu no condado de Montgomery em 20 de março de 1933, no civil, e em 1º de abril, na igreja, eles parecem um casal da cidade. Ela usa um longo véu de renda que, depois de cingir o cabelo atado a um casquete do tipo usado pelas melindrosas, cai sobre os ombros para descer com delicadeza por todo o corpo até formar uma paisagem de espuma e ângulos de tecido no chão. Buquê de copo-de-leite. Um singelo colar de pérolas ao redor do pescoço. Os olhos muito grandes. Ele usa um alfinete de pequenas flores na lapela esquerda do paletó. O cabelo recém-cortado. As mãos cobertas com luvas brancas, que destacam a cor escura de sua pele.

Havia pouco naquela foto do trabalhador que, como membro da Sociedade Mutualista de Trabalhadores Mexicanos, se inscreveu em um time de beisebol para participar de torneios locais em várias rancharias próximas. Havia pouco, nela, da menina que, trabalhando em Rosharon, para o rancho do homem que três anos antes se casara com Esthela, sua irmã mais nova, tinha colocado um vestido de percal, arrematado com debruados discretos, para assistir ao baile que acontecia depois que o mesmo jogo de beisebol terminava. Você dança?, ele perguntou. Na verdade, não, ela disse, olhando em seus olhos e segurando sua mão. Nem eu. Os dois riram de sua falta de jeito e ficaram ali de pé, imóveis, no meio da pista. Ninguém, na família deles, havia se preocupado em ensinar-lhes alguns passos de dança. Ninguém os obrigou a aguçar os ouvidos na frente do rádio para capturar o ritmo de uma música. Seus quadris, rígidos. Seus braços, nas laterais do corpo. Mas lá estavam ambos, solenes e alertas, dizendo adeus a um futuro solitário. Um homem muito alto e moreno; uma mulher baixinha e miúda, olhando nos olhos um do outro pela primeira vez. E é verdade que você vem de Houston?, perguntou Emilia. E a isso, com orgulho, Cristino pôde responder que sim, era verdade.

Na foto que precedeu a viagem de lua de mel que os levou a Galveston, ambos estão de pé ao lado de um carro de linhas curvas. Um Ford 31. Ela usa um vestido de alfaiataria e saltos discretos. Ele já usa o chapéu que se tornará a marca registrada de seu estilo de vestir. Talvez ali, naqueles olhos cautelosos que olham discretamente para a câmera, já esteja a decisão de voltar para o México. Talvez o casal tivesse anunciado que estava indo para a costa, para aquele porto de estivadores e comerciantes onde uma roda-gigante interrompia o trabalho da maré cinzenta, mas, na verdade, já estava indo para o outro lado. A verdade é que, apenas um ano depois, seu primeiro filho nasceu não no Texas, como poderia ter nascido, mas em Estación Rodríguez, a poucos metros da greve de Estación Camarón.

[móveis]

Sempre achei estranho que, em minha família, os carros sejam denominados móveis. Não sei se outros habitantes da fronteira o fazem, mas, entre as tias e avós que participaram da experiência social e agrícola que foi Anáhuac, Tamaulipas, havia o acordo – correto, além disso – de que um bem que envolvia movimento não poderia ser um imóvel, mas um móvel. Talvez o artista nativo americano Jimmie Durham estivesse certo e, entre o edifício e o móvel, entre a rocha e o lugar sólido, devêssemos sempre desconfiar da arquitetura, que é uma invenção do Estado, e especialmente da cadeira, a própria derrota do nomadismo, e optar pelo que facilitasse a jornada. A dispersão.

O móvel com o qual cruzaram a fronteira era um Ford – semelhante aos vinte que haviam chegado a Matamoros no fim de 1927 – que os ajudou a percorrer os quilômetros que separavam Laredo de Monterrey. Mariposas noturnas contra o para-brisa. Vespas. Borboletas. A carta de recomendação da Brown & Root Industrial Services não conseguiu garantir-lhe qualquer emprego na cidade e, logo, prestando atenção ao que amigos e conhecidos estavam dizendo, eles decidiram seguir para Estación Camarón. Se realmente queriam algo diferente, se a ideia de sempre trabalhar para um patrão diferente não fosse suficiente, era isto que tinham de fazer: continuar em direção ao campo e deixar a cidade para trás. Mas você não faz colheita há anos, Cristino, Emilia disse no dia em que ele falou que era melhor irem para o norte novamente. O que se aprende bem nunca é esquecido, respondeu ele de forma parcimoniosa, olhando para a estrada. Acendeu um cigarro. É isto que eles querem lá, Emilia, gente que saiba fazer o que sempre fizemos. Pois eu fiz mesmo, ela o interrompeu. Olhe, mostrou-lhe os dedos. Minhas cicatrizes ainda estão aqui. Ele pegou os dedos em suas mãos e os levou aos lábios. Logo tudo será diferente, você verá.

Antes de partir de novo, trocaram o móvel por outro, uma picape verde-bandeira com uma caixa de metal forrada com tábuas de madeira, que se mostrou muito útil para o transporte de ferramentas e cargas mais pesadas. Os assentos abaulados. O volante de madeira. Assim foram para

Estación Rodríguez, onde os recém-chegados se instalavam nos campos de algodão. Ninguém lhes contara sobre os conflitos entre os colonos e o sistema de irrigação, nem sobre o auge da greve. Nem sobre as assembleias em que um grupo de comunistas arengavam as pessoas para lutarem por seus direitos. Cristino tinha ouvido coisas semelhantes na Sociedade Mutualista de Houston, por isso não demorou muito tempo para apoiar os grevistas e caminhar com eles. Ele nunca soube que aquele jovem de cabelos desgrenhados, aquele ativista que vinha da Cidade do México e chegara a Estación Camarón a cavalo, já estava esboçando um romance. Ele nunca soube que, quando finalmente se sentou para escrevê-lo, estaria tão impressionado com sua presença de agricultor altivo e duro, como ele estava por seus discursos incendiários e sua convicção. Tanta viagem para terminar na mesma coisa, Emilia disse a ele na primeira noite em que o viu voltar dos campos de algodão com os olhos ardentes. Se não tivesse tanta certeza de que era abstêmio, poderia até ter pensado que estava bêbado. Mas ela o conhecia bem. Assim chegou tantas vezes depois das reuniões na Mutualista. Parecia que o repreendia, mas na realidade o encorajava. Coisas incríveis estão chegando, Emilia, ele lhe dizia enquanto acendia outro cigarro e minha avó lhe tirava as meias e massageava seus pés. A terra não deve ser apenas para nós. Deve ser suficiente para todos, disse ele. Que assim seja. Bendito seja Deus.

[as estrelas interiores]

Lembraram, naqueles dias de derrota, quando tiveram de aceitar que a terra ensalitrada não lhes daria mais nada, das cintilâncias luminíferas dos canais, do verde e violeta das leiras, do mágico dom da água com seus secretos gnomos de luz? Alguma vez viram o Sistema de Irrigação n.º 4 com os mesmos olhos exaltados de José Revueltas e disseram, com ele, com seus ecos, que aqui e ali espelhavam de prata os canais feridos pelo sol, iluminados por suas estrelas interiores?

Tomara que sim.

[barracas]

Se a arquitetura é uma invenção do Estado, então abandonar a casa e se manter em movimento em um móvel em direção ao sul pode ser um ato que momentaneamente questiona, ou interrompe por completo, o assentamento estatal. Mas as coisas nunca são tão simples: a desapropriação e o despojo também são ações do Estado. E as rotas de fuga pelas quais os pobres se retiram – se subtraem, diria Badiou – das operações de exploração e violência de um lugar podem se tornar evidências de sua derrota se não se apropriarem de novos territórios de autonomia. Era isto que Cristino e Emilia procuravam: um espaço soberano, o local de sua emancipação. Se queriam se proteger até o fim, era necessário edificar. Mas eles tinham de ser capazes de se mover e permanecer ao mesmo tempo. Precisavam de algo que fosse firme o suficiente para protegê-los da chuva ou do sol, mas também leve o suficiente para se mover sem muito esforço. Uma barraca desmontável, com paredes de dois por três metros, que se levanta com a ajuda de varas de ébano ou de algaroba feitas no ato, é uma construção efêmera, mas é uma construção. Era isso que os recém-casados carregavam ao cruzar a fronteira. De um material leve e impermeável e de uma cor verde-militar, sua primeira casa foi aquela forma de arquitetura efêmera preferida pelos nômades ou pelos expropriados.

O local de nascimento dos filhos traça o caminho da migração. Primeiro, como Petra e José María, eles pararam em Estación Rodríguez, ao lado de Estación Camarón. Lá nasceu Héctor, o primeiro filho, o único menino em uma longa sequência de mulheres, em 1934; e Tomasa, a filha mais velha, batizada assim em homenagem à mãe de Cristino, em 1937. Essa barraca lhes serviu de lar nas cercanias do Sistema de Irrigação n.º 4 por três anos inteiros. Daquele lugar eles viram as idas e vindas dos grevistas. Quando abriram o zíper em uma manhã de maio, ficaram surpresos com a notícia da enchente. E ali, sedentos, cada vez mais preocupados, com os ombros caídos e o ânimo no chão, viram o tropel da seca se aproximando. A terra desmoronava à sua passagem. As plantas, antes verdes e altas, jaziam chamuscadas ao sol. As cobras sibilavam enquanto retomavam seus lugares na crosta terrestre. A grama. As algarobas. Enquanto outros iam embora, eles optaram por ficar. Se tivessem sido personagens do romance de José Revueltas, teriam ficado ao lado de Úrsulo enquanto engolia punhados de terra. Emilia aceitou antes de Cristino, e foi ela quem teve de lhe dizer. Ele chegava de tarde, com a notícia de que ainda mais plantas haviam sido perdidas naquele dia, quando ela o olhou com os olhos arregalados. Héctor e Tomasita estão com fome, Cristino. Sentou-se e, com os cotovelos sobre a mesa de madeira, abaixou a cabeça. Perdemos tudo, Emilia. Ele então levantou o rosto e a viu novamente. Ia chorar, mas não podia se permitir o pranto. Perdoe-me. A voz muito baixa. O tremor da derrota nos lábios. A vergonha. Que seja, ela lhe disse, começando a armazenar seus poucos pertences na mesma tina onde lavava a roupa. O que temos de fazer é encontrar alguém com quem sair daqui. Não nos convém andar sozinhos pela estepe. Vamos lá, vamos ver até onde chegamos. Podemos voltar para Houston, ele sugeriu enquanto se levantava. Para um lugar onde não nos querem? Nem pensar, Emilia disse, como se tivesse pensado bem e chegado a uma decisão inamovível muito antes.

O êxodo que Revueltas descreveu em *El luto humano* também os tocou de perto. Aqueles que tinham parentes em Monterrey ou Lampazos iam direto para lá. Outros estavam se organizando para conseguir terras no extremo norte de Tamaulipas, mas as coisas ainda não eram muito claras. E eles estavam desconfiados. Havia outro grupo indo para um lugar mais próximo, La Carreta, e havia, de acordo com alguns que tinham se adiantado em comitiva, terras agrícolas suficientes e algumas fontes de água. Emilia e Cristino decidiram ir para lá. Eugenio Báez, no entanto, tinha razão. Era um lugar muito isolado, e a água que algum alucinado tinha visto não existia em lugar nenhum. Logo pegaram a estrada novamente, dessa vez para San Fernando, onde Santos nasceu em 1938 e, alguns anos depois, Yolanda. Lá eles encontraram terras agrícolas e, junto com outras famílias, tentaram plantar milho, feijão e outras leguminosas, com um resultado muito raquítico.

Foi lá, uma noite, quando uma das meninas gritava com cólica, que Cristino saiu da barraca, incapaz de dormir. Calçou os sapatos e, uma vez do lado de fora, dirigiu-se ao olmo no qual já se encontrava a cadeira que usava para fumar seu cigarro. No início, ele pensou que a luz era apenas um reflexo da ponta acesa de seu cigarro e não prestou atenção nela. Mas, à medida que a brasa morria, ele teve que se perguntar de onde vinha o reflexo âmbar de uma luz que agora era inexplicável. Embora fosse noite, ele pôs o chapéu e começou a andar como estava, de camiseta regata, com as calças sem cinto. A lua, no quarto minguante. Nenhuma nuvem no céu escuro. Entrou nas veredas, entre as plantas esquálidas, pensando que em breve teriam de ir embora novamente, quando viu ao longe algo que parecia uma nuvem vertical, feita de pedra pura. Fechou e abriu os olhos. O cigarro queimou seus lábios. A guerra estava acontecendo em algum lugar distante do mundo, e no país que haviam deixado para trás as mulheres estavam se preparando para tomar o lugar dos homens nas ruas e fábricas. Estava pronto para acreditar em tudo. Para explicar tudo. Mas aquilo que via ali, à meia-noite, em San Fernando, não tinha explicação. Ele tateava o caminho através dos arbustos, tentando evitar o barulho feito pelo contato de suas calças com os paus. Então hesitou; parou. A coisa não se movia de seu lugar, mas, se ele não a tinha em mente, era facilmente confundida com a escuridão. Às vezes parecia não estar lá. Às vezes, parecia que era apenas uma alucinação de um homem humilhado. Ele ia voltar atrás quando ouviu os gritos e lamentos. Não eram sons diretos, que se podia localizar em um determinado ponto de origem, mas algo que parecia viajar em ondas irregulares pelo ar. Ou através do tempo. Quando ele ouviu o barulho que as marretas faziam quando caíam com todo o seu peso em objetos sólidos, desfazendo-os no local, quebrando-os em muitos pedaços, ficou petrificado. E então, quando pôde distinguir o eco das balas no ar ou no tempo, saiu correndo. Temos de ir embora daqui, disse a Emilia, que também havia acordado. Sim, ela disse, com a garota mais nova em seus braços.

Manuel Gamio chegou à região fronteiriça entre o Texas e Tamaulipas em 9 de janeiro de 1939, quando o governo cardenista o encarregou de conduzir um estudo regional para preparar o regresso dos trabalhadores deportados dos Estados Unidos. O famoso antropólogo havia migrado para os Estados Unidos em meados dos anos 1920, abandonando uma carreira brilhante no México ao denunciar o regime por corrupção. Já no norte, ele usou sua vasta experiência como antropólogo e as muitas relações que havia feito na Universidade Columbia, onde cursou seu doutorado, para realizar os primeiros estudos sobre migrantes mexicanos. Isso chegou aos ouvidos de Cárdenas, que continuou com a ideia de povoar aquela fronteira onde havia depositado tanta esperança. Se o norte de Tamaulipas ia ser de algodão, era necessário atrair aqueles que tinham mais experiência na colheita. E não havia ninguém com mais experiência no cuidado e na colheita do algodão do que as famílias mexicanas expulsas dos Estados Unidos. A questão era simples e clara. Gamio esteve lá para a inauguração da Colonia 18 de Marzo, também conhecida como Ciudad Valle Hermoso, um pouco antes de a primavera começar naquele mesmo ano, mas o mérito de planejar e organizar aquela malha de amplas avenidas, em cujo centro se encontravam os prédios do governo, mas não a igreja, era todo de Eduardo Chávez. "Bem-vindos, Repatriados", rezavam os grandes cartazes que apareciam em vários pontos da cidade. "Gabinete de Repatriamento", informavam. Cristino e Emilia ouviram falar do projeto e imediatamente se reconheceram nele. Se o aparecimento da nuvem de pedra não tivesse sido suficiente, a notícia daquele lugar de repatriados imediatamente os convenceu. Eles voltariam para a fronteira, agora de sul a norte, e então, lentamente, se integrariam àquela longa fila de famílias esperançosas. Fariam uma petição de terras, é claro que fariam. E, finalmente, se Deus quisesse, eles se estabeleceriam em um lugar próprio.

Quatro anos depois, em 23 de junho de 1943, eles receberam os documentos confirmando-os como proprietários de dez hectares de terra no exido Urbano de la Rosa, entre Valle Hermoso e Anáhuac.

[tratores]

E, ali, do lado da fronteira, será que alguma vez viram aqueles tratores com que cultivavam a terra como José Revueltas os viu quando era tão jovem, pequenos à distância, mas fonte absoluta daquele rumor vivo e alentador? Suas vozes eram como as dos trabalhadores contratados por dia, cheias de poder e volume, que se ouviam a intervalos, roucas, altas, graves, vibrantes de existência, enquanto o trabalho ordenava sua sinfonia austera? Sob a bruma da manhã e sobre as leiras, aqueles retângulos precisos, notavam como a cor variava imperceptivelmente à mercê das ondulações do terreno, e o cinza ou o verde começavam a ficar violeta à distância?

Tomara que sim.

[colchões]

O retângulo é uma figura divina. E quem faz mesas, portas, camas, colchões sabe disso, sem necessidade de saber: paralelogramos pelos quais passa a cerimônia diária da existência, confirmando-a no ato. Ali, no espaço desses quatro ângulos retos, come-se e bebe-se; abre-se ou fecha-se o espaço próprio; descansa-se e faz-se amor, e nasce. Cuida-se dos doentes. Ali, também, velam-se os mortos.

As mulheres separavam um pouco de algodão para fazer os colchões. Era preciso limpá-lo muito bem. Era preciso deixá-lo arejar. Escolhiam, enquanto isso, um tecido firme: um algodão mais grosso com um desenho listrado em cores sutis, azul-celeste ou um verde muito claro. E, pouco a pouco, era preenchido. Era preciso tomar cuidado para distribuir o algodão de maneira uniforme, evitando caroços incômodos. E, quando tudo já estava lisinho, então era necessário fazer cerca de seis ou oito fendas em pontos equidistantes do colchão: pequenos obstáculos de fio para forçar a distribuição balanceada do material. Tinha de ser grosso o suficiente para garantir o descanso das costas, mas também leve o suficiente para ser transportado de um lugar para outro com facilidade. Tinha de cheirar a coisa limpa. Tinha de ser firme o bastante para sustentar ali, com a diferença de apenas algumas horas, as costas de uma criança morta depois de cair de um cavalo desabalado, e as costas de uma mulher dando à luz, e as costas trêmulas, ainda sangrando, da quinta filha. Ilda Garza Bermea, minha mãe.

[lavrar, semear, regar, desembaraçar, colher]

As variedades de algodão que chegaram ao norte de Tamaulipas foram, acima de tudo, a Empire e a Deltapine, ambas suscetíveis a todo tipo de males. Embora a Deltapine fosse de melhor qualidade de fibra, plantou-se mais Empire, que rendia mais. E Cristino alguma vez terá respondido a perguntas sobre seu trabalho como Adán fez, em *El luto humano*, com conhecimento de causa, com voz baixa e nostálgica? Será que ele disse: pois primeiro é lavrar, vendo ao longe as pequenas comportas dos drenos, depois vem o plantio, e então é preciso começar a regar com muito cuidado, até que a planta esteja crescidinha? Será que alguma vez disse que todo mundo pode lavrar e semear, mas regar é um ofício especializado que requer cálculo e experiência? Será que descreveu o ato de desembaraçar com calma, movendo as mãos de baixo para cima, como aquele processo através do qual as ervas daninhas são removidas do campo, deixando as matas limpas? Será que ele disse, no fim, quando o interlocutor podia imaginar o que viria a seguir, que então era hora da colheita, e depois a de descaroçar, e então eles se punham de acordo para embalar a fibra com segurança para os Estados Unidos e ir ao Banco Ejidal para liquidação?

Tomara que sim.

[sonhar juntas]

O céu parece sempre mais amplo nos vales. Sem nenhuma montanha que detenha a vista, a terra e o céu se perseguem no horizonte até que a luz do sol se desvaneça pouco a pouco. Enquanto tudo isso acontece, o céu cresce. O céu não para de crescer. As meninas que vivem no campo não têm muito tempo para ver o céu, mas carregam esse espaço expansivo em algum lugar secreto dentro do corpo que às vezes é possível ver dentro de seus olhos. Tomasa. Santos. Yolanda. Ilda. Estela. Os trabalhos eram muitos: alimentar galinhas, descascar batatas, ordenhar vacas, costurar vestidos, matar frangos, fazer queijo e ajudar, na época da colheita, com a retirada do algodão. Além disso, as cinco meninas dos Garza Bermea caminhavam cerca de cinco ou seis quilômetros diariamente para frequentar a escola. Levavam o almoço em pequenos recipientes de metal que dividiam com a única professora da região. Em uma casa de madeira, com a ajuda de um pequeno quadro-negro e alguns cadernos compartilhados, as meninas aprendiam a ler e escrever todas ao mesmo tempo, sem distinção de idade ou preparação prévia. Quando a aula chegava ao fim, percorriam os cinco ou seis quilômetros de volta. Tomasa. A hora do jantar. Santos. A hora de lavar a louça. Yolanda. A hora de se recolher. Ilda. A hora de pôr as camisolas de algodão e se deitar, junto com as outras irmãs, na cama compartilhada. Estela. A hora de pôr a cabeça tão perto das outras para sonharem juntas.

[utensílios domésticos]

Muitos anos depois, perceberiam que o material nos pratos que comiam diariamente era uma liga de zinco, chumbo e estanho, que às vezes era branco e às vezes azul. Mas o chamavam de estanho. Pratos e xícaras, colheres, utensílios de cozinha. Tudo era de estanho. Embora resistentes ao uso diário, era preciso tomar cuidado para não batê-los com força ou não deixá-los cair. Um prato amassado era um prato com uma mancha preta que, embora ainda servisse, demonstrava flagrantemente as cicatrizes da batalha diária. E devia ser logo descartado.

Com o tempo viriam, também do Outro Lado, os pratos de vidro branco com bordas douradas em que eram servidas as comidas da festa, a carne fresca, acima de tudo, o arroz vermelho. O café recém-coado. A Anchor Hocking Glass Corporation começou a vender uma grande variedade desses utensílios de mesa acessíveis e resistentes, feitos de borossilicato, em 1942, para que até mesmo os pobres pudessem comer como pessoas. Muitos desses pertences chegavam ao rancho como presentes quando eram visitados por alguns dos parentes que haviam ficado do Outro

Lado. Traga-me alguns aços, Emilia lhes escrevia sem vergonha, sabendo perfeitamente que aquelas pesadas panelas de ferro fundido, que ela podia colocar direto no fogo ou no fogão a lenha, eram ótimas para cozinhar batatas com ovos ou fazer pão de milho.

[fitas]

Entre o plantio e a colheita, havia pouco tempo para qualquer coisa, exceto para viajar. Sempre havia coisas a fazer. Consertar o galinheiro, por exemplo. Remendar calças ou sapatos. Regar os gerânios ou as rosas. Amolar as enxadas. Separar as melancias ou abóboras das hortaliças. Mas sempre chegava o dia em que iam ao Outro Lado comprar fitas de cabelo. Azuis. Rosa. Verdes. Cores brilhantes. Todas sabiam que, quando entrassem no trem que as levaria ao norte de Coahuila para visitar parentes distantes, as tranças, mais apertadas do que nunca na testa, seriam entrelaçadas no final com aquelas fitas de cetim que queriam dizer nesta colheita nos demos bem. Temos mais um ano de vida.

[chouriço]

Quando viu arranjos de flores tropicais dentro de pedaços de gelo em Natchez, Mississippi, Mark Twain comparou o gelo a uma joia. Talvez ele estivesse certo. O gelo conserva o que pode estragar. O gelo impede que os alimentos apodreçam. O gelo protege. Fixa. Um corredor também pode ser feito de gelo. Uma plataforma. Geada. Granizo. Cubo. Iceberg. Sorvete. Neve de limão. O frio torna sólido o que era líquido. O gelo para. Paralisa. Ninguém nas veredas que alimentavam os afluentes do rio Bravo teve gelo enquanto vivia nos ranchos. Mas isso também estava mudando. A educação dos filhos exigia mais anos de escola. Frequência à igreja. Até mesmo a localização dos bancos tornava necessário planejar e estabelecer um povoado em si. Pouco a pouco, à medida que os colonos compravam terras a caminho de Valle Hermoso, poucos quilômetros antes da alfândega interior, o Povoado Anáhuac tomou forma. Até o advento da eletricidade, os alimentos eram consumidos diariamente: um frango recém-depenado, a fruta ou o vegetal da estação, a leguminosa fresca da terra. Para o resto havia os grãos, armazenados em lugares escuros. E sal, para conservar a carne seca.

Caso quisessem algo mais – carne de porco, cordeiro ou cabrito, por exemplo –, era preciso fazer planos com os vizinhos. Conservar era compartilhar. A seleção do animal. Uma morte contundente, embora discreta. E, pendurado pelas patas, o processo de sangramento. Esfolar é uma maneira de dizer remover a pele. E a distribuição do saque depois: o lombo, as costelas, as tripas, o pescoço. Pouco poderia ser guardado para mais tarde, mas algo restava para os dias vindouros com a elaboração do chouriço: pequenos pedaços de carne misturados com pimentas vermelhas dentro da pele dos intestinos. Um trabalho coletivo. Um trabalho de muitas horas. Quando era o momento de fazer chouriço, Emilia e Tome e Santos e Yolanda e Ilda e Estela se reuniam ao redor da mesa para manipular ingredientes e utensílios. Mãos ansiosas. Mãos que sabiam o que cortar, o que enxaguar, o que apertar e quando parar. Mãos ainda sem anéis. Quando pendia do teto em peças de dez ou treze centímetros separadas cada uma por um fio, o chouriço era mais do que a possibilidade do futuro, era sua própria confirmação. O tempo passava. O tempo não parava de passar.

[latrinas de fossa]

Chamava-se Chito, e seu trabalho era perfurar a terra. Ninguém sabia de onde ele vinha ou quem era sua família, mas assim que um buraco precisava ser feito para enterrar alguém ou abrir uma latrina, lá estava ele a postos. Garrafa de água. Lenço colorido no pescoço. Pá e picareta. Para colonizar é necessário capinar a terra, mas para se estabelecer em um local é necessário fazer um buraco no qual depositar os excrementos. Na ausência de drenagem, abriram-se buracos no povoado no final dos lotes, muito atrás das casas, para evitar o cheiro de putrefação, moscas e epidemias. Uma vez que Chito terminava sua tarefa, dispunha-se uma pequena casa de madeira sobre os buracos profundos: uma porta com aldraba, telhados duas águas e uma tábua horizontal a modo de assento onde se abriam dois buracos redondos, um grande, um pequeno. Se se olhasse para baixo, por cima dos ombros, era possível ver os promontórios de merda e cinzas, papel amassado, insetos mortos. Era preciso ir até lá durante o dia para urinar e defecar. Mas à noite, como Gloria Anzaldúa do outro lado da linha, se dizia às mulheres: Não vá ao banheiro no escuro. Vai que encontra algo por lá.

[gêneros]

Os assentamentos humanos geram rituais. O baile de fim de ano era, para aquela aldeia de agricultores que, durante algum tempo, podiam desfrutar da liquidez do banco e de alguns dias de descanso antes de recomeçar o ciclo de plantação, o mais importante. Era preciso se preparar com antecedência. Era necessário certificar-se de que a Singer, a máquina de costura, estava em perfeitas condições. O pedal, o pespontado, os óleos. Era preciso ir ao Outro Lado para escolher os tecidos: cetim ou veludo, musselina ou chiffon. Então se notava se a família tinha economizado o suficiente para comprar linhas, broches, rendas, zíperes, botões. Felizmente para as filhas de Emilia e Cristino, Santos sabia e gostava de costurar. Ela copiava os moldes de costura que via nas lojas de tecidos de Brownsville e os reproduzia à perfeição, às vezes até melhorando-os com plissados extras ou rendas colocadas nos lugares menos pensados. Por suas mãos passaram os vestidos do dia a dia e os de sair, além dos vestidos de noiva de todas as suas irmãs, pelo menos enquanto todas viveram no Povoado Anáhuac.

Nos bailes de fim de ano, os jovens se conheciam. Ali havia a primeira troca de olhares ou palavras ou o atrito entre os corpos. Como o inverno vinha trazendo as chuvas, que transformavam as ruas de terra em verdadeiros pântanos, muitos dos cortejos entre homens de terno e mulheres de vestidos longos, chapéus e luvas aconteciam entre atoleiros. Mas assim, primeiro sob a supervisão dos adultos, começava o que, lentamente, depois de encontros furtivos ou alguma conversa na praça, chegava ao pedido de mão com o qual o noivado era formalizado. E então imediatamente começava a confecção do vestido de noiva que, algum tempo depois, a frugalidade do norte aproveitaria para transformar em uma roupa de batismo ou confirmação dos primeiros filhos.

Se Gloria Anzaldúa tivesse vivido desse lado da fronteira em vez do outro, ela também teria fugido. Embora as mulheres tenham sido decisivas para o processo de colonização e para o desenvolvimento do trabalho agrícola, especialmente no plantio e colheita do algodão, seu lugar sempre foi bem delimitado. "Ela é muito trabalhadora" era um dos melhores elogios que se podia fazer a uma mulher. E, certamente, quando a esfera do doméstico engloba tanto as tarefas de produção quanto as de reprodução, criando uma conexão fluida entre o trabalho agrícola e doméstico, era melhor ter a energia, as habilidades e o equilíbrio necessários para realizar o trabalho cotidiano. Entre pegar e acender lenha para o fogão, misturar farinha com manteiga para as tortilhas, matar galinhas, fazer queijos, costurar roupas, fabricar colchões, lavar e passar roupas de trabalho, procurar piolhos nas meninas de cabelos compridos e cuidar da plantação da família, os dias das mulheres nos campos de algodão eram um acúmulo compacto de responsabilidades que muitas vezes não lhes deixava tempo para respirar. E, a isso, era preciso adicionar o poder da religião. Embora no início do processo de colonização a Igreja tivesse desempenhado um papel bem menor, com o assentamento vieram os cultos, especialmente o católico, com suas hierarquias estritas entre homens e mulheres. E uma moralidade que observava de perto qualquer indício do diferente. Aquelas que subiam em árvores e não acreditavam em Deus, aquelas que não podiam ou não queriam ficar caladas, aquelas que queriam estudar ou aprender inglês, tinham o rio Bravo ao virar da esquina e o cartão migratório que lhes permitia passar para o Outro Lado e, se possível, ficar lá. Yolanda, desde muito jovem, optou por essa alternativa e viveu em Houston por um longo tempo. E Santos chegou lá alguns anos mais tarde, depois de uma primeira decepção amorosa.

Ir embora é ir de tantas maneiras.

[todos os sentidos]

O cheiro de máquinas de ferro e óleo queimado. O som dos pombos ao pôr do sol. O aroma do jasmim. O som dos tratores nos sulcos. A cor do céu no inverno alguns minutos antes da chuva. O aroma do furacão. A sensação de grama crescida sob os dedos. O aroma da goiaba. O som do rádio quando acabava a pilha. O cheiro da pele do cavalo quando corre. O som da coruja à meia-noite. O sabor da terra seca e depois o da terra úmida entre os dentes. A consistência dos troncos de algaroba. A cor do algodão antes do amanhecer. O sabor da água dos drenos. A cor dos escaravelhos. A cor das baratas. O som de mosquitos dentro de um quarto à noite. O cheiro de excrementos em uma latrina. O cheiro de gasolina. O som da voz quando se choca contra as paredes de uma roda d'água. O sabor da água da roda d'água. A cor dos sapatos recém-engraxados. O som dos galos ao amanhecer. O som das rãs (que é diferente do dos sapos). A cor dos arados semiusados. O sabor da neve do Outro Lado. O som da galinha que escapa. A sensação do percal ou da crinolina na pele. O cheiro de banha de porco. O sabor da melancia. A sombra das algarobas. O sabor da leucena. A sensação de água fria no cabelo. O som da descaroçadora. As borbulhas de Coca-Cola perto do nariz. A sensação de fumaça nos olhos.

Tudo isso é difícil de descrever.

[calças cáqui]

Tanto nos espaços que ligavam as parcelas de algodão quanto nas assembleias onde as decisões comunitárias eram tomadas, as calças cáqui davam a cada reunião pública certo ar militar. Os homens as vestiam à menor provocação. Um par de calças cáqui e uma camiseta branca: o uniforme do algodão. Uma camisa para as ocasiões mais formais. Da palavra hindi *Khaki* e, esta, do pelvi *hak*, que significa poeira, o cáqui sempre foi uma roupa acostumada a se camuflar.

Associadas à vida militar e, especificamente, ao colonialismo inglês, as calças cáqui foram adotadas pelo exército britânico na Índia não apenas pela leveza do material, mas também pela cor – que se alcançava tingindo o tecido com chá verde – que mais facilmente escondia o suor ou a sujeira. Havia muitos exploradores e aventureiros que vestiam calças cáqui para realizar suas travessias ao redor do mundo. Em 1906, Levi Strauss as comercializou com grande sucesso nos Estados Unidos, para mais tarde se tornar o selo próprio do exército estadunidense durante a Segunda Guerra Mundial. Os agricultores do povoado, que as usavam com a barra bem marcada, produto do trabalho das mulheres com as pesadas pranchas de madeira, delatavam assim sua condição de repatriados. Eles vinham de outro lugar. Compravam roupas prontas.

Meu avô usou aquelas calças a vida toda. Vestia-as de madrugada, amarrava-as bem com um cinto de couro e com elas ia para o rancho, para as reuniões onde os exidatários começavam a mostrar sua crescente preocupação com o aumento das pragas, para as juntas do comitê agrário regional onde viam tudo o que se relacionava à melhor distribuição de água, para os escritórios feitos de bloco de concreto onde ele servia como síndico ou como agente do ministério público. Quando era preciso ir ao banco e cobrar o acordo do ano, o dinheiro ia parar nos bolsos fundos de suas calças cáqui. Ele as usava nas reuniões com amigos nos cafés do centro de Matamoros e nos funerais no cemitério de Santa Rosalía. Ele as usava quando o alarme começou a se espalhar com o declínio das colheitas e se organizaram reuniões com a participação de mais e mais homens com rostos sérios e mãos calejadas nos escritórios do comitê agrário. O que vamos fazer agora?, ele se perguntava em silêncio entre a multidão enfurecida. Ao contrário dos agricultores que tinham filhos homens, muitos dos quais trabalhavam arduamente nos campos, Cristino tinha tido apenas filhas. O desassossego não o deixava em paz. Depois de alguns anos de produtividade, de riqueza inusual, ele teve de começar a pedir empréstimos, primeiro ao banco e depois a amigos e vizinhos. Às vezes, até tinha de pedir dinheiro às filhas, que começaram a trabalhar como secretárias no Banco Ejidal ou como costureiras do Outro Lado. A terra não dá para mais nada, ele dizia a si mesmo. Por algum motivo o engenheiro Chávez insistira tanto na rotação de culturas, e por algum motivo os do banco e os do governo o ignoraram enquanto as exportações continuavam e havia dinheiro. Se acreditasse em Deus, Cristino teria levantado o rosto para o céu e orado. Mas ele não punha os pés em uma igreja havia muito e fazia isso com toda a convicção. A religião organizada era assunto de mafiosos, assegurava às filhas. Se vocês tiverem de confessar algum pecado, melhor contar à sua mãe. Se ele acreditasse em Deus, teria jogado um punhado de sujeira seca no rosto d'Ele e teria parado de acreditar. Já à noite, quando, cansado, tirava as calças cáqui e as dobrava antes de entrar no mosquiteiro e estender-se na cama, não fazia nada além de pensar naquela nuvem pesada imóvel que vira em San

Fernando. Via tudo com uma clareza aterrorizante, mas não sabia o que via.

Inclusive depois, quando tiveram de ir novamente, quando, já doente e desempregado, só se entretinha com um passeio muito devagar pelas ruas de terra sempre ameaçadas pelas marés do rio Pánuco, vestia suas calças cáqui engomadas, com o eterno cheiro de limpo e sua barra marcada.

E de vez em quando parava para fumar.

[uma visão antecipada]

Cristino, como Natividad, teve uma visão antecipada de tudo o que ia acontecer? Será que ele acordou uma manhã e, depois de se dirigir para o rancho, ainda de pé no espaço, viu ao longe uma planta doente e, no dia seguinte, viu outra, e outra no seguinte, até que teve de aceitar que o que vira não era produto de sua imaginação, mas os primeiros sinais de que as pragas do verme rosado e do gorgulho do algodão eram reais? Será que teve de dizer a si mesmo, no dia seguinte, sozinho e em frente ao espelhinho quebrado do banheiro, que a água não servia nem tampouco a terra, como Natividad fizera certa vez antes de organizar a greve de Estación Camarón? Será que ele se disse muitas outras manhãs, enquanto as ilhotas de plantas doentes pela podridão texana cresciam em círculos cada vez maiores entre o algodoal, que o sistema poderia ser salvo com fertilizantes, estabelecendo um sistema de rotação que faria descansar a terra, melhorando as sementes, distribuindo melhor a água, usando inseticidas menos venenosos, estabelecendo uma grande cooperativa? Será que amaldiçoou o banco, os políticos, as grandes taxas de juros?

Tomara que sim.

[DDTOX]

Ele tinha feito o mesmo que no ano anterior, e no anterior, e no anterior. Mas neste ano tudo foi diferente. Havia arado bem a terra com os tratores que lhes foram emprestados pelo Sistema. Havia contratado um bom regador, um homem experiente que, ao contrário de outros, vinha trabalhar sem falta antes que o sereno caísse e reconhecia a consistência da água assim que via a espuma que entrava pelos drenos. Tinha retirado as ervas daninhas e, junto com seus vizinhos, colocado o fertilizante habitual e até pagado para que o avião passasse por cima de suas plantações para pulverizar o DDTOX. Entre doze e vinte e cinco quilos por hectare. Mas, quando o crescimento das matas parou e quando ele começou a ver como os capulhos diminuíam, soube que aquilo não era nada bom. Como os assentados de outras terras, notou os pequenos orifícios escuros nos botões e nas flores, mas não sabia bem o que eram. Dias depois, quando abriu os capulhos, encontrou ali as larvas enroladas e, em outros, as pupas. Ele os tomou entre seus dedos ásperos e, com mais curiosidade que nojo, trouxe-os para perto dos olhos. De que mundo você vem?, perguntou ao ar, meditando. De que Universo? Com o silêncio da terra nas costas, continuou a abrir os capulhos. Podia tocar as conchas das bolotas, mas em seu interior tudo estava carcomido por aquele coleóptero que, ele saberia mais tarde, foi a causa do fim da produção de algodão no sul dos Estados Unidos nos anos 1920. Agora era a vez deles.

A primeira vez que viu um gorgulho de algodão sob uma lente de aumento, lembrou-se novamente da lua negra e vertical de San Fernando. Logo se convenceu de que o inseto era um agente destrutivo que vinha de regiões do

Universo que todos desconheciam. Um par de olhos redondos e completamente escuros em ambos os lados de uma cabeça ovalada. Um bico curvo, quase do tamanho do corpo, no fim do qual se abria uma mandíbula usada para fazer buracos nos botões, nas flores e nos capulhos. Duas esporas, uma grande e outra pequena, nas patas dianteiras. E duas antenas geniculadas que saíam mais ou menos da metade do bico para ser inseridas junto com ele no interior do algodão. Cristino olhou para o bicho atônito por um bom tempo. Então, essa era a causa de sua insônia. Ali estava o inimigo, finalmente exposto.

Os engenheiros do Sistema os convocaram um pouco antes da noite de São João ao recinto do Comitê Agrário. Um deles, o homem alto que raramente tirava o boné de beisebol, era conhecido havia muito tempo; mas o outro, aquele com o cabelo espesso e o bigode bem aparado, era a primeira vez que o viam. Estavam com o rosto sério, e as vozes, que geralmente eram firmes, rápidas para explicação ou resposta, agora tinham um timbre estranho. Eles disseram bom dia e então, quase sem transição, começaram a falar sobre a peste. Explicaram que os gorgulhos levavam cerca de vinte e cinco dias para se desenvolver dentro do algodão, onde se protegiam de qualquer perigo, como formigas, e não viviam mais de cinquenta dias depois disso, mas nesse tempo uma fêmea poderia colocar até duzentos e cinquenta ovos e infectar cem botões florais e frutos, se não mais. Os orifícios eram as feridas que deixavam na planta quando punham ovos ou quando se alimentavam dela. Além disso, tanto a temperatura quanto a umidade naquela margem do rio Bravo eram perfeitas para o seu desenvolvimento e propagação. Não vamos mentir para vocês, ambos disseram quase em uníssono depois de mostrar-lhes cartazes com fotografias e diagramas. Estamos em apuros reais. O silêncio na reunião do Comitê Agrário foi total. E o arseniato de cálcio? O parametox? O DDT?, perguntou Cristino depois de levantar a mão. Não lhes tinham dito que esses pesticidas controlariam o verme rosado, o pulgão, o ácaro-aranha, a pulga saltadora e até mesmo o fungo que atacava as raízes do algodão, que era a podridão texana? Eles não tinham assegurado que as formulações muito complicadas desses pesticidas preservariam a saúde dos algodoais? Aquilo era pior, continuou o engenheiro de bigode, baixando a vista e ajustando o relógio sobre o pulso. A presença do gorgulho não tinha sido tão perceptível porque até não muito tempo antes ele havia caído diante do poder dos produtos químicos, mas com a passagem dos ciclos de semeadura e colheita, os insetos já haviam se tornado resistentes. E então? Deve haver algo que podemos fazer, não é? A voz, como o silêncio de antes, expandia-se no recinto com uma pitada de terror e outra de esperança. Certamente algo poderia ser feito. Se eles tinham sido capazes de capinar a terra e desviar a água do rio Bravo, certamente poderiam fazer algo em relação a um inseto tão pequeno. Se tinham conseguido trazer a agricultura para cá. Mesmo que fossem de outro mundo, mesmo que descessem em uma grande nuvem de pedra na qual visitavam Universo após Universo, devastando tudo em seu caminho, certamente algo poderia ser feito. Vamos tentar com outros pesticidas, disse o outro engenheiro depois de pigarrear um pouco, sem qualquer convicção. Isso já aconteceu no sul dos Estados Unidos, ele lembrou, e conseguiram resolver. Os murmúrios dificultaram a comunicação. Alguns se levantaram e saíram. Outros ficaram sentados nas cadeiras de madeira, impávidos e pensativos, depois que a reunião terminou. Estátuas sozinhas em um salão vazio.

O que os engenheiros não lhes disseram naquela tarde quente de julho foi que os gringos avançaram porque, depois que o gorgulho vindo do México migrou para lá, devastando toda a região, as plantações foram forçadas a se diversificar. O que não lhes disseram foi que o cultivo de algodão como o conheciam até aquele momento estava chegando ao fim no Sistema do Baixo Rio Bravo. Mas eles nem precisavam dizer isso. Qualquer um que tivesse trabalhado de perto com a terra, entre os sulcos, tocando aquelas plantas, já sabia disso. Cristino saiu daquela reunião cabisbaixo, andando mais devagar do que o habitual. O que diria a Emilia? O que diria a Tome, Santos, Yolanda, Ilda, Esthela, Irma? Acendeu um cigarro. Como era bonito o algodão, disse a si mesmo olhando para os campos floridos à distância. Como uma nuvem que tivesse decidido se refugiar conosco na Terra. Então contemplou sua casa, dentro de sua cabeça atribulada contemplou sua casa: o alpendre onde às vezes se sentava em uma cadeira de balanço para ver a tarde passar, os pisos de madeira que rangiam sob seus pés, as janelas abertas, protegidas por telas, através das quais a brisa passava. E, acima de tudo, novamente ali, a nuvem de pedra. Você viu, Héctor?, ele disse a seu filho morto. Tudo isso que engloba a visão foi nosso. É, respondeu o menino, que naquele exato momento pegava sua mão para acompanhá-lo. Cristino deixou escapar um sorriso triste e envergonhado. Deu outra tragada no cigarro. Voltou-se para olhar o campo de novo. Diclorodifeniltricloroetano. Repetiu as palavras uma a uma, lentamente. Seu trava-língua pessoal. Então virou as costas para tudo isso e foi para casa ao longo da Trilha Nacional.

[honestidade, laboriosidade, ânsia de trabalho]

Quando meu avô morreu, em uma sexta-feira, dia 6 de abril de 1973, seus restos mortais foram transferidos de volta para o Povoado Anáhuac de Tampico, Tamaulipas, para onde haviam imigrado quando o experimento agrícola e social deixou a crosta de terra de um lado do rio Bravo transformada em uma concha seca e rachada onde os insetos e os fungos estabeleceram seu novo reino. Cerca de oito horas pela estrada. Talvez um pouco mais na carroça. No obituário que apareceu no jornal local, a ênfase foi colocada em seu status como "grande agricultor" e, acima de tudo, nos muitos cargos que ocupou durante seus dias como assentado na fronteira entre o México e os Estados Unidos: "Durante a administração municipal liderada pelo engenheiro Santiago Guajardo, ele atuou como Síndico e, pelo Ministério da Justiça, como Agente do Ministério Público e, ao mesmo tempo, Secretário-Geral do 18º Comitê Agrário Regional, onde se destacou por sua honestidade, laboriosidade e ânsia de trabalho e de progresso. Também fazia parte de órgãos liberais. Ocupou ainda a presidência do Comitê Municipal do Partido Revolucionário Institucional".

Cercado por um pano branco reluzente dentro do caixão, seu rosto rígido e, no entanto, familiar foi a primeira evidência que tive da morte. Tínhamos atravessado metade do país em um Volkswagen sedã branco quase em silêncio. Me puseram um desconfortável vestido azul-marinho de terlenka. Diga adeus ao vovô, me disseram enquanto me levantavam do chão e me aproximavam do rosto que eu conhecia bem e, agora, desconhecia de todo. Eu tinha 7 anos e, talvez por isso, não entendia de onde vinha o choro dos enlutados. Ou para onde ia.

[Cascajal]

A destruição do espaço é chamada de cascalho, diz o antropólogo Gastón Gordillo. Ao contrário da ruína, uma abstração homogeneizante que assinala o passado como passado, há no cascalho um componente sensorial com uma carga afetiva específica que encarna a desintegração de toda forma reconhecível no presente como tal. O cascalho, em outras palavras, é uma ruína sem glamour. O cascalho "revela a sedimentação material da destruição". Talvez não tenha sido pura coincidência que, quando deixaram para trás um território destruído pela passagem voraz daquela dupla formada pelo algodão e pelo Estado cardenista, meus avós maternos chegaram a Cascajal, uma colônia selvagem e pobre nos arredores de Tampico, Tamaulipas. De uma terra morta a um campo de escombros. De um novo local de expulsão para um local onde se acumulavam, literal e figurativamente, os resíduos, o que sobra, o bagaço. O trajeto, que tinha sido em linha reta para o sul, ocorreu sob a sombra da mesma nuvem de pedra que Cristino tinha visto em alguma noite distante nos campos de San Fernando. Quando todos os gorgulhos desceram e depois se alojaram dentro dos capulhos de algodão, a pedra sombreada estava estacionada no centro do céu, escurecendo tudo ao seu redor. Cristino saía de casa à meia-noite apenas para confirmar que ela ainda estava lá, produzindo aqueles ruídos estranhos que lhe pareciam comunicações de mundos vindouros. Os guinchos de rodas lentas e invisíveis. Os ecos de marretas ou balas. Você não viu?, ele perguntava discretamente a seus vizinhos, aos membros da Comissão Agrícola e até mesmo aos membros do partido. Não vimos o quê?, respondiam com uma pergunta, olhando para o céu. Aquela massa negra, dizia-lhes, baixando o olhar. Aquela coisa que é mais negra do que a noite. Não riam na cara dele porque o respeitavam, mas em voz baixa, já sob os mosquiteiros ao lado de suas esposas, comentavam que Cristino estava perdendo o juízo. Estamos todos perdendo o juízo, diziam elas roendo as unhas, incapazes de dormir.

Se tivessem lhe perguntado, ele teria dito que a abdução ocorrera de maneira muito rápida. O dia tinha começado como de costume, em uma hora muito cedo, com o cheiro de café recém-passado e o crepitar suave do fogão a lenha. Tinha lavado as mãos, o rosto, os dentes. Tinha tido tempo de afivelar bem o cinto e pôr o chapéu. Quando aconteceu, ele estava fumando seu primeiro Alitas na varanda da entrada. Fumaça sagrada em torno de sua cabeça. Uma luz muito clara de repente iluminou tudo. Olhe, Emilia, disse Cristino, apontando para os campos de algodão. Que brancos eles estão a esta hora. São como a espuma do mar. Emilia enxugou as mãos com o avental enquanto olhava para a distância. Ficou em silêncio. Então, ajeitou os óculos que começara a usar. Seu marido estava certo: naquela hora do dia, a parcela dava a impressão de ser eterna, invencível, radiante. Viveremos aqui inclusive depois da vida, ele pensou. Então, perdeu a consciência. Uma escuridão espessa e com cheiro de mofo passou por suas narinas e inundou seus pulmões. Se tivessem lhe perguntado, teria dito que nunca soube onde passou aquelas horas, dias ou semanas em que tudo ficou escuro. Viu, sim, tudo lá do alto. As circunferências da destruição nas parcelas. A forma como o salitre ajudava na expansão da podridão texana, que sugava a vida das raízes do algodão, deixando puras varas amarelas e chaparros nos campos. Viu os capulhos consumidos pelos gorgulhos avançando em formação militar de sulco para sulco. Viu as folhas consumidas pelos vermes rosados. Viu o salto insano de pulgas de folha em folha. E, no final, quando todas essas criaturas já dominavam tudo, viu a terra. Lá do além, tocou-a com as mãos. Torrões secos. Sem sequer pensar nisso, enfiou-os na boca. Tinham um gosto amargo. Tinham um gosto rançoso. O gosto da vida que já se fora.

Quando recuperou a consciência, estava sentado dentro de um quarto com paredes de madeira carcomida e chão de terra. Emilia?, sussurrou Cristino, temendo que não houvesse mais ninguém ao seu lado. Ela pegou sua mão direita e, sem olhar para ele, encostou a bochecha em seu dorso seco. Estou aqui, Cristino, disse em voz muito baixa. Tudo vai ficar bem, garantiu. Quando finalmente reuniu forças suficientes para encará-lo, teve de fechar os olhos quando viu sua pele cinzenta, esverdeada, como a de uma pessoa que viajou pelo espaço sideral sem qualquer proteção.

Eles partiram como chegaram. Ou pior. Ficavam em Anáhuac os ossos de um filho morto e a família de uma filha casada. Mais duas filhas já haviam partido para Houston, nos Estados Unidos, onde se casaram com seu consentimento, mas sem sua presença. Mais uma filha, minha mãe, já morava havia anos perto de um campus universitário onde uma aposta maluca, uma aposta inimaginável, os levava para longe do algodão. Meus avós, que não tinham mais nada, nem mesmo o vigor da juventude ou a garantia de saúde, foram levados a Tampico pelo desejo de dar uma educação universitária para as duas filhas mais novas. Eram movidos pelo desejo de começar de novo, de outra forma, com uma nova geração. Foi assim que explicaram o inexplicável. Essa narrativa substituiu a que apenas os dois conheciam.

Ao contrário dos filhos e netos de José María e Petra, que conseguiram navegar na transição do algodão para o sorgo com mais terras, estabelecendo também contatos para garantir o abastecimento de água de rega para suas parcelas, Cristino nada pôde fazer com sua terra ensalitrada e seca. Tendo apenas filhas em sua família nuclear, ele também não recebia apoio direto no trabalho de campo. Como líder agrário, ainda participou de comitivas que viajaram daquele canto do país até o Palácio Nacional, em 1951, para se encontrar com o presidente, mas Adolfo Ruiz Cortines não era Lázaro Cárdenas, e a reforma agrária não era mais uma prioridade de um país que apostava na industrialização e na urbanização como suas cartas fortes para o futuro. Além disso, depois de anos alterando a superfície do terreno no canto nordeste do país, depois de construir mais barragens e abrir novas estradas, Eduardo Chávez havia deixado Valle Hermoso cerca de três anos antes, quando foi nomeado secretário da Comissão do Papaloapan, um projeto que o levaria de volta ao sul e, ainda um pouco mais tarde, ao cargo de secretário de Recursos Hídricos do novo regime.

Há fotografias que o retratam dez anos mais tarde, em 1961, participando de reuniões de associações de produtores de algodão em grandes auditórios com cortinas de veludo, quando os inseticidas não podiam fazer nada contra as muitas pragas que assolavam a região – gorgulho-do-algodão, verme rosado, pulgão, lagarta, percevejo-vermelho, broca-do-algodão, pulga saltadora, larva do algodão, verme da cápsula, broca-da-ponta-do-caule, verme broca-da-folha, cochonilha. Sem créditos agrícolas e sem a possibilidade de vender sua terra de exido, Cristino optou pelo caminho que tantos outros seguiram naqueles tempos: o êxodo do campo para a cidade. Eles não entraram em nenhuma caravana desmatando a estrada nem carregaram seus poucos pertences materiais em um móvel próprio. Eles não iam com a intenção de possuir algo próprio, mas com a pura esperança de conservar sua pele. A agonia e o pesar produzidos pelo fracasso agrícola foram confundidos com os estágios iniciais do câncer que acabaria com ele alguns anos depois.

[o apego à fronteira]

Pensei que tinha chegado a Houston, mas estava errada. Na verdade, em 1990, quando desci de um avião da Aeroméxico para iniciar uma viagem que já dura quase trinta anos, eu estava regressando a Houston. Nos cinco anos que passei lendo nos cubículos gelados da biblioteca universitária, levando no antebraço meu casaco no meio do verão abafado e úmido devido aos aparelhos de ar-condicionado de todos os edifícios, aprendi muito sobre a economia da América Latina e sobre a história do México. Não aprendi – porque não perguntei, porque pensei que sabia – nada sobre a história de migração da minha família.

Eu tinha sido generosamente recebida na casa de Yolanda, uma das irmãs de minha mãe, até então uma fervorosa comunista que, depois de um casamento fracassado, havia se tornado uma ativista chicana. E, de vez em quando, conversava com Santos, a irmã de peculiar nome masculino e plural que trabalhava de faxineira na biblioteca da universidade e aproveitava seu trabalho no turno da noite para deixar em meu cubículo pequenos presentes que eu descobria de manhã, toda animada. Esta rua foi construída por seu avô, ela me dizia sem ser questionada quando eu passava pela casa dela para encontrá-la e dirigíamos pela rua Canal a caminho de outro lugar. E insistia. Essas árvores que você vê lá, aquelas, foram plantadas por seu avô, ela me lembrava quando passávamos em frente à Universidade Rice. Sua bisavó morava aqui. Aqui está o estúdio fotográfico onde seus avós tiraram a foto do casamento. Em uma casa que ficava ali, mas já não existe, seu pai se hospedou quando visitou Houston pela primeira vez. Aqui viveu a senhora que costurou o primeiro vestido de festa de sua mãe. A cidade como um terreno minado de memória. A cidade como o mapa de uma guerra que perdemos antes de começar.

Naquela época, eu ainda pensava neste país como o outro país. Miguel De Landa diz que, na escala do humano, uma montanha é um ente imóvel. Mas, na escala do Universo, essa mesma montanha é puro movimento. Se prestarmos atenção, como Rulfo dizia, podemos ouvir a Terra rangendo enquanto gira em seu próprio eixo. Trata-se de um movimento muito lento, quase imperceptível à impaciência humana, mas real para todos os seres que a habitam e a fazem ser o que é. Da mesma forma, no instantâneo de uma geração, minha chegada a Houston no final do século XX pareceria uma decisão individual mais ou menos pragmática. Eu tinha então um diploma universitário na área de Sociologia que, em um estágio de profunda crise econômica no México, não me garantia nenhum futuro. E o mundo de repente se tornara hostil: uma repetição cansada de atos de corrupção governamental e autoritarismo, desfiles pagos com dinheiro estatal, os modos mais repelentes do machismo. Estava, é verdade, no meio de um beco sem saída. Eu também tinha vontade de ir embora. Vontade de começar de novo. Mal sabia eu então que o que formigava em meu corpo, aquilo que me acordava no meio da noite com o cérebro fervilhando, era menos uma descoberta pessoal e mais um costume familiar. Mal sabia eu que, na *longue durée* de minha própria história, essa emigração emulava muitas outras mais iniciadas havia décadas, se não séculos. O regresso à fronteira. O apego à fronteira. Mal sabia que o que eu estava a ponto de definir como uma aventura era, também, uma expulsão.

[uma avó contra o realismo mágico]

Quando minha mãe começou a tropeçar diante do presente, eu temi pelo passado. Minha avó materna morreu em 2010, aos 92 anos, sem nunca ter entrado em um hospital. E, quando a enterramos sob um impressionante freixo, no antigo cemitério, na Rodovia 122, entre Anáhuac e Valle Hermoso, me perguntei como faríamos para não esquecer sua experiência. Emilia Bermea Arizpe esteve sempre longe de ser uma daquelas avós do realismo mágico, dispostas a compartilhar seus saberes, místicos ou não, com os outros. Muito longe da doçura ou suavidade que são muitas vezes associadas às avós latino-americanas. Mas, também, com uma vontade que nunca conheceu rédeas, com uma aspereza que muitos chamavam de falta de tato, mas que certamente a ajudou a sobreviver aos anos difíceis de colonizadora e, mais tarde, aos seus anos como imigrante precária no porto, Emilia contava com generosidade e gosto as histórias de trabalho. Como fazíamos os colchões. Com que escovávamos os dentes. Como as calças eram bem passadas. O que era preciso para fazer um bom queijo. Como as vacas eram ordenhadas. Como se acendia bem uma fogueira. Como se desembaraça. O que deve ser emprestado aos vizinhos e o que não deve. Como se faz uma boa broa de milho.

Suas lições eram enunciadas especialmente à noite, quando, já com a luz apagada, tendo nos obrigado a "nos guardar" em uma hora descomunalmente cedo, ela começava a inundar a escuridão com sua voz.

Ninguém anotou as lições que ela nos dava.

Lembro-me do vento que movia os galhos do freixo na tarde em que regressou à terra. Embora lúcida, ou justamente porque estava lúcida, nos últimos anos ela insistiu que já estava cansada. Um de seus joelhos doía. Ela punha uma dentadura de dentes branquíssimos pela manhã e a removia à tarde, antes de ir dormir. Costumava beber um copo de água depois do banho, para limpar o interior ao mesmo tempo que o exterior, assegurava. Contava os pássaros que assomavam à sua janela. Lia a Bíblia. Por mais de vinte anos, havia sobrevivido com vigor à morte do marido, mas já era hora de partir. Pouco disse ou recordou de sua vida nos Estados Unidos – um único pedaço de terra artificialmente dividido por uma alfândega feita de perguntas administrativas e respostas automáticas. Certamente, naqueles anos de trabalho em Rosharon, aprendeu a identificar o valor das cores da pele. Ser branca sempre foi um de seus orgulhos menos secretos. Usar chapéus e mangas compridas nos dias de muito sol foi um dos ensinamentos que deixou para suas filhas, e estas para as suas. Mas foi ela quem orgulhosamente contou sobre o dia em que Lázaro Cárdenas apertou sua mão em Santa Rosalía. Essa mesma mão, ela me dizia, estendendo a direita, quando percebia que eu a olhava com incredulidade. Foi ela quem espalhou a história de que, enquanto fazia alguns documentos de fronteira, as autoridades de imigração exigiram que Cristino pisasse na bandeira mexicana. E que, ele se recusando categoricamente a fazê-lo, decidiram partir. Para sempre.

Nunca saberemos se a decisão foi imediata ou gradual, mas logo eles subiram no automóvel e empreenderam o caminho de ida, que na verdade era um caminho de volta. Demorou pouco mais de cinquenta anos para que outra geração refizesse seus passos e olhasse para trás acreditando que estava olhando para a frente.

Então, em vez de ficar na enfermaria do hospital onde fora diagnosticada com uma hemorragia intestinal, Emilia pediu para voltar para casa. E, uma vez lá, cercada pelas filhas, pediu – como fez o engenheiro Eduardo Chávez em seu momento – para voltar ao lugar do país onde ela havia cultivado algodão e forjado uma família. Pediu para estar perto do túmulo de Cristino e de Héctor, seu filho mais velho. Ao engenheiro Chávez, dedicaram um monumento na entrada de Valle Hermoso, Tamaulipas; Emilia é coberta pela copa de uma árvore cheia de pássaros.

[aqueles que me deram este país]

Em 1994, foi assinado o Tratado de Livre-Comércio, que, entre outras coisas, marcou a capitulação do governo ao mundo rural. Em vez de empreender projetos de desenvolvimento agrícola, certamente temendo revoltas e fracassos econômicos rigorosos, o regime neoliberal decidiu entregar o campo à produção destrutiva do capital e transformar os bilhões de camponeses e agricultores em mão de obra barata, tanto no México quanto na forma de migrantes para os Estados Unidos. Quantos, entre todos eles, realmente voltariam? Na *longue durée* de um país que tem insistido repetidamente em processos de terricídio, quantos dos deslocados eram filhos ou netos daqueles que já tinham estado lá?

To know no nation will be home until one does,[7] diz Solmaz Sharif. E é verdade. Você só começa a fazer perguntas quando não fazê-las implica um risco mortal. Um dia, perguntaram-me quantos anos havia que eu estava vivendo neste país, em meu outro país, e eu respondi, de imediato, que cinco. Ou sete. Ou treze. Era uma cifra ridícula. O número não se encaixava com a história dos anos universitários ou com os relatos dos primeiros trabalhos no norte. Ou os primeiros matrimônios. Obsessões são obsessões porque você não pode vê-las. Algumas mentiras também. Só quando meu interlocutor apontou meu erro, "devem ser muitos mais, você não acha?", foi que saí do esquecimento. E então, como alguém que emerge do fundo do rio quase sem ar, pronto para engolir oxigênio com a boca aberta e os dentes preparados para morder a fim de viver, comecei a questionar. Meus avós me deram este país. Menos um presente e mais um amuleto. Menos um compromisso e mais uma promessa. Enquanto caminhava pela rua Navigation até a Universidade de Houston no dia em que recebi o título de doutor *honoris causa*, pensei na vontade férrea de minha avó. Pensei nas mãos, nas costas, no sorriso de meu avô. Essa rua foi construída por Cristino, Santos ainda sussurrava ali de sua casa. Essas árvores. As nuvens ao longe. O ar que respiramos para estarmos vivos. E então me lembrei, como se nunca tivesse realmente sabido antes, que meu nome é o feminino do dele. Que eu sou, antes de mais nada, sua neta.

A poeta canadense Anne Michaels dizia que a verdadeira pergunta sobre a origem não é onde você nasceu, mas que solo cobrirá seus ossos. Ninguém pode responder

---

[7] Saber que nenhuma nação será lar até que alguém o faça.

a essa pergunta na primeira pessoa do singular. Responder a essa pergunta, ela também dizia, requer a participação alheia. Apenas o solo pode responder a essa pergunta com toda a honestidade.

[melancias]

O que minha mãe lembra com mais frequência são as melancias. Enquanto o presente continua a desaparecer, as melancias permanecem enormes e doces em um passado que remonta ao rancho, mas se nega a caminhar pelas margens das cidades. Eis aí novamente as mãos que tiravam a melancia recém-cortada do talo apenas para jogá-la contra o chão. Eis aí a explosão da cor, do suco e das sementes. Quebrada em muitos pedaços, mostrando suas entranhas vermelhas e doces, a melancia era o verão.

Feliz aquela que se sentia tocada no coração.

VII
TERRICÍDIO

[o drama do deserto]

A escavadeira rompia o cimento da velha praça no momento em que chegamos a Estación Camarón. As cabanas de aldeões já haviam desaparecido há tempos, mas ainda estava de pé, embora semidemolido, o obelisco da fonte, no qual mal se via o trabalho de ferraria de outra época, e um par de bancos em ruínas. Atrás de tudo isso, terra solta. Mais à frente, as moitas amarelas, as algarobeiras rugosas, um par de construções que aspiravam a ter uma forma ou que alguma vez tiveram uma. Era uma tarde luminosa e quente do final de março de 2017. Naquele momento, Estación Camarón já era um vilarejo-fantasma havia décadas. Por que destruir a destruição?, perguntamos ao homem que operava o maquinário pesado. Isso tudo é para as perfurações, ele gritou. Quais perfurações? Como o barulho da máquina não nos deixava ouvir bem, ele repetiu. Estão preparando tudo isso para o *fracking*. Quem?, perguntamos. Ah, não, isso é melhor vocês perguntarem aos engenheiros.

Embora repetidamente descrito como estéril, improdutivo e pobre, o território da fronteira norte do México não parou de produzir riqueza ao longo do tempo. Do algodão ao *fracking*, passando pelo sorgo e pelas maquiladoras, os momentos de abundância e devastação sucederam-se em ciclos cada vez mais intensos e mais breves sobre um deserto que, longe das acepções que o retratam como carente de vida, emerge repetidamente com novos e variados recursos naturais. É o mesmo deserto que as leis de migração estadunidenses transformaram em arma mortífera para centenas de milhares de trabalhadores sem documentação. É o mesmo deserto que, nas mãos dos ideólogos do liberalismo tardio, deu origem a infinitas tecnologias de correção, entre elas a agricultura. Ali, entre papa-léguas e pedras, sob temperaturas que facilmente chegam a quarenta e cinco graus, também estão os ossos de tantas mulheres que o patriarcado e o capital descartam à sua passagem. Ali estão as fossas a céu aberto onde se escreve a história do mal do nosso tempo.

[a acumulação des-originária]

O ciclo voraz do algodão revolucionário, financiado igualmente pela empresa estadunidense, com sede em Houston, Anderson, Clayton and Company e pelo Banco Ejidal, pelo lado do governo mexicano, dilapidou as terras ao sul do rio Bravo, causando o salitramento e a erosão que acabaram expulsando os agricultores pobres da região, convertendo-os em mão de obra barata nos Estados Unidos ou em áreas urbanas do sul do México. Logo, pelo menos em Tamaulipas, os campos de algodão deram lugar ao cultivo de sorgo. Uma cor entre o vermelho e o amarelo cobriu os campos da região que, ao menos por algumas décadas, haviam sido brancos. Ao contrário do algodão, que podia produzir renda suficiente para sustentar uma família em lotes de dez ou vinte hectares, o sorgo precisava de uma área maior de terra para gerar lucros suficientes para os investidores. A resistência do sorgo à seca e aos solos alcalinos, com um pouco de sal, tornou-o ideal no momento da emergência agrícola. Enquanto isso acontecia, aqueles que puderam vender suas terras assim o fizeram. Aqueles que não conseguiram, deixaram-nas para trás, abandonadas ao leilão público. E assim, entre o desespero de uns e a ganância de outros, não só se completou a transição para a produção de forragem, especialmente para consumo animal, mas também se reverteu o processo da reforma agrária cardenista. A acumulação des-originária. Mais um ciclo de produção destrutiva havia chegado ao fim. E outro tinha começado.

Despojados de suas terras ou proprietários de terras mortas, muitos dos que permaneceram começaram a sair muito cedo do Povoado Anáhuac rumo a Brownsville, Texas, onde iam fazer trabalho manual, mal pago, que os mantinha apenas um pouco acima da linha da pobreza. Logo, antes mesmo da assinatura do Tratado de Livre-Comércio, encontraram empregos nas maquiladoras que chegavam à região atraídas por baixos custos de produção, incluindo baixos salários – especialmente para as mulheres – e condições favoráveis em termos de impostos, tarifas e intercâmbio comercial. Será que as donas de casa ou os administradores das maquilas imaginaram que suas empregadas ou empregados vinham de um local que já havia sido rico com o dinheiro do algodão? Certamente não. Se tinha nascido como uma colônia agrícola, como um arriscado experimento social e financeiro, agora o Povoado Anáhuac havia se tornado uma colônia de trabalhadores migrantes ligados aos caprichos diários do capital.

[o castigo]

Estación Camarón não teve essa mesma sorte. O êxodo de 1937, como Revueltas bem descreveu, pôs fim a um tempo de bonança algodoeira muito intensa, embora bastante efêmera. O que a prosperidade financeira transformou em praças e ruas, lojas e cinemas, foi levado primeiro pela enchente e, mais tarde, pela seca. Mas a fundação de Estación Camarón em 1889, do lado da ferrovia, antecede em muito a construção da represa e a criação do Sistema de Irrigação n.º 4. Se havia Estación Camarón antes do algodão, o que aconteceu em meados do século XX que não pudesse acontecer novamente depois do algodão? Embora as condições climáticas do final dos anos 1930 ajudem a explicar a hecatombe econômica e demográfica, dizem pouco, no entanto, do esquecimento sistemático que cobre esse vilarejo fronteiriço mesmo no presente. Estación Camarón não existe. "Perder a greve equivale a perder tudo." Não há memória de Estación Camarón.

Se o Partido Comunista não tivesse enviado Revueltas para o norte e, acima de tudo, se ele não tivesse cavalgado até chegar a Estación Camarón, atraído pelo boato do radicalismo da mobilização dos trabalhadores rurais, nada se saberia de uma greve reprimida no início de abril de 1934. Exceto por *El luto humano* e pelos telegramas trocados entre as autoridades locais, regionais e federais enquanto se preparavam para silenciar a revolta, nem sequer se suspeitaria da rede de esforços e energias produzida por uma das sublevações mais importantes da região. Empobrecidos, mas tenazes, as mobilizações dos trabalhadores do campo não cessaram completamente nas proximidades de Estación Camarón e de Estación Rodríguez depois do êxodo. Organizados em sindicatos e ainda se expressando na linguagem feroz e altiva do comunismo agrário, os colhedores continuaram a travar uma guerra em ambos os lados do rio Salado. Eles exigiam o impossível, que era a única coisa que os salvaria da destruição sistemática do meio ambiente. Exigiam o impossível; e essa foi a única coisa que não conseguiram. Fora dali, nem mesmo aqueles que empreenderam o caminho do triângulo de algodão, de Nuevo León para Tamaulipas, mencionaram a greve. Mesmo muitos anos depois, em 2011, uma entrada no nohallenombre.wordpress.com sobre as origens de Ciudad Anáhuac, Nuevo León, que inclui fotografias de Anáhuac propriamente dita e de Estación Camarón, despertou 98 comentários com mensagens de alto conteúdo pessoal – nomes de ex-professores, vizinhos, amigos –, mas nenhum deles fez qualquer menção a Estación Camarón. Está lá, para todos verem, e ainda assim permanece inacessível.

"A seguir, vou mostrar-lhes algumas fotos de um lugar cuja história eu não conhecia, quão próspero chegou a ser, e do qual agora existem apenas algumas ruínas e uma loja, Exido Camarón. As fotografias antigas são de 1937", anuncia o narrador depois de comentar as fotos de Ciudad Anáhuac como se fosse um material que ele não planejava encontrar, algumas imagens que achou por acaso enquanto estava em busca de outra coisa. Assim, como se surgisse do nada, Estación Camarón aparece ali. Suas ruas amplas. Sua praça. Um quiosque hexagonal. Os edifícios do comércio. Os transeuntes. Os carros e as árvores. As fotografias a cores tiradas em 2010, que aparecem imediatamente em seguida, já são as de um território devastado. Há setenta e três anos entre umas e outras imagens. E, se ninguém dissesse o contrário, pareceria que a guerra passou por lá. Ou pior. Mal se sustentando em pé, o obelisco perdeu o redondel da fonte, e os bancos, seus assentos de cimento. As ervas daninhas avançam imperiosamente por todos os lugares: gramíneas, nopais, galhos cheios de espinhos. E ali, no meio de tudo, o porco-do-mato com a língua aparecendo pelo focinho aberto. Quantos dias ou semanas lá, morto? Um cachorro preto observa o desastre de costas para o fotógrafo.

Existe ar lá, e tempo. Ar e violência.

A ferocidade – metódica, eficaz, eloquente – com que Estación Camarón foi apagada da história oficial do Estado e da memória de seus habitantes parece ser não apenas produto da devastação física, mas também de uma força de outro tipo. Trata-se de um castigo. José Revueltas já notava o som da luta, o ritmo da animosidade que sacudia os campos de algodão antes mesmo da greve: "Abelhas tenazes e roucas, zumbindo em absoluta calma, era aquele barulho dos tratores; mas parecia ao mesmo tempo que em seu rumor havia certa coisa guerreira, como se as metralhadoras estivessem batendo sob a concavidade do céu, totalmente propícia e cheia de ressonâncias... Mas, contemplada de uma eminência distante, a guerra é como o Sistema de Irrigação, onde os tratores zumbem como se estivessem se movendo dentro de uma atmosfera irreal, delimitada e secreta".

Certa coisa guerreira, José. De fato. Algo ali, no ritmo de trabalho e no próprio som da maquinaria, já traía a narrativa de prosperidade e progresso, harmonia e bonança que, a partir do Palácio Nacional, gerava o jovem regime revolucionário. Já ali, no estalo e zumbido dos tratores, podia-se ver a animosidade social, o conflito de classes e visões de mundo que estava prestes a estalar não como o fósforo estrangeiro que acende o fusível, mas como algo estrutural, orgânico ao próprio processo de produção.

Uma noção dialética de silêncio e voz dá ao ataque a capacidade de expressão, mas também a capacidade de ficar em silêncio. "Uma greve é aquilo à margem do silêncio", assegurava Revueltas, "mas silenciosa também. Os grevistas ficam em silêncio, mas têm voz." E continuava: "Naquela época, fortalecida a greve com trabalhadores de outras unidades, todo o Sistema emudeceu sob a força onipotente de cinco mil grevistas". Há algo desse silêncio compartilhado, aquele que provoca a greve e aquele impõe a greve, no silêncio que envolve Estación Camarón.

Gastón Gordillo diz que povoados-fantasmas são "lugares destruídos não porque estão fisicamente em frangalhos, mas porque as relações sociais que lhes deram vida se dissolveram". Embora o estado de ruína varie de povoado para povoado, é verdade que, mesmo que alguns dos edifícios permanecessem intactos, esses locais expulsos da história já carecem de energia e visão, de trabalho e empenho que os fizeram palpitar em algum momento. Nesse sentido, Estación Camarón é uma cidade-fantasma como Selma, no estado do Alabama. Embora na cidade do sul algumas das mansões do algodão ainda estejam de pé e pelas ruas transitem os carros de hoje, basta andar pelo espaço em um dia de muito sol para que fique claro que tudo ali é uma armadura sustentada apenas com os pivôs da discriminação e da precariedade. Estación Camarón e Selma compartilham mais do que apenas a rica produção algodoeira em seu passado. Ambos os lugares, embora em momentos distintos, testemunharam mobilizações sociais que puseram em xeque o sistema de produção destrutiva. Tanto a greve de 1934 quanto o movimento pelos direitos civis conseguiram se conectar com críticas mais amplas e generalizadas contra o estado das coisas. Ambos agora mostram os vestígios de seu castigo.

O silêncio é seu castigo. Seu desaparecimento é o castigo. Sua expulsão da memória coletiva é seu castigo.

[ressurreição]

Em 2009, o teórico libanês Jalal Toufic afirmou que um desastre insuperável não é apenas aquele que engloba a devastação física do espaço, a infraestrutura e a vida humana, incluindo as sequelas a longo prazo dentro do corpo (como as células radioativas depois de uma bomba nuclear) e a ameaça latente do trauma. Um desastre insuperável, acrescentava, caracteriza-se pela "retirada imaterial de textos literários e filosóficos, bem como filmes, vídeos e trabalhos musicais, independentemente de suas cópias ainda estarem disponíveis; de pinturas e edifícios que não foram fisicamente destruídos; de guias espirituais; e do conteúdo sagrado de certos lugares. Em outras palavras, para saber se um desastre é um desastre insuperável (para uma comunidade definida por sua sensibilidade à retirada material depois desse desastre) não se pode recorrer ao número de mortes, à intensidade do trauma psíquico ou à quantidade de danos, isso só pode ser confirmado se encontrarmos entre suas sequelas sintomas da retirada da tradição".

Os ciclos de produção destrutiva que caracterizaram o cultivo de algodão na fronteira entre México e Estados Unidos provocaram o que pode ser descrito, com justa razão, como um terricídio – aquele dano infligido às superfícies vivas da Terra em nome do lucro. Mas parar por aí não explica o desterro de Estación Camarón, especialmente da greve de 1934, da memória coletiva. Seu desaparecimento. O silêncio sinistro em torno desse vilarejo fronteiriço, sua invisibilidade aos olhos do presente, está relacionado com esse afastamento da tradição que, segundo Toufic, caracteriza um desastre insuperável. Como o proverbial vampiro diante do espelho, a tradição e suas práticas estão lá, ou aqui, mas não são acessíveis aos olhos. Para tanto, para recuperar esse acesso à tradição perdida, é preciso trazê-la à tona, ou seja, torná-la participante dos diálogos e processos do presente. Isso, que Toufic chama de ressurreição, eu chamo de desapropriação. Trata-se de localizar os artefatos dessa tradição – que, nesse caso, é uma tradição de luta e contestação – para que ela se reflita novamente no espelho de nossa cultura e de nossa experiência. Em vez de trabalhar sob o princípio da tábula rasa, foi necessário primeiro identificar as diversas materialidades dessa tradição – esses livros, guias espirituais, experiências compartilhadas – e também foi necessário *re-escrevê-las*. Escrever com elas. Escrever outra vez.

Re-escrever, que é ressuscitar.

[um dicionário bilíngue de capa preta grossa]

Estava em todas as casas em que moramos. Às vezes na mesa da sala de jantar, às vezes na última prateleira de uma estante, mas o velho dicionário bilíngue de capa preta grossa sempre conseguia se impor. Conspícuo. *Ilustrious*. Visível. *Glaring*. O dicionário *Velázquez*. Hoje eu sei: elaborado pelo insigne linguista Mariano Velázquez de la Cadena, outrora secretário de Carlos IV e, de 1830 a 1860, ano de sua morte, professor de espanhol na Universidade Columbia, o dicionário foi publicado pela D. Appleton & Company em 1852. Muitas edições depois, mas sempre em sua capa preta característica, o *Velázquez* chegou para ficar em uma pequena casa de madeira de uma vila fronteiriça cercada por "intermináveis pradarias de algodão". Incongruous is an adjective already in use in the 1610s, from Latin *in-* "not, opposite of, without" (see in- (1)) + *congruous* "fit, suitable" (see congruent). Related: *Incongruously*. Synonyms: 1. discrepant, unsuitable, ridiculous, ludicrous, absurd. 2. inharmonious, discordant. 3. contrary, contradictory. See inconsistent.[8] Naquela casa de

---

[8] *Incongruous* [incongruente] é um adjetivo que já estava em uso na década de 1610, originado do latim *in-* "não, oposto, sem" (veja *in- (1)*)

agricultores prontos para ir colher às quatro da manhã, antes que o sereno molhasse os capulhos de algodão, o *Velázquez* era um livro, mas era mais. Um amuleto. Um bom investimento. Uma aposta. Aquela série de páginas finas e macias ao tato era, na realidade, um objeto capaz de proteger seu possuidor da invisibilidade ou da pobreza. Ou da ilegibilidade. Coisa com aura. Matéria de magia e mistério. O *Velázquez*: um conjunto de crescentes pretos na borda das folhas, uma escada de letras douradas que se abrem para o exterior e depois se fecham. O *Velázquez*: não cruze a fronteira sem ele. Melhor ainda: não viva na fronteira sem ele. Meu pai, que comprou o *Velázquez* por encomenda em uma pequena livraria em Brownsville, Texas, sabia bem disso.

Esta história, a história do algodão no extremo nordeste da fronteira entre o México e os Estados Unidos, não teria sido possível sem a presença próxima e volumosa desse dicionário. São necessárias palavras estranhas, palavras de outros, palavras com definição e tradução, palavras que vêm de longe, para contar esta história de outros como sendo minha, ou a minha como sendo de outros. Tudo o que nos precedeu nos marca. Toda marca de aparência pessoal tem uma genealogia que pertence a grupos inteiros. Esta é a história de meus avós, fazendo seu caminho através de arbustos e acácias-amarelas, lama, cobras-cegas. Tempo. A história de como uma planta humilde e poderosa transformou a vida de tantas comunidades inteiras, até o próprio clima. A história de como, mesmo antes de eu nascer, o algodão me moldou.

+ *congruous* "adequado, apropriado" (veja *congruent*). Relacionado: *Incongruously* [incongruentemente]. Sinônimos: 1. discrepante, inadequado, ridículo, absurdo. 2. inarmônico, discordante. 3. contrário, contraditório. Veja inconsistente.

[a outra face da crueldade]

Do terreno agora devastado pelos experimentos agrícolas do regime pós-revolucionário no México às terras em ruínas da escravidão no sul dos Estados Unidos, o algodão é uma pegada triste. Impiedosa. Atroz. O algodão não conhece a compaixão. Se, como Michael Pollan argumentava, as plantas exploram as características que as tornam preciosas e apreciadas pelos seres humanos e alguns outros agentes polinizadores no planeta (e seus exemplos são a maçã, a maconha, as tulipas e as batatas, que exploraram o desejo humano por doçura, intoxicação, beleza e controle), o algodão corresponde à crueldade, sem dúvida. Afinal, esta é a planta sobre a qual se assentam, de acordo com Sven Beckert, os próprios fundamentos da acumulação original, que, com base na desapropriação e exploração de corpos escravizados, ou de terras desmatadas, tornou-se o sistema econômico do mundo atual. Mas vejo a foto daquele homem muito jovem que era meu pai, pronto para ir a cavalo aos campos de algodão, e me detenho. Vejo as imagens dos colhedores sorrindo entre montanhas de algodão recém-colhido, e volto a me deter. Qual é a outra face da crueldade? Os dicionários de antônimos listam as seguintes palavras: delicadeza, suavidade, paciência, humanidade, bondade, compaixão, piedade.

Sobre os mesmos caminhos em que hoje se levantam a violência e o extermínio, o algodão passou, cintilante e atroz. Será que existe uma relação entre essa efêmera abundância algodoeira e a luta sanguinária desencadeada pelo Estado mexicano contra a cidadania quando, sob o pretexto da ilegalidade de certas plantas e seus produtos, se dedica a deslocar populações inteiras para depois organizar o butim dos despojos? Neste livro, eu argumento que sim. A fulgurante passagem da monocultura de algodão pela fronteira de Tamaulipas foi seguida pela dolorosa erosão do solo, o que facilitou a transição para o cultivo do sorgo. O sorgo foi seguido pela chegada das maquiladoras, em seu auge especialmente depois da assinatura do Tratado de Livre-Comércio, que selou a negligência do regime em relação à vida rural no México. Quando tudo isso teve fim, quando a terra e os recursos humanos se esgotaram, chegou, imperiosa, já despojada de toda a cobertura, já toda aparente e sem rodeios, a violência. E então, no meio de tudo isso, como pude comprovar em minha última visita a Estación Camarón, o uso da tecnologia de fraturamento hidráulico, *fracking*, para extrair do fundo da terra o que eles já haviam extraído de sua superfície: o lucro. E é nisso que estamos hoje. Meus tios e primas deixaram o vale, regressando, muitos deles, às linhas de migração originais: Brownsville, McAllen, San Antonio, Houston. Essa chegada, que é antes um regresso, desliza ao longo da linha de fronteira com o mesmo movimento do ponto atrás na costura. Avançamos para retroceder, e é por isso que avançamos outra vez. Os poucos que ali ficaram contam das tardes interrompidas pelo cheiro de carne morta, das manhãs em que uma visita ao banco os deixa imóveis no meio dos tiroteios, do isolamento a que a falta de informação sobre esse extremo do mundo os obriga.

Quase nenhum deles fala sobre algodão. E eu não sei se se recordam daqueles tempos, desses tempos, ou não. Não sei se o silêncio deles é uma forma de esquecimento ou outra maneira de discrição. Talvez seja apenas falta de tempo. Sobreviver em uma região devastada pela impunidade e pelas armas não é fácil. Não há descanso nessa guerra total. E embora eu viva no meio de outra guerra devastadora – algumas das viagens narradas neste livro ocorreram enquanto um bilionário abertamente racista e xenófobo ultrajava os migrantes mexicanos referindo-se a eles, referindo-se a nós, como estupradores e bandidos, a fim de obter a nomeação do Partido Republicano para presidente –, a vida universitária me permitiu usar os verões para me fazer perguntas, para pôr as mãos atrás do volante e divagar. Não sei ao certo se fizemos as viagens – de San Diego, na Califórnia, a Savannah, na Geórgia, passando por Houston ou Selma; de San Luis Potosí a Mingolea, passando por Charcas; de Houston a Brownsville, Eagle Pass, Del Río – para tentar comprovar essas verdades nunca ditas ou meio contadas, ou se as fizemos apenas para ir embora, para continuar praticando a monumental arte do escape e da fuga.

Talvez sim. Talvez não.

A verdade é que passamos vários verões no carro, dirigindo por um longo tempo naquelas estradas longas e retas pela fronteira entre o México e os Estados Unidos. Procurávamos os campos de algodão, seus vestígios. Se já não estavam mais lá, queríamos ver o que estava em seu lugar, todos aqueles anos depois. Queríamos viajar do lado mexicano, mas os campos de algodão do passado haviam se tornado os campos de batalha mais quentes da chamada guerra contra o narco. De Mexicali, passando por El Paso, mas especialmente em torno de Matamoros, a terra do algodão é agora a terra do sangue e da tortura, a terra das valas a céu aberto, a terra onde se *semeiam* desaparecidos e se colhe impunidade, desgraça, esquecimento. Embora tenhamos feito todo o possível, nunca chegamos lá. Nunca conseguimos pisar naquele mítico K-61, espaço 124 onde começa, em um inverno de muita chuva, um inverno cheio de lama e esperança, a segunda parte desta história.

[*vamos estar enterradas por um longo tempo*]

Era o verão da separação. Matías finalmente havia sido aceito na universidade de seus sonhos e, antes de sua transferência para o nordeste, decidimos fazer uma última viagem à fronteira. Desta vez, atravessaríamos o rio Bravo por Eagle Pass e pararíamos por alguns minutos naquela cidade-chave para a Revolução Mexicana: Piedras Negras, a mesma que uma vez, tentando ganhar o favor de um presidente, mudou seu nome para Ciudad Porfirio Díaz por um tempo, apenas para regressar depois ao apelativo que indica a presença de carvão em seu ambiente. Passaríamos por Villa Unión, onde Emilia, minha avó materna, tinha nascido; e chegaríamos antes do anoitecer a Zaragoza, onde Regina Sánchez, minha segunda avó paterna, e Juanita, a primeira filha de José María Rivera e Petra Peña, estavam enterradas na vala comum do cemitério local. Por que José María regressara tantas vezes a Zaragoza antes de se tornar agricultor e se estabelecer definitivamente em Tamaulipas? Eu ainda estava procurando uma resposta a essa pergunta. Também buscava, já em meados de agosto, uma maneira de adiar o que sabíamos ser irreversível: o verão estava chegando ao fim e os deveres do trabalho e da casa logo começariam. Antes de voltar à rotina, antes de entrar mais uma vez na camisa de força dos horários, sairíamos em viagem novamente.

Somos três. Faz tempo que somos três. Nós três nos reconhecemos assim, viajando pelas estradas estreitas da Sierra Juárez, pelas estradas que levam à ponta de um vulcão morto, pelos desertos ardentes da fronteira. Por tantos outros lados. Embora Saúl venha daquelas grandes civilizações sedentárias de Oaxaca, ele se adaptou aos nossos modos aéreos. Afinal, somos transumantes, caminhamos de um lugar para o outro como uma alma levada pelo diabo. Nós nos deixamos *levar*, quero dizer. Gostamos de partir. Gostamos de produzir a distância onde as memórias ou a escrita se encaixam mais tarde. A melancolia. A fúria. Gostamos de desobedecer. Quando há um conflito ou a situação se torna insuportável, abrimos a porta e deixamos tudo para trás. No fundo do nosso coração, ainda somos aqueles agricultores nômades – que contradição –, aqueles lavradores da terra ou aqueles trabalhadores contratados por dia sem destino que, quando confrontados com injustiças ou desastres naturais, pegam suas ferramentas e se dedicam a abrir estradas com novas clareiras. A enxada nas mãos. O machado das palavras. Os restolhos.

Tudo bem?, pergunta Saul, olhando para a estrada e para o meu perfil ao mesmo tempo. Uma mão no volante; a outra, suave, em meu joelho esquerdo. Tudo bem, respondo, acenando com a cabeça. Em seus olhos já não vive aquela angústia que sombreou os bancos de Mérida. Agora, enquanto os lados da estrada vão se enchendo pouco a pouco de algodão, ele sorri. De repente, cantarola uma canção. Matías, que durante a adolescência resistiu à leitura como se fosse uma longa redenção pessoal, opta por ler *O idiota* na viagem de nossa despedida. E, de vez em quando, interrompe o silêncio do carro para nos contar, com uma emoção que nunca ouvi antes, em que trecho ele está. Do lado de fora: os sulcos equidistantes. O contraste entre o café da terra e o verde das folhas. Do lado de dentro: os capulhos branquíssimos. O céu muito azul. E depois, majestoso, largo e sereno ao mesmo tempo, o rio Bravo. Saúl é quem insiste para sairmos do carro, do outro lado do posto de controle em Piedras Negras, apenas para ver a água de perto. Acima, cúmulos-nimbo atravessam a fronteira sem qualquer documento, com uma parcimônia que parece vir da eternidade.

Abaixo, devemos procurar a rua que nos tire de uma cidade que é maior do que havíamos pensado, e mais viva. Já caiu o pôr do sol, mas na Rodovia 57, Nava-Piedras Negras, vemos pela janela as enormes instalações da cervejaria Corona, que interrompe a paisagem rural com uma aura de outro século. Estamos no futuro, quando a terra já sucumbiu aos desígnios de uns quantos prepotentes famintos por recursos naturais? Poucos quilômetros à frente, já no município de Nava, as inúmeras chaminés de uma usina termelétrica, a Carbón II, operada pela Comissão Federal de Eletricidade, nos lançam novamente àquele futuro que já chegou. Do lado de fora: as pilhas de carvão ao ar livre e as nuvens sujas. Do lado de dentro: vamos sair daqui o mais rápido possível.

Disseram-nos para seguir sempre em frente na 57 até chegarmos a um cruzamento onde tínhamos de virar à direita. Como sempre, ansiosos, viramos mais cedo do que o indicado e terminamos, minutos depois, ou meia hora depois, de volta à estrada principal. Logo, as cabanas e as construções modestas feitas de blocos de concreto dão origem a grandes mansões mal escondidas atrás de altas cercas de ferro cuja arquitetura parece vir do outro lado. Como começa a ficar tarde, decidimos parar e perguntar em um posto de gasolina. Para Zaragoza?, repete a frentista, uma garota muito magra que parece não ter mais do que 14 anos. Já está muito perto. Virem aqui na 29 à direita, e em cerca de dez minutos vocês chegam lá. Ela sorri para nós quando lhe agradecemos. Não seja por isso, diz ela. Você sabe onde estamos?, diz Saúl enquanto voltamos para o carro. É perto de Allende, ele murmura. Allende está à esquerda, apenas um par de quilômetros contrários a Zaragoza. Nós três ficamos em silêncio. Oito anos antes, no que hoje é conhecido como o Massacre de Allende, um grupo do cartel Los Zetas entrou no vilarejo com a missão de não deixar nada de pé. Durante horas, atiraram em tudo o que se movia, saquearam casas, sequestraram homens, mulheres e crianças e incendiaram o que restava. Aqueles que eles pegaram em frente às suas casas, saindo de lojas ou bares, foram levados para uma fazenda e lá, dentro de um armazém cheio de palha, foram encharcados com gasolina e queimados. Na manhã seguinte, máquinas pesadas entraram para demolir casas e empresas, escritórios do governo, sedes policiais e postos militares. De acordo com dados oficiais, cerca de trinta pessoas morreram naquela noite infernal em Allende. Segundo os familiares das vítimas, o número de mortos está mais próximo de trezentos.

Não há como voltar atrás. A essas horas da tarde, a única coisa que nos resta fazer é continuar. A menina no posto de gasolina estava certa: Zaragoza aparece pouco tempo depois, cercada por canais em que um grupo de crianças nada ruidosamente. A luz dourada em seus cabelos úmidos e nos dentes que aparecem quando as gargalhadas irrompem. Se eu tinha algum questionamento sobre os constantes regressos de José María à área, aqui está minha resposta: a água. Tudo ao redor nos assinala sua presença: as árvores altas com copas generosas e troncos grossos. As buganvílias que arrematam, exuberantes, todas as cercas. Os finos aquedutos que atravessam o povoado. Os lagos. Os poços. Não é à toa que essa região é conhecida como as Cinco Nascentes. Não seria ruim viver aqui, eu falo por falar, enquanto nos movemos vagarosamente pela cidade. Matías, que me ouviu dizer isso tantas vezes, em tantos lugares diferentes, levanta a vista do livro e dá de ombros. O humor e o tédio confundidos em um gesto. Descemos na praça principal e, depois de virar a um ritmo lento, olhando para os monumentos e as placas de cobre presas aos bancos, decidimos jantar em uma pequena pousada do outro lado da rua. Naquela noite, em um hotel quase vazio, dormimos com o barulho de um ar-condicionado instalado na única janela do quarto.

Pensávamos que essa viagem relâmpago à fronteira nos salvaria, pelo menos por alguns dias, do calor opressivo de Houston. Mas, na manhã seguinte, entendemos que tínhamos chegado a outra versão da mesma onda de calor que gruda na pele e entra pela boca, dificultando a respiração. Na sede da polícia, não sabem nos dizer nada sobre os arquivos locais e, no prédio ao lado, temos de esperar meia hora para que os funcionários da prefeitura comecem a chegar. Uma mulher falante, muito gentil, nos entretém em um escritório com ar-condicionado enquanto a prefeita chega. Um túmulo?, ela pergunta surpresa. Procurando um túmulo em Zaragoza? Ela diz isso enquanto pendura sua pesada bolsa de grife em um cabide e, com as duas mãos, põe o cabelo liso e tingido de loiro atrás dos ombros. Para ser exata, a vala comum, eu digo. Não há valas comuns aqui, ela responde na mesma hora, visivelmente alarmada. Já faz muito tempo, esclareço. E Saúl, muito mais hábil nas trocas com autoridades variadas, esclarece: são parentes nossos que morreram em 1926, mais ou menos. Isso a acalma. Isso lhe provoca até um sorriso. Sempre vêm pessoas como você, do outro lado, para procurar seus mortos. Às vezes eles os encontram, diz, às vezes não. Então, sem transição, manda chamar a mulher no escritório ao lado. Ela é responsável pelos cemitérios, diz, olhando para nós. Mostre-lhes as listas que temos, para ver se eles encontram seus parentes. Os livros são grossos. A lista de nomes, muito longa e sem ordem aparente. Mas, ainda assim, começamos a folheá-los. Há muita água por aqui, Saúl murmura, como se tivesse acabado de lhe ocorrer naquele momento. E isso é porque você não visitou os arredores, diz a responsável pelos cemitérios. Os canais são mais largos. E há poços muito grandes, onde se pode mergulhar sem pressa. Mas você sabe que nos roubaram toda essa água, né? Olhamos para ela sem dizer nada, à espera de uma explicação que não tardará a chegar. Não sabemos o ano exato, mas os da cervejaria chegaram aqui supostamente para fazer negócios com o município. Bendito negócio. Desde então, eles nos pagam uma miséria por todo o líquido que levam embora, e não nos dão mais nada. Penso que Zaragoza seria ainda mais bonita do que é se nossa água não tivesse sido roubada. Assentimos. Acontece tanta coisa, diz Saúl. Ainda mais bonita, eu acho. Não há nenhuma Regina Sánchez nos livros do cemitério. Nenhuma Juanita Rivera Peña. Não fiquem tristes, a encarregada nos diz, olhando-nos lentamente. À noite haverá uma feira. Vai ser legal. Vai ter dança e comida. Cervejas. Não deixem de ir.

O cemitério local fica a poucos quarteirões da praça e dos escritórios do governo. Vamos de carro porque o calor, já às onze da manhã, é insuportável. O que motiva quem visita cemitérios? Se, como disse John Berger, o que nos distingue sobre a Terra não é o riso, nem a mão com a qual fabricamos a realidade, nem o intelecto, mas a capacidade de conviver com nossos mortos; talvez o que nos traga aqui, a esses lugares muitas vezes solitários nas margens dos povoados mais diversos, seja uma necessidade básica de nos reconhecermos como parte de uma espécie. O cemitério como um espelho no qual o rosto finalmente adquire a silhueta do humano. Porque viemos aqui, certamente, para conviver com nossos mortos: falamos com eles, contamos-lhes nossas coisas, oferecemos-lhes nossas memórias, dizemos-lhes, de todas as formas possíveis, que eles ainda estão conosco e nós com eles. Essa é a eternidade. É aqui que essa troca inexplicável e verdadeira com a vida após a morte ocorre. O cemitério como interface que nos permite participar da comunicação interestelar, além do corpo. Contra todo esquecimento. Olhe, aqui estão os túmulos dos anos de 1920, grita Matías do outro lado do cemitério. E vamos para lá. São lápides de pedra, cuidadosamente esculpidas. Ou lápides de mármore, em que quase não é possível distinguir o nome dos mortos. Ou lápides de concreto, já desgastadas pelo tempo. Em nenhuma delas aparecem os nomes que estamos procurando. Onde terá ficado a vala comum? Nós três pensamos que poderia ter sido em uma extremidade do cemitério e, como se pode ver que o crescimento ocorreu à direita do terreno, nos dirigimos para o ponto contrário. Lá, no limite, uma mulher trabalha em sua horta do outro lado da cerca de arame. Surpreendentemente, ela remove a grama com uma enxada e fala ao telefone ao mesmo tempo. Não percebe nossa presença de imediato. Não é aconselhável abordar estranhos para perguntar sobre os possíveis locais de valas comuns, especialmente nos povoados fronteiriços do México. A mulher nos observa com curiosidade e desconfiança. Não, para saber isso é melhor ir ao paço municipal, diz, sem parar de trabalhar, mas deixando o telefone por alguns segundos. Uma cabra branca está presa na malha de metal que separa o território sagrado do cemitério da vida cotidiana. O som trêmulo de seu sino de cobre amarrado em torno do pescoço. O meio-dia que se estende, feroz. Chegamos até aqui, murmuro, observando Saúl e Matías se moverem à distância. Regina, que está sob meus pés; Juanita, que está sob meus pés, chegamos até aqui. Será que sentem falta de Chema, que no fim teve seu próprio nicho no cemitério de Santa Rosália em 1953? Será que encontrarão, mesmo agora, uma maneira de se comunicar com ele? Atravessamos um mundo estranho e desolador para estar aqui, com vocês. A cabra branca finalmente consegue se libertar da malha de metal. O balido. Quão estranhas são as vozes dos animais às vezes. De repente, não consigo ver Saúl ou Matías por perto. Como naquela época em que me perdi no meio de um campo de algodão quando era criança, olho em volta aterrorizada. E se eles já tiverem ido embora? E se eles nunca tiverem vindo aqui, comigo, conosco? E se eu nasci e cresci em Zaragoza e nunca saí deste lugar? E se tudo o que eu considerei até agora, até este momento, minha vida, não é mais do que uma alucinação de uma menina enterrada? Sigo em frente e tropeço ao mesmo tempo. Tento refazer o caminho pelo qual vim, mas me perco nas sepulturas. São tantas. Grito seus nomes. E se eu não for mais do que uma mulher que acorda sob as pedras ainda atordoada pelo eco do som de seu próprio nome? O suor nas têmporas, a vontade de tossir. E se eu estiver enterrada para sempre? O balido cada vez mais fraco. Quando reconheço que estou perdida, paro de chofre. Penso comigo mesma: sou uma mulher adulta, sei que devem estar perto, minha vida, nossa vida, está do outro lado da fronteira. Enquanto isso, por ora, fico entre essas sepulturas. Decido não mudar de lugar. Se eu ficar aqui, quieta, certamente serão eles que me encontrarão. A respiração, aos poucos, retorna ao seu lugar. O céu tão verdadeiramente azul. Quando Saúl e Matías se aproximam, animados, conversando sobre um trecho de *O idiota*, eles só me dizem: você se perdeu de nós. E, em silêncio, concordo com eles. Por um momento aconteceu: me perdi deles. Mas já estou de volta.

No lado nordeste da praça, na esquina com a delegacia, fica uma loja muito antiga. Pão doce e produtos diversos ainda são vendidos lá, mas em seus bons tempos, isso que se estende atrás de um longo balcão de madeira foi uma loja de ferragens e uma loja de tecidos, e uma loja de forragens, e até mesmo um pequeno banco. Certamente, nesta superfície escura, suavizada à força pelo tempo, os cotovelos de José María uma vez pousaram ao fazer uma transação. Aqui as mãos de Regina devem ter pousado em algum momento; os olhos severos de Petra. Suas vozes, ao longe. A coreografia compassada de seus corpos. Antes de partir, paramos em um lugar onde duas mulheres com rostos corados vendem tortilhas de farinha artesanais. Seus movimentos exatos, perfeitamente coordenados, nos fazem pensar em rotinas de nado sincronizado. A formação militar dos pães redondos, com uma pequena fenda no centro. O palito de madeira, de novo e de novo, na farinha amassada. Essa última posição entre os aplausos das mãos antes de cair sobre o *comal* quente. A maneira como um dos lados da tortilha infla, indicando que está pronta. Elas as vendem a um peso por peça. Compramos trinta, pensando em levar algumas de presente para Houston, mas assim que chegamos em casa elas desaparecem uma a uma enquanto falamos sobre Dostoiévski e preparamos o jantar. Em breve, Zaragoza desaparecerá diante de nossas bocas abertas e fará parte do bolo alimentar graças às enzimas da saliva, ao trabalho da digestão. Então, já esmigalhada, já decomposta por dentes e suco gástrico, ela passará para nosso estômago, onde as ligações moleculares serão quebradas para se converter em nutrientes. Caminharemos e ficaremos de pé graças ao alimento de Zaragoza. Abriremos os olhos. Sonharemos. Riremos, sem dúvida.

E partiremos outra vez.

Agradecimentos

Na festa de encerramento do Congresso de Mexicanistas realizado na UC Irvine em 2014, um neurolinguista um tanto bêbado me perguntou se eu tinha ancestrais africanos. Eu lhe disse que não sabia, mas ele me deixou pensando em meus avós mineiros de San Luis Potosí. Sem essa pergunta, este livro não existiria. No dia em que completei 50 anos, Sara Poot-Herrera organizou uma pequena festa na casa de Beatriz Mariscal, em Del Mar, Califórnia. Lá, falei a Max Parra, então meu colega na UCSD, que estava começando a fazer pesquisas sobre a experiência de meus avós em Estación Camarón, e foi ele quem me lembrou de *El luto humano*, o romance em que José Revueltas rememora sua participação na greve de 1934. Também me disse que ninguém ainda havia encontrado evidências de tal fato. Sem essa conversa em uma tarde dourada contra o imenso azul do Pacífico, este livro não existiria. Antonio Rivera Peña e Ilda Garza Bermea, meus pais; e Santos Garza Bermea, minha tia, responderam a todas as minhas perguntas e compartilharam seus arquivos pessoais. Sem essa generosidade e essa insistência, sem essa confiança, este livro não existiria. Claudia Sorais Castañeda me acompanhou em uma das primeiras viagens de Monterrey a Estación Camarón e passou horas inteiras encontrando as certidões de nascimento, casamento e óbito de uma família que, até então, eu não sabia que tinha. Ela também digitalizou e enviou todos os documentos do ITCA-Biblioteca Marte R. Gómez de Victoria, Tamaulipas. Sem sua companhia e seu trabalho, sem sua dedicação, este livro não existiria. Viajei pelas rodovias do México e dos Estados Unidos com Saúl Hernandez-Vargas por anos. Em todo esse tempo ele não parou de fazer perguntas impossíveis e de oferecer comentários que sempre acertaram em cheio. Sem nossas andanças juntos, sem sua risada e seus incentivos, este livro não existiria. Sem Matías Rivera De Hoyos, para quem escrevi este livro, este livro não existiria. Nada do que eu faço existiria, incluindo este livro, sem minha irmã, Liliana Rivera Garza (1969-1990).

Fontes

I
ESTACIÓN CAMARÓN

Os documentos utilizados para a elaboração deste capítulo podem ser consultados no Arquivo Histórico de Nuevo León-Fundidora, especialmente no ramo de Trabalho, Associações e Sindicatos e no de Comunicações e Telegramas; e no Arquivo Geral do Estado de Nuevo León, especialmente no ramo de Doações Exidais. Muito do que aqui se diz sobre o Sistema de Irrigação n.º 4 é baseado em Ángel Anguiano Martínez, El Sistema Nacional *de Riego no. 4 Don Martín y su industria algodonera (1926-1946)* (dissertação de mestrado, UANL, Facultad de Filosofía y Letras, 2000); e em Francisco P. Lazcano, "Sencilla reseña histórica de las escuelas en el Sistema Nacional de Riego No. 4" (In: José Ignacio Morales, *Álbum gráfico del sistema nacional de riego no. 4*, Ciudad Anáhuac, Nuevo León, 1937), incluído em Martín Gerardo Silva, comp., Publicaciones Históricas de Anáhuac, N.L. (Anáhuac, 1998), p. 12. Uma entrevista com Hortencia Camacho, cronista de Anáhuac, Nuevo León, bem como seu *Anáhuac, frontera neoleonesa: la persistencia de la memoria* (México: Folletos de Historia del Noreste No. 7, Centro de Información de Historia Regional, UANL, 1988) e *Anáhuac* (Serie Patrimonio Intangible de Nuevo León, s/d), ofereceram dados sobre a origem e o desenvolvimento da região. O livro de Luis Aboites Aguilar, *El norte entre algodones: población, trabajo agrícola, y optimismo en México, 1930-1970*

(México: El Colegio de México/Centro de Estudios Históricos, 2013), foi especialmente importante aqui.

A relação de José Revueltas com Estación Camarón ocupa poucas páginas de sua *Obra completa*, mas pode ser vista em "Sabinas Hidalgo", "Carta desde Camarón", e "En las cárceles del norte" (In: *Las evocaciones requeridas I, Obras completas*, México: Era, 1987, p. 63-96). As referências a *El luto humano* vêm da versão incluída nas *Obras completas* da editora Era. Sua participação na greve Ferrara aparece em telegramas de AHNL-F, Comunicações e Telegramas, Caixa 69, 1934-1935. A referência aos manuscritos originais de *El luto humano* vem de "Las huellas habitadas" (Box 47, Folders 1-3, José Revueltas Papers, 1906-2010, Benson Collection. University of Texas Libraries, The University of Texas at Austin).

As referências específicas, usualmente entre aspas, em [ultimar]: "Bloque Obrero y Campesino de Camarón, N.L., Enero 18, 1934", AHNL-F, Trabalho, Associações e Sindicatos, Exps: 6; Caixa 12, 1934. Em [telégrafos habitados]: "Telégrafos Nacionales, Marzo 23, 1934", AHNL-F, Comunicações e Telegramas, Caixa 69, 1934-1935. Em [*a forma dos passos quando os homens vão atrás da esperança*]: todos os comunicados de trabalhadores e sindicatos se encontram em AHNL-F, Trabalho, Associações e Sindicatos, Exps: 6; Caixa 12, 1934, que incluem "Sindicato de Obreros Agrícolas Camarón, N.L., Abril 8, 1934", "Frente Único Obrero y Campesino Anáhuac Nuevo León, se avisa manifestación mítin para primero de mayo", "Procuraduría General de la República, Ministerio Público, Socorro Rojo, Mayo 14, 1934", "Sindicato de Ferrocarrileros, Sección 19, Junio 29, 1934", "Bloque Obrero Campesino, Morelia, Michoacán, Julio 4, 1934", "Sindicato de Filarmónicos de Ciudad Madero, Tamaulipas, protesta, Mayo 10, 1934", "Sindicato de Trabajadores Agrícolas de Camarón, Nuevo comité ejecutivo, Abril 25, 1934", "Alianza de Agrupaciones Obreras y Campesinas de Nuevo

Laredo, Mayo 27, 1934", "Unión de Pequeños Ganaderos de Sabinas Hidalgo, Nuevo León, Abril 15, 1934", "Sindicato de Trabajadores Agrícolas de Camarón, Nuevo comité ejecutivo, Abril 25, 1934". Os documentos relacionados a organização de terras estão em AGENL, Doações Exidais, Camarón, Nuevo León, 1934, e incluem: "Acuse de recibo de instalación del comité; Septiembre 10, 1934", "Comisión Agraria Mixta, Visto en estudio el expediente de dotación de tierras ejidales, Camarón, Lampazos, Nuevo León, Abril 26, 1935". Os documentos relacionados a questões organizacionais e bancárias estão em AHNL-F, Correspondência de Prefeitos, Anáhuac, 1934 e 1935, e incluem "Sociedad Cooperativa Agrícola de Agricultores en Pequeño de la Sección 13-A del Sistema de Riego No. 4, Julio 14, 1933", "C. Gerente de la Sucursal del Banco Nacional de Crédito Agrícola, 29 mayo de 1935".

Em [*uma visão antecipada*]: "Telegrama urgente, Junio 14, 1935", AHNL-F, Comunicações e Telegramas, Caixa 69, 1934-1935. "Los habitantes de Rodríguez, Anáhuac y Camarón, Comité Pro-Auxilio, Junio 20, 1935", AHNL-F, Correspondência de Prefeitos, Anáhuac, 1935. "Secretaría General de Gobierno, Egresos de la Tesorería General del Estado, Junio 25, 1935", AGENL, Correspondência de Prefeitos, Anáhuac, 1935, p. 26 de *El luto humano*.

Em [*uma emigração estranha*]: p. 185 de *El luto humano*.

Parte da pesquisa para esta seção foi efetuada graças a uma bolsa do Senado Acadêmico de UCSD 2015, a bolsa do Sistema Nacional de Creadores Artísticos de México, e uma estadia como Breeden Eminent Scholar na Universidade de Auburn, Alabama, em 2015. Agradecimentos especiais a César Morado, diretor do Arquivo Histórico do Estado de Nuevo Léon-Fundidora. Uma versão acadêmica desta história pode ser encontrada em Cristina Rivera Garza, *Una emigración extraña*, Tierra Adentro, novembro de 2016.

II
A PLURALIDADE DOS MUNDOS HABITADOS

Em [*olhos de Urano*]: A carta de Revueltas aparece em *Las evocaciones requeridas*, p. 312. A obra de Camille Flammarion é *A pluralidade dos mundos habitados* (*La pluralidad de los mundos habitados: estudio en el que se exponen las condiciones de habitabilidad de las tierras celestes discutidas desde el punto de vista de la astronomía, de la fisiología, y de la filosofía natural*, Madrid: Imprenta de Gaspar y Roig, 1875), p. 91 de *El luto humano*.

Em [pertencer é uma palavra ardente]: José Revueltas, "El escritor y la tierra" (In: *Visión del Paricutín (y otras crónicas y reseñas)*, p. 205). A citação de Floriberto Díaz é de *Escrito. Comunalidad: energía viva del espíritu mixe* (México: UNAM, 2007). Jussi Parikka, *Geology of Media* (Minnesota: University of Minnesota Press, 2015).

Em [um método]: Ver Cristina Rivera Garza, "K61 Brecha 124: Agricultores en tránsito a colonizar Tamaulipas", *Revista de Crítica Literaria Latinoamericana*, 2007, p. 203-230.

III
OS QUE LEVAM SEUS MORTOS EM SACOS DE CAMURÇA AMARRADOS À CINTURA

Obtive as certidões de nascimento, casamento e óbito graças ao trabalho de pesquisa genealógica de Claudia Sorais Castañeda em Family Search. Saúl Hernández-Vargas encontrou a certidão de nascimento original de José María Rivera no Registro Civil de San Luis Potosí.

Em [imortais]: Francisco L. Urquizo, *Tropa vieja* (Populibros la Prensa, 1955). Pedro Salmerón, *Los carrancistas. La historia nunca contada del victorioso Ejército del Noreste* (Booket Paidós, 2010).

A pesquisa e escrita para este capítulo foi realizada na Universidade Stanford, na Casa Bolívar, graças a uma posição como a de William H. Bonsall, professor convidado na área de Ciências Humanas no Departamento de Culturas Ibéricas y Latinoamericanas e no Centro de Estudios Latinoamericanos, entre janeiro e junho de 2019.

IV

DIQUES

Os documentos primários utilizados nesta seção podem ser consultados no Instituto Tamaulipeco para la Cultura y las Artes-Biblioteca Marte R. Gómez, especialmente em Correspondência Marte R. Gómez-Eduardo Chávez, Cd. Victoria, Tam., Marzo 22, 1938, Seção: Profissional. Série: Postos de Eleição popular; Exp: 7. O engenheiro Marte R. Gómez foi governador do estado de Tamaulipas entre 1937 e 1940.

Em [El Retamal]: Lucrecia Chávez e Barragán de Martín, "El Retamal", in *XVII Jornadas de Historia de Occidente. Lázaro Cárdenas en las regiones* (Centro de Estudios de la Revolución Mexicana, 1996). Manuel Terán Carbajal, *Agua, Tierra y Hombre. Semblanza de Eduardo Chávez* (Ediciones Desfiladero, 1985). Estefanía Chávez Barragán, *A través de mi memoria. Mi padre el ingeniero Eduardo Chávez* (Archivo General de la Nación, apresentação do Fondo Eduardo Chávez).

Em [acampamento C1-K9]: Cristina Rivera Garza, "K61 Brecha 124: Agricultores en tránsito a colonizar Tamaulipas", *Revista de Crítica Literaria Latinoamericana*, 2007, p. 203-230. Agustín Ávila Gaviña, *Anáhuac ayer y hoy 1937-1977*

(Tamaulipas, 1990). Eugenio Báez Arriaga, "Narración de la fundación de la colonia agrícola Anáhuac" e Eduardo Chávez, "Las primeras aguas del río Bravo para tierras mexicanas" (In: Ávila Gaviña, *Anáhuac ayer y hoy*). Narciso Bassols Batalla, geógrafo do Instituto de Investigaciones Económicas da UNAM, incluiu o mesmo testemunho de Báez, e também o de Eduardo Chávez, em "El Bajo Bravo (1935-1940): desarrollo regional precursor", um artigo que publicou em 1990 na revista *Problemas del Desarrollo* (v. 21, n. 83, 1990). Lá ele afirma que fez entrevistas com "muitos camponeses", mas que escolheu o depoimento de Báez por ser o mais interessante e complexo. Ele também localiza a data de publicação do depoimento dez anos antes, em 1977, data que aparece, com efeito, no final desta seção do livro de Ávila Gaviña. Pedro A. Velázquez, "Los caminos hacia el conocimiento. Los diarios personales del ingeniero Agustín M. Chávez", *Relaciones. Estudios de Historia y Sociedad*, v. XXXIII, n. 132, 2012, p. 223-269, El Colegio de Michoacán, A.C., Zamora, México.

Em [olhem, rapazes] e [vinte hectares]: Leonardo Madrigal *et al.*, "Salinidad de suelos, drenaje agrícola, producción de cosechas y cambio climático en los distritos de riego", XXIII Congreso Nacional de Hidráulica, México, Octubre 2014. Eugenio Báez Arriaga, "Narración de la fundación de la colonia agrícola Anáhuac".

Em [as verdadeiras histórias nunca são contadas]: Correspondência Marte R. Gómez-Eduardo Chávez, Cd. Victoria, Tam., Marzo 22, 1938, ITCA-Biblioteca Marte R. Gómez, Seção: Profissional. Série: Postos de Eleição popular; Exp: 7. Fedor Gladkov, *El cemento* (trad. José Vianna, Madrid: Editorial Cenit, 1929). Resenhas precoces desse trabalho apareceram em José Carlos Mariátegui, "Elogio de Cemento y del realismo proletario", *Repertorio Americano* (Tomo XIX, n. 20; San José, Costa Rica, 23 de novembro de 1929). James Agee e Walker

Evans, *Let Us Now Praise Famous Men: Three Tenant Families* (Houghton Mifflin, 1941). Ver também a reportagem original que Agee e Evans publicaram em *Fortune Magazine* sobre o mesmo tema: *Cotton Tenants: Three Families* (Melville House Publishing, 2013). Dale Maharidge e Michael Williamson, *And Their Children After Them: The Legacy of* Let Us Now Praise Famous Men*: James Agee, Walker Evans, and the Rise and Fall of the Cotton in the South* (Seven Stories Press, 2004). Christina Davidson, "Let Us Now Trash Famous Authors. James Agee's Depression Classic Still Stings the Family of Its Subjects", *The Atlantic*, abril de 2010.

Agradecimentos especiais a Aurora Gómez pelos materiais e o contato com a família do engenheiro Eduardo Chávez.

V
SOMOS APARIÇÕES, NÃO FANTASMAS

Os documentos primários desta seção podem ser consultados em Library of Congress, Immigration Records.

Em [parcialmente falsa]: Border crossings, 1920-1930, Immigration Records.

Em [um experimento social]: "Resumen del presente informe, 2 marzo 1937", "Informe, 2 marzo 1937", Correspondência Marte R. Gómez-Eduardo Chávez, Cd. Victoria, Tam., 22 de março de 1938. ITCA-Biblioteca Marte R. Gómez, Seção: Profissional. Série: Postos de Eleição Popular; Exp: 7. "Informe. Ensayo de organización social" e "Ingeniero Eduardo Chávez, 31 diciembre 1937", Correspondência Marte R. Gómez-Eduardo Chávez, Cd. Victoria, Tam., 22 de março de 1938. ITCA-Biblioteca Marte R. Gómez, Seção: Profissional. Série: Postos de Eleição Popular; Exp: 7.

Em [mestiças de algodão]: de Gloria Anzaldúa, *Borderlands/La Frontera: The New Mestiza* (San Francisco: Aunt Lute Book Company, 1987), p. 26.

Em [*ad valorem*]: Eugenio Báez Arriaga, "Narración de la fundación de la colonia agrícola Anáhuac".

Em [acusado o primeiro de rapto da segunda]: Ruth Behar, *Translated Woman. Crossing the Border with Esperanza's Story* (Beacon Press, 1993). Kathryn A. Sloan, *Runaway Daughters: Seduction, Elopement, and Honor in Nineteenth Century Mexico* (Albuquerque: University of New Mexico Press, 2008).

VI
ARQUEOLOGIA DOMÉSTICA DA REPATRIAÇÃO

Os documentos para esta seção vêm de recortes de jornais e notas de arquivos pessoais de Santos Garza Bermea. Conversas com Santos, Tomasa e Ilda Garza Bermea, bem como com Fernando Hernández Garza, constituem a base desta seção.

Em [objetos]: Manuel Gamio, *El inmigrante mexicano: la historia de su vida* (México: UNAM, 1969). Em inglês: *The Life Story of the Mexican Immigrant: Autobiographic Documents Collected by Manuel Gamio. With a New Introduction by Paul Taylor* (New York: Dover Publications, 1971).

Em [diante das minúcias]: Tarfia Faizullah, *Registers of Illuminated Villages* (Minneapolis: Graywolf Press, 2018), p. 16.

Em [as estrelas interiores]: linguagem entrecitadade José Revueltas, *El luto humano.*

Em [barracas]: Fernando Saúl Alanís Enciso, *Que se queden allá: El gobierno de México y la repatriación de mexicanos en Estados Unidos*

(1934-1940) (Tijuana: El Colegio de la Frontera Norte y El Colegio de San Luis, 2007). Lawrence Douglas Taylor, "La repatriación de mexicanos de 1848 a 1980 y su papel en la colonización de la región fronteriza septentrional de México" (*Revista Relaciones*, Tijuana: El Colegio de la Frontera Norte). Neil Foley, *The White Scourge: Mexicans, Blacks, and Poor Whites in Texas Cotton Culture* (Berkeley: University of California Press, 1997).

Em [tratores], [lavrar, semear, regar, desembaraçar, colher] e [uma visão antecipada]: linguagem entrecitada de José Revueltas, *El luto humano*.

Em [Cascajal]: Gastón Gordillo, *Rubble: The Afterlife of Destruction* (Durham: Duke University Press, 2014).

VII
TERRICÍDIO

As viagens pelas estradas aqui referidas incluem San Diego, Califórnia-Savannah, Georgia (passando por Selma, Alabama), com Saúl Hernández-Vargas; Monterrey, Nuevo León-Estación Camarón, Nuevo León, graças ao apoio e companhia de Antonio Ramos e Orfa Alarcón; Houston, Texas-Zaragoza, Coahuila, com Saúl Hernández-Vargas e Matías Rivera De Hoyos.

Em [o castigo]: "Ayer y hoy en Anáhuac, N.L.", nohallenombre. wordpress.com, 17 de fevereiro de 2011. *El luto humano*, p. 143, 157, 162. *Rubble*, p. 83.

Em [ressurreição]: Jalal Toufic, "The Withdrawal of Tradition Past a Surpassing Disaster", In: Walid Raad, *Scratching on Things I Could Disavow: A History of Modern and Contemporary Art in the Arab World*, Parte I, Volume I, Capítulo I (Beirut: 1992-2005) ed. de Clara Kim (Los Angeles: California Institute of the Arts/ REDCAT, 2009). O termo terricídio pertence a Stuart Elden,

"Terricide", *Progressive Geographies* (blog), 1º de maio de 2013, http://progressivegeographies.com.

Em [a outra face da crueldade]: Michael Pollan, *The Botany of Desire. A Plant's-Eye View of the World* (Random House, 2002). Sven Beckert, *The Empire of Cotton: A Global History* (Vintage, 2015).

A escrita de *Autobiografia do algodão* começou em San Diego, Califórnia, em 1º de outubro de 2014 e terminou em Houston, Texas, em 19 de dezembro de 2019.

MATERIAIS DE CONSULTA GERAL

Casey Walsh, *Building the Borderlands: A Transnational History of Irrigated Cotton Along the Mexico-Texas Border* (Austin: University of Texas, 2008).

Cirila Quintero e Casey Walsh, "El algodón en el norte de Tamaulipas. Inicios, auge y declive (1920-1965)", In: Cerutti e Almaraz (eds.). *El algodón en el norte de México (1920-1970).*

Elizabeth Andrade, Martín Espinosa e Francisco Belmonte, *La región agrícola del norte de Tamaulipas (México). Recursos naturales, agricultura y procesos de erosión* (Murcia: Editum, 2010).

Impactos regionales de un cultivo estratégico (Tijuana: El Colegio de la Frontera Norte, 2013), p. 139-196.

Luis Aboites Aguilar, *El norte entre algodones: población, trabajo agrícola y optimismo en México, 1930-1970* (México: El Colegio de México, 2013).

Samuel N. Dicken, "Cotton Regions of Mexico", *Economic Geography*, v. 14, n. 4, outubro de 1938, p. 363-371.

Este livro foi composto com tipografia Adobe Garamond Pro e
impresso em papel Off-White 70 g/m² na Formato Artes Gráficas.